W0346632

stefan ferdinand etgeton

rucksackkometen

stefan ferdinand etgeton

rucksackkometen

roman

c.h.beck

Das Zitat auf S. 66 entstammt dem Gedicht «Abgelegenes Haus»,
in: H. M. Enzensberger (1976): *Blindenschrift*. Suhrkamp.

Das Zitat auf S. 268 wurde dem Song «On a Journey» von
Neonschwarz entnommen, aus dem Album
«Fliegende Fische», erschienen bei Audiolith Records.

© Stefan Ferdinand Etgeton 2015
Verlag C.H.Beck oHG, München 2015
Umschlaggestaltung: Geviert, Grafik und Typografie, Andrea Janas
Umschlagabbildung: © RONORMANJR, shutterstock
Satz: Fotosatz Amann, Memmingen
Druck und Bindung: GGP Media GmbH, Pößneck
Gedruckt auf säurefreiem, alterungsbeständigem Papier
(hergestellt aus chlorfrei gebleichtem Zellstoff)
Printed in Germany
ISBN 978 3 406 68205 6

www.beck.de

grüngürtel

ungefähr der frühling von 2009 war das und sehr früh morgens und kam vom joggen zurück an einem anonymen baggersee und hatte auf halber strecke, ein päuschen machend, eine kippe geraucht unter den tief hängenden zweigen weißer bäume dort, und blüten segelten auf meine blasse haut und der dunkle wind packte mir unters shirt und meine haare quollen wie algen so in der luft herum, und es war zwar zu kalt, um zu schwimmen, aber schon warm genug, um nicht zu frieren beim beine-ins-wasser-reinhalten, und es war auch das erste jahr nach meiner promotion und schrieb so storys für ein magazin in köln, weil ich volontär war (und früher hatte ich da immer schon mal so kleinere sachen gemacht, deswegen nahmen die mich). so ein heft aus dickem papier war das, und obwohl das jetzt nicht thematisch direkt mit meiner promotion zusammenhing, weil eigentlich nichts direkt mit meiner promotion zusammenhing, hatte ich meistens spaß und habe über blödsinn und stil geschrieben und wortstaub mit zement angerührt und über restaurants, die aufmachten in den quiekenden straßen des belgischen viertels, schrieb ich und über nachhaltigkeit oder die rückkehr der stullenbox – über technologie und das unheimliche habe ich geschrieben und mich mit wundern und dem wunder des lebens beschäftigt. manchmal durfte ich auch nach berlin und da was angucken oder mit leuten reden und so, aber im ausland war ich nur einmal in antwerpen, und über diamanten hatte ich damals was gemacht: antwerpen ist die krasse diamantenhauptstadt der welt, und weil ich auch sehr gut niederländisch sprach, haben die mich geschickt.

ich kam aber also – wie gesagt – vom joggen und vom see und duschte jedenfalls und kettete dann mein fahrrad los und radelte, und ab in die redaktion fuhr ich, in deutz ist die. kam dort also an und machte so diesdas und kam aus der redaktion später wieder heraus und wollte mich mit ole tenambergen treffen, den ich kannte aus meiner zeit in meinem kleinen piefigen dorf: unsere väter arbeiten beide im bergwerk und hobeln kohle, und deshalb kannten ole tenambergen und ich uns schon, seit wir denken können etwa, und haben viel abgehangen früher und zusammen im park mülleimer angezündet und pässe gebastelt für unseren eigenen punkrockstaat und beim schützenfest pfandgläser gesammelt und uns betrunken, und weil ich die klasse 8 übersprang, machten wir sogar im selben jahr abitur und zogen dann beide nach köln und marschierten mit wunderkerzen wedelnd in die stadt ein – bloß dass er nicht studierte, sondern eine lehre als brauer machte bei irgendeinem kölschladen, und wenn mich nicht alles täuscht, arbeitet er da noch heute.

jedenfalls hatte er an jenem abend dann eine kiste deputatbier mitgebracht – das ist das bier, das brauer als teil ihres lohns zum trinken mit nach hause nehmen können – und saßen auf einer spundwand oben in niehl und ein bisschen südlich vom hafen und begannen, flaschen zu leeren und über die schiffe zu reden, wo die wohl alle hinfahren und was sie wohl alles so dabeihaben, wenn sie da, die milliarden von tropfen durchschneidend, unter den brücken herbrausen. manche hatten bestimmt öl drauf und manche teer und manche säuren und so dinge wohl, und als es etwas dunkler wurde und wir schon jeder so 2, 3 liter weggemacht hatten, begannen wir – beobachtet einzig von den wachen augen der vielen sichtbaren und unsichtbaren kugelsternhaufen, pulsare, kometen und der handvoll astronauten, die oben am firmament klebten –, die leeren flaschen auf die schiffe zu werfen, weil wir auch dachten, dass sich schon keiner beschweren wird, denn so eine kleine flasche und so ein großes schiff, wer soll sich da beschweren? und der fluss war ja eh eine einzige kloake: der rhein war echt ein siffmonstrum oder zumindest europas bester pfandsammler, und eigentlich trafen wir die schiffe ja doch nicht, weil sie viel zu weit entfernt waren, und wie sie da hindurchglitten durch die dunkle suppe, die irgendwo im süden aus den bergen rausgelassen wird, und in rotterdam flutet dann alles in die nordsee rein. erst waren wir ein bisschen bang, dass einer der kapitäne umdreht, anhält, ins beiboot steigt, zu uns hinpaddelt und uns dann eins auf die fresse gibt, aber bei genauem nachdenken war uns klar, dass das nicht passieren konnte, und so schmissen wir fröhlich weiter – bis wir bei einem die scheibe trafen an seiner kapitänshütte da, und die splitterte wie ein spinnengewebe. der käpt'n fing dann an, fürchterlich laut zu hupen oder das horn zu benutzen, und ich wusste gar nicht, wie ich das gemacht hatte, dass die scheißflasche so weit flog – weil alle vorherigen ins wasser plumpsten oder was weiß ich, aber der kahn war vielleicht diesmal ein wenig näher am rand unterwegs, und der käpt'n kam dann also raus aus seinem kabuff und war tierisch sauer und hat so aus der ferne kurz was geschrien und dann sofort mit einem leuchtsignalgeschoss auf uns geballert, das dann im gebüsch hinter uns noch ein wenig weiterglühte, aber uns traf er zum glück nicht, und er ist ja auch nicht langsamer gefahren, und nach ein paar minuten war er auch fast schon außer sichtweite, und wir haben dann einfach weitergetrunken und gelacht und ein paar geschichten aus der jugend erzählt, obwohl wir dann zumindest aufhörten, flaschen zu werfen – so hatten wir das ja echt nicht gewollt, dass da was kaputt geht.

jedenfalls griff ole dann noch einmal die chose auf, die uns bestimmt echt zusammenschweißte, weil wir niemals mehr was sagen durften darüber, denn da waren wir nachts damals in die schule eingestiegen und hatten im lehrerzimmer im kühlschrank in die milchpackung uriniert und später einen kompletten feuerlöscher auf dem chemieflur geleert, und den ganzen schaum da wegzureinigen hat eine stange geld gekostet. das gab mächtig krawall, und das war eine große diskussion im dorf, was so sinnloser vandalismuskram überhaupt soll, aber dass die jungen leute irgendwann mal austicken, wenn du sie ab frühester kindheit in messdienerroben steckst und ihnen weihrauch in die lungen pumpst und ihnen angelruten schenkst und dann mit 16 in die bank schleifst, um bausparverträge zu diskutieren, also das war doch klar: alles lassen sich junge leute ja auch nicht gefallen. aber es hatte ja auch nie jemand erfahren, dass wir 2 das waren mit dem feuerlöscher, da hatten wir wohl nochmal glück gehabt.

diesmal hatten wir allerdings kein glück, aber das haben wir erst ziemlich spät gecheckt – selbst als da langsam ein streifenwagen mit dem sanft und blau kreisenden licht über das hafengelände rollte und bis zu uns rüber auf diesen holprigen uferschotterweg, hatten wir die verbindung noch nicht begriffen oder vielleicht auch schon wieder vergessen, dass wir vor einer stunde oder so dem einen kapitän da seine schwimmende wohnung angedetscht hatten, und da kommt man ja auch nicht drauf, dass der vielleicht die polizei ruft. auf jeden fall kamen die auf uns zu und haben uns gefragt, was wir da so machen, obwohl es ja recht offensichtlich war, dass wir uns betranken, und manchmal fällt dir ja auch erst auf, wie sehr du lallst, wenn du mit leuten sprichst, die gar nicht lallen, weil sie nüchtern sind. die polizisten wollten dann so einen atemtest mit uns machen, weil wir behaupteten, eh gerade gehen zu wollen, und an die fahrräder gingen, und naja, gut, das hätten wir uns denken können, dass wir die nicht mehr bedienen durften. auf jeden fall fingen sie dann mit dem scheißkapitän an, und wir haben so einen blödsinn erzählt, dass an derselben stelle vorher ganz andere leute gesessen hatten, die da nämlich flaschen rumwarfen, und wir nämlich erst kurz da waren und den anderen da vorhin auch gesagt hatten, dass die aufhören sollen mit schmeißen und so, ist ja auch gefährlich blabla – und ich weiß nicht genau, warum nie mehr was davon kam, aber anscheinend war die beweiskette nicht so geil, oder der kapitän war holländer und hatte keinen bock, nach köln zu kommen für eine aussage, oder hatte angst, dass wir dann auch erzählen, dass er mit der verkackten leuchtpistole auf uns ballerte oder was weiß ich. letztlich haben sie uns also nur mitgenommen wegen übertriebener besoffenheit und in eine ausnüchterungszelle gesteckt.

das fand ich aber trotzdem schon überzogen, weil wir so

sterbensvoll gar nicht waren, und, gut, ole hatte auch keinen perso dabei und wenn du dann beginnst zu diskutieren, obwohl du den kahn schon mittel zu hast, das hilft alles nicht. mit der polizei brauchst du nicht zu reden, die sind nicht so konsensorientiert wie kindergärtner oder andere leute. jedenfalls sind wir dann total verkatert aufgewacht, und dann haben sie sogar doch noch irgendeine haftrichterin angerufen, aber die meinte, dass versuchte schwere körperverletzung jetzt nicht im raum steht, weil ja total unklar war, ob das nicht die anderen leute waren, von denen wir erzählt hatten, und selbst dann muss man ja nicht dableiben, weil fluchtgefahr und so weiter und so weiter. letztlich haben sie zwar ein paar berichte geschrieben, aber die ermittlungen wurden eingestellt, also eigentlich alles gut.

nur bei dem magazin kam das nicht gut an, dass ich im gefängnis war und nicht arbeiten konnte oder zumindest nicht pünktlich, und ich weiß gar nicht, wie dämlich ich sein konnte, dass ich nicht einfach einen auf krank gemacht hatte an dem tag. von der wache bin ich jedenfalls erst mit der 13, dann kurz mit der 5 zum westbahnhof, und von dort bin ich dann einfach gerannt und duschte in sekundenbruchteilen und zähneputzte noch und sprintete dann die moltkestraße wieder in die andere richtung runter, und auf der aachener bin ich in die 1 rein und in deutz wieder raus und ins büro gehechtet, und mittlerweile war es so mittags um 1 oder 2 schon.

und komm da also rein und schwitze schon wieder, und die gucken mich alle an, und ich sage so, nach luft schnappend und betont einen auf locker machend, obwohl ich eh schon wusste, dass das ärger gibt: sorry wegen spät, aber war noch im gefängnis drin, aber alles völlig übertrieben, ey, polizeistaat leben wir, leute, sag ich ja schon die ganze zeit!, und dann fing ich an zu lachen, weil ich dachte, dass das witzig ist, und damit bekomm ich da noch mal alles rumgedreht, dachte ich – und kann da vielleicht sogar drüber schreiben, dachte ich (eine witzige story, was alles passiert, wenn man sein leben liebt), und wollte also grad zu meinem tisch und meinen rechner aufklappen, als ich mich umgucke, und keiner sagt was, und dann meinen alle plötzlich, dass ich 0 prozent verlässlich bin und hier gibt es arbeit zu tun, und da kann nicht einfach einer sich in der ausnüchterungszelle verstecken und so weiter, erzählen die da einen.

selbst meine sitznachbarkolleginnen meinen das, also dass es da an arbeitsethos mangelt, und dann wird halt nochmal die sache mit dem schamlosen plagiieren aufgewärmt, die mein chefaufseher da echt total unnötigerweise wieder hervorkramt aus den dunklen winkeln meiner kurzen arbeitshistorie, weil ich daraus ja schon lange gelernt hatte und sowas nicht mehr mache. aber vor der versammelten mannschaft walzt er das nochmal breit: die hatten halt entdeckt, dass ich relativ am anfang, so im januar oder februar schon, zweimal kurz mehr oder minder schamlos aus einem französischen blog einen kompletten artikel abgeschrieben hatte beziehungsweise lediglich übersetzte und mir selbst trotzdem die lorbeeren auf den kopf legte, und das war natürlich sehr unglücklich für mich und mein standing gewesen in dem laden, aber ich kam mit einer abmahnung davon.

aber nun stehe ich da also plötzlich schon wieder wie ein nichts begreifender und umringt von leuten, die betroffen schauen oder bedrückt am kaffee nippen oder entrüstet mit dem kopf wackeln oder, grobe worte auffahrend, mir sagen, dass das so nicht geht. also während alle denken, dass ich überaus kreativ bin, bin ich es einfach nicht, und während alle denken, ich bin verlässlich, sitz ich im gefängnis! so jedenfalls erklären die mir das problem und benutzen langsame sätze dafür, als wäre ich im verkackten kindergarten, so benehmen sich diese heiopeis, und die beiden dirigenten von dem laden (chefredakteur und geschäftsführer) ziehen sich dann also zurück, und ich steh immer noch schwitzend und umringt von irritierten da im raum, aber setze mich zumindest mal hin und hebe nur so meine schultern und wedel da so rum mit den händen und meine: ey, kinners, sorry, aber das habe ich ja nicht extra gemacht – jetzt schalten wir alle mal 'nen gang runter, das kann ja jedem mal passieren, oder? keiner antwortet, und alle tun so, als würden sie arbeiten, und schauen da auf ihre bildschirme, und ich steh genervt dann wieder auf und platziere mich da demonstrativ in der mitte und verschränke meine arme vor der brust und begreife, dass die wohl im grunde doch nicht so viel von mir halten, wie ich vermutet hatte, und schaue dann auf die tür zu dem zimmer, in das die 2 dirigenten verschwunden sind, aber die brauchen wirklich nur 5 minuten und kommen dann wieder raus, stellen sich ganz dicht vor mich und reichen mir beim sprechen schon mal die hand und behaupten frei raus: fiete, es war eine sehr produktive und angenehme zeit, leider musst du nun aber gehen.

und in dem moment zerschneidet es mir echt den magen, und vor meinem kopf baumeln nur so ätzende schilder mit der blink- und led-aufschrift: ALTER FALTER!!!

aber es war halt wahrhaftig und die realität, und ich brachte dann auch nichts mehr raus und habe mich dann umgedreht und meinen schlüssel vom bund abgetrennt und den wasserspender aufgeschraubt und oben reinplumpsen lassen und habe mich dann einfach nicht mehr umgeschaut oder auf reaktionen gewartet und nahm die treppe und nicht den aufzug und war auf dem heimweg noch ein wenig döselig und verärgert und lief zu fuß und über die hohenzollernbrücke und am dom lang und kaufte mir im karstadt noch neue bettwäsche und am büdchen ein kölsch und trank das auf dem weg, und in der wohnung später hab ich dann mein bett neu bezogen mit der bettwäsche und bin fluchend eingeschlafen in einem mintgrün-weißen streifenkokon und wachte letztlich 1 oder 2 tage später auf und ging in die küche und erzählte mitbewohner jörn hoogendijk, wie das alles war, und er schnaubte und meinte noch: ey, c'est la vie, bruder, mach dir nichts draus, das waren doch eh alles spackos, oder? und hat dann extra für mich den espresso erfunden und mich umarmt, und ich bedankte mich und nahm einen doppelten und die tasse gleich mit und trank und stellte sie irgendwo in einer bushaltestelle ab und ging im grüngürtel umher und bis zum fernsehturm und setzte mich dort auf irgendeine schaukel und habe bestimmt 4 stunden geschaukelt. ich meine, klar, das ist bestimmt immer ein wenig bitter, seinen job zu verlieren, und habe noch mit ole tenambergen telefoniert, und bei ihm in der brauerei hatte es auch ordentlich anschiss gegeben, aber eigentlich waren auch alle stolz auf ihn, und dann hatte jeder da seine eigene ausnüchterungszellenstory erzählt, und alle haben wohl gelacht, und vielleicht sind brauleute da einfach nicht so piefig drauf wie die kopfarbeiter bei mir im magazin, ich weiß es nicht.

die ausgesprochen gedrückte stimmung in meiner seele jedenfalls war aber nach 4 stunden schaukeln auch verflogen, und ging auf dem rückweg beim amt vorbei und meldete mich arbeitslos, und so war das dann halt mit meinem ersten post-promotionsjob und wurde ich das erste mal entlassen, aber gut, was willst du da machen: das fuckt dich natürlich ein wenig ab, aber wenn du dir überlegst, dass es ja auch ein wenig deine eigene schuld war, und wenn du dann noch begreifst, dass du dadurch nun auch erstmal nicht mehr arbeiten musst, dann ist auch alles halb so wild: ich musste einiges ausfüllen und stand schließlich wieder in der drehtür dieses gekachelten 6-stöckers von arbeitsamt und betrachtete die kieselbetonplattentreppe da vor der tür und schritt also nach draußen und hinein in eine dönergetränkte und schwüle luft und hatte ein paar graue zettel und durchschläge in der hand, und es war dann also besiegelt: ich erlebte sozusagen die krone der zivilisation mit: die versicherung gegen arbeitslosigkeit – das machte mich total fertig, das war nüchtern besehen ein fetter knaller. ich meine, ich hatte während der promotion schon gearbeitet, 60-prozentstelle hatte ich damals, und kriegte deshalb jetzt algl, alter, algl! ich meine das durchaus positiv, wenn ich sage, dass ich während meiner studienzeit lange nicht gedacht hatte, es mal so weit zu bringen.

die frage war natürlich, ob ich mit meiner bio jetzt überhaupt nochmal so ein volontariat bekommen würde, und verrückt fast und verfluchte scheiße, aber ich hatte mir erst vorvorgestern und total beflügelt noch vorgestellt, wie ich so 64 bin, und fahre dann mit dem elektrorad zur arbeit und schreibe stets noch für ebenjenes magazin über ökolimonaden und fruchtsuppen und über reisen zum mars und bin dann ein typischer vertreter der generation, die sie die generation f nennen werden – weil keine außer meiner generation auf so symptomatische weise für eine gruppe von menschen steht, die mit politischer totalabstinenz und schlecht bezahlten jobs ihr leben vergeuden an beseelte unaufmüpfigkeit und irrationale dankbarkeit. f steht dabei für: feige mokel. aber wie gesagt, mit mir passierte das jetzt alles erstmal nicht mehr und war verkackt auch nicht schlimm: ich war meinen job zwar los, der gedacht war als einstieg in die geile medienwelt, aber – najanaja – das hat dann im grunde auch was positives, denn jeder nachteil hat auch seinen vorteil, so sehe ich das zumindest. denn warum überhaupt über den ganzen müll noch nachdenken und warum nicht fokussieren und augen öffnen für das gesamtkonzept? und das fiel mir dann nämlich wieder ein, dass es im leben immer kurzsichtig war, traurig zu sein – besonders, wenn ein gewebe aus menschen und bäumen und landschaften vor dir liegt, das verschiedenfarbig unvorhersehbar ist und eine unendliche reihe von eventualitäten darstellt, die glitzernd in spalten darauf warten, dich zu erschrecken oder auf bezaubernde art zu verfremden, und im grunde kann dir nichts passieren, wenn du mit einem grundvertrauen und einer ahnungslosen unschuld herangehst an alles, sodass du letztlich glücklich darüber bist, immer und immer wieder zu stolpern von einer situation in die nächste, weil dich sowas überhaupt erst im lebendigen leben verorten kann, und deshalb war es verkacktnochmal bestimmt auch gut, dass ich da jetzt rausgeworfen worden war, und zumindest war ich immer noch promoviert und hatte ja auch immer noch geld. ich war immer noch doktor fiete soundso, und meine kontokarte hatten die ja nicht gesperrt. das mit dem journalismus war vielleicht eh eine blöde idee.

abends jedenfalls holte ich erst noch mein fahrrad aus niehl ab und saß dann bei hakon oslislo auf der luxemburger straße oben auf der couch, und alle haben beschlossen, noch viele leute anzurufen und über die straßen zu galoppieren und welche anzusprechen, bis dieses 3-zimmer-küche-bad-imperium stickig voll war, und jung dinh holte noch besten tofukrams aus seinem resto im erdgeschoss des nachbarhauses, und wir dippten süß-sauer, und ich immer noch auf der couch und wollte da auch nicht weg und ging mir schon vielviel besser, und draußen die dunkelheit, und jann spille hat dann einen chinesencouchsurfer, der chao lee hieß, mitgebracht und haben uns dann korn reingeprügelt, und hamzi kryeziu und peer sommerfeld und all die leute von kerbholz waren auch da und haben mit ihren ökologisch abbaubaren holzbrillen auf meine finger geguckt, als ich die story mit dem kapitän erzählte, und die brillen verkaufen sie jetzt auch online, meinten sie, und chinese chao lee war dann plötzlich übertrieben dicht und auf der toilette verschwunden und kam auch nicht wieder heraus, und plötzlich war die ganze wohnung nass, und leute haben so an die tür gehämmert, damit er aufmacht, und hat sie aufgemacht, und jedenfalls stand er knöcheltief im wasser und hatte diesen ganzen klospülbehälter in den armen, und ein rohr spritzte wasser an die decke, und noch so ein anderes ventil spritzte an den spiegel, und eigentlich war ja alles nass, und er hatte ein trauriges gesicht und klatschige haare auf der stirn und verzog die augen, und sein triefendes kurzarmhemd war durchweicht, und er sagte dann ganz laut, dass er ein schlechter chinese ist: ohohoh, iich pin ein schlechte chinese, hat er immer gesagt, und wir haben dann alle gelacht, weil er auch echt eine ulkige figur war, aber nicht ohne ihm zu versichern, dass es schlechte menschen gar nicht gibt, und haben ihn umarmt und ihn dann aufs bett gelegt und umhüllt mit einer decke, und dann wollte er noch schwarzen tee und weißes wasser haben, und das bekam er auch, und das war auch alles gut, bis er so zwei stunden später wach wurde und panisch seine schuhe suchte und nach unten wollte und erstmal weggelaufen ist, und hat sich immer wieder losgerissen und verwuschelt gesagt, dass er ein schlechter chinese ist, und jann spille meinte aber immer: chao lee, du bist kein schlechter chinese, du bist ein guter chinese! aber chao riss sich trotzdem los, und ich und jann spille hinterher und durch holunderbüsche preschend riefen wir: chao lee, willst du jetzt bis shanghai laufen oder was?

und er war schon fast beim landgericht hinten, und wir immer so hinterher, und dann meinte er tatsächlich, dass er bis nach shanghai laufen will, und das macht mich bis heute am fertigsten irgendwie, dass wir ihn nicht haben laufen lassen, weil er in diesem moment scheinbar halt nichts lieber wollte, aber dann kamen wir letztlich doch zurück zur party, und die feuerwehr war irgendwie da, weil ja auch alles unter wasser stand, und raif, der pächter unten vom kiosk rojda, guckte so übertrieben, weil es in seinem laden aus der decke siffte, und schlussendlich haben wir dann alle bei jann spille in der südstadt gepennt, und irgendwann mittags ist chao wieder zum flughafen, weil er zwar nicht laufen wollte, aber doch zurück nach shanghai, und die geschichte mit dem abgerissenen spülbehälter war ihm so schrecklich peinlich. ich meine, klar, das war nicht besonders geil, was er da gemacht hatte, aber peinlich ist noch was anderes in meinen augen. aber das muss vielleicht jeder mensch selbst entscheiden, und ich bin dann auch heim und rannte so mit den händen in den hosentaschen und wie james dean durch die sonne und am rhein entlang und habe noch einen achim getroffen, der mich zuerst mit seinem einkaufswagen zuparkte und mir dann erklärte, wie das alles war, 1992, als er begann, sich für pfand zu interessieren. als ich mich befreit und ihm noch 2 euro und einen schulterklaps gegeben hatte und später wirklich dann in meiner wohnung auf dem teppichboden lag, schlief ich sehr schnell ein, und all die murmeln in meinem kopf klackerten wild aneinander, weil ich eigentlich immer noch besoffen war.

abends traf ich mich nochmals mit jann spille bei mir und schauten uns um und haben nach draußen gesehen durch die seit jahren ungeputzten fenster, und ich holte büffelgraswodka aus dem eisfach und goss großzügig in wassergläser ein und presste den tisch verspackend ein paar orangen mit der bloßen hand aus und in die gläser rein und goss leicht mit wasser auf: ein bisschen geiler, aber eigentlich wie damals in dem kleinen dorf, aus dem alle menschen irgendwie kommen, und dachte noch an meinen winzigen bruder, den ich immer nur an weihnachten traf und der auch im bergwerk kohle hackte, und fragte mich, ob er wohl immer noch freitagabends mit seinen kumpels auf den einkaufswagen vorm supermarkt sitzt und rechts den wodka und links den tetrapack o-saft, und im mund wird dann gemischt. ich machte das ja nicht mehr – auch wenn ich mich im grunde nicht weit entfernt hatte, und hatte im vergleich zu damals vielleicht nur die orangensaftdarreichung und den wodkapreis geändert und nahm dann also das glas und schaute jann spille in die augen und wusste, dass wir beide gerade an die dutzende von brüdern und schwestern und freunden dachten in den provinznestern der ganzen republik, die wir einfach zurückgelassen hatten.

vielleicht hau ich ab, sagte ich dann. so komplett oder was?, fragte jann spille, und ich sagte: weiß nicht, hab irgendwie keinen bock mehr auf den ganzen kram hier – mal was neues machen, weißtu, ist jetzt gut gewesen –, tapetenwechsel vielleicht mal. er nickte dann, und das passte gerade auch, weil ich ja eh between jobs war, und habe dann nach draußen gesehen und schlussendlich an die letzten jahre gedacht oder an den rhein oder an die perlenmomente oder an die nacht oder an die wundgetretenen szenestraßen im belgischen viertel und die kitschbilder, die ich malte, und auch an all das gras, das ich in meinen mund gestopft hatte, und all die roboterbeine vom messegelände und den krach, der jedes wochenende durch unsere lungen und die ehrenfelder fabrikhallen geballert ist, und die feuerwehr, als es einmal brannte, oder hanna1 (die eigentlich johanna lohe hieß) und hanna2, wie ich immer mit ihnen schlafen wollte, oder die synapsenexplosion nach meinem ersten strafzettel, als ich nachts über die hbf-gleise stolpernd huschte, und habe noch an die liebe gedacht, die ich hier vielleicht nie haben wollte, und hab dann behauptet, dass ich köln nichts mehr schuldig bin. ich glaube, ich wollte auch einfach nur weg, weil ich wirklich nochmal was neues wollte. einfach neu lackieren, weil ich mittlerweile allergisch war gegen den menschen, der ich wurde. autoimmunerkrankung würde dir jeder arzt da erkären, schätze ich: ich hatte das dumpfe gefühl, besonders in köln mehr zu moralischem treibgut geworden zu sein, als ich es jemals gewesen war, und ich konnte das gar nicht so festmachen an einer bestimmten sache, aber ich ging beispielsweise schon seit jahren nicht mehr auf demos; zu den treffen von amnesty international ging ich nur noch, weil da so hübsche frauen waren, und ich beschimpfte kaum noch wen als nazi, nur weil er mal der cdu recht gab, und immer, wenn ich irgendwas kaputt machte, dann war das aus versehen. ich sag auch gar nicht, dass das alles gute eigenschaften sind, aber ich hatte mir stattdessen auch keine neuen grundsätze überlegt, ich war einfach besinnungslos und ohne inneren treibstoff und trieb nur so hin ohne richtung und war wahrlich zufällig unterwegs, und zufälligkeit ist auch nicht das schlimme, das schlimme war, dass mir alles egal geworden war. ich hatte meine verkackte agenda verloren.

als ich später dann allein war, dachte ich noch an meine promotion und dachte an mein studium und dachte an die welt und dachte an frauen, die mich verstört hatten oder die ich ganz sicherlich auch verstört hatte, und so saß ich dann noch ein paar tage allein in meinem raum und ritzte sachen in den verkackten pvc-fußboden und entschied mich noch nicht wirklich, aber doch schon ein bisschen, und sagte dann mitbewohner jörn hoogendijk, dass ich vielleicht irgendwann ausziehe.

die nächsten wochen habe ich mit jörn aber dann noch ein halbes dutzend serien geschaut, also wirklich exzessiv und jede episode jeder staffel. das war vielleicht eine arbeit, und ein heftiges gammeln war es auch, aber der plot hat uns da auch jedes mal so richtig feste aufgesogen, und wir wollten tatsächlich wissen, was geschieht, und wie es geschieht, und in den neueren amerikanischen und auch britischen serien verstehen sie es schon doch auch sehr gut, bei den charakteren so gesinnungswandel und überhaupt schwächen einzubauen: ein ganzer blumenstrauß verschiedener emotionen war das, und da haben wir dann halt einige dutzend von diesen dingern geschaut. jörn hatte semesterferien, und ich hatte ja eh nichts vor.

als das semester mitte april wieder begann, begann ich auch wieder in die uni zu gehen, um ein paar vorlesungen zu hören, für die ich zuvor nie zeit gehabt hatte: viel in richtung netzwerke einfach und statistische modellierung aller möglichen dinge, und ich habe mir dann auch viel reingezogen zur dynamik von objekten. es ging um verschiedenes, aber eigentlich immer um das gleiche. es ging um taxis und taxiunternehmen und städte, um die fahrer in den taxis und um die bakterien in den darmtrakten der fahrer und die krebsgeschwüre ihrer mütter, es ging um die bewegung und vermehrung von fischansammlungen oder müll im ozean – die frage war, wie gruppen denken, wenn sie selbst gar nicht denken, und strukturen sich fortpflanzen, wenn man sie einfach mal machen lässt, oder mich trieb dann letztlich die frage um, was systeme am leben hält und was sie beschränkt, und es gab dazu passend auch noch muldenkipper voll mit daten, die nur darauf warten, dass jemand kommt und eine innere logik entwirft und auf gültigkeit überprüft, und das faszinierte mich alles nicht so schrecklich, aber ich fand es zumindest in ordnung und interessant, und das war ja auch wichtig und hängt ja wirklich alles miteinander zusammen in dieser welt, das muss man sich mal vorstellen: alles besteht aus netzwerken, die sich, wie das fetteste pilzgeflecht, eingefressen hatten in jeden winzigsten bestandteil unserer galaxie. nichts ist für sich allein.

und so überlegte ich mir also, dass ich vielleicht wieder an die uni musste, um dort zu arbeiten und genau an dieser stelle der allumfasstheit einzuhaken, denn da kannst du nachdenken und geld dafür bekommen, dass du machst, was du willst, und wenn es nicht viele lesen, dann lesen es halt nicht viele, aber du musst nicht wie bei einem magazin wöchentlich auf die auflage schauen: du darfst auch mal schlechtes und falsches machen, und am ende ist eh alles relativ. im grunde ist es sogar genau umgekehrt: in der wissenschaft darfst du durchweg schlechte sachen machen oder scheitern an problemen, solange du ein einziges mal etwas richtig krank geniales machst und einmal der wahrheit und der ganzheit näherkommst – so stellte ich mir das vor. du kannst den ganzen tag in der bleikugel der bisherigen erkenntnis rumstehen, bis du dann irgendwann den fettesten hammer der welt findest und ihn schwingst und mit aller leibeskraft da eine delle nach außen in diese metallkugel schlägst und den raum zum denken vergrößerst – das fand ich aufregend, und ich hatte keinen riesigen inneren antrieb, aber einen kleinen schon, und ich wollte vor allem nochmal was anderes probieren. ich meine, während meiner promotion hatte ich das ja alles schon ein wenig erlebt mit dem forschen, aber ich war da auch viel mit lehrveranstaltungen geben beschäftigt, und dann konnte ich mir plötzlich halt vorstellen, dass ich an die uni zurückgehe.

und das war wohl dann auch der passende anlass letztlich, um fortzuziehen: ich habe in köln einfach auf die schnelle keine stelle an der uni gefunden, und meinetwegen war das auch in ordnung so, ich hatte da ja nun auch mit unterbrechungen 8 oder so jahre gelebt, da kann man schon mal abhauen, dachte ich mir, und das wurde mir damals dann bewusst, dass ich die geräusch- und gefühlskonzerte und ideengebäude einer großstadt zwar mochte, aber köln erschien mir da nur wie eine von vielen möglichkeiten, und ich hatte die hoffnung, dass ich eine andere stadt finde, die groß und unprätentiös meine seele balsamiert, und so hatte ich mich dann auf alle stellen für netzwerkforscher an allen unis der republik beworben, und eine in österreich auch und 2 in den niederlanden. ich bin dann zu ein paar gesprächen hingetingelt und das war 1, 2 monate lang frustrierend, aber dann bekam ich was in halle. halle an der saale war das, und dort an der uni war ich dann wissenschaftlicher mitarbeiter erstmal für ein jahr, und es wurde heftig geflucht nochmal in köln, weil das eine kettensäge war, dieses stellenangebot, eine kettensäge, die einfach sehr viel zerschnitt und mich und meine freunde leiden ließ. aber ich musste auch mal was neues machen, und jann spille spielte dann auch mit dem gedanken abzuhauen – wahrscheinlich hatte köln sich auch überlebt.

vielleicht braucht jeder mensch ab und an ein frisches nest oder einen neuen fuchsbau, in dem dinge entstehen können, und mein fuchsbau war jetzt halle, und ende september war noch die große kirmes in deutz, und es gab das abschlussfeuerwerk für mich und das begrüßungsfeuerwerk für den herbst, und rührend, wie sich da die farbkompositionen glitzernd, und knallend im pechschwarzen rheinwasser reproduzierten, und gebratene champignons habe ich dort gegessen und riesenrad zum abschluss und hinabblicken auf all die leuchtkörper der stadt und all die wuselnden menschen und alle meine freunde.

vor der abfahrt traf ich noch peer sommerfeld und trank einen kaffee mit ihm und schenkte ihm noch ein buch von der röggla, vornamen weiß ich jetzt nicht mehr, damit er das mal lesen kann, weil ich das nichtsbefehlend und atemberaubend schön fand, und wir vereinbarten, uns irgendwann nochmal wiederzusehen, und drückten uns nochmal fest, und am 2. oktober bin ich dann vom rhein weg und nach halle-neustadt gezogen, und jann spille ging letzlich sogar einen monat später nach berlin, aber nicht einfach so, sondern weil er berlin für eine startrampe hielt, die ihn in einer rakete irgendwann loschießen konnte: in eine neue welt vielleicht – und er hatte eh nur noch die diplomarbeit und ein paar seminare vor sich, und das wollte er von dort machen, und ich beglückwünschte ihn, weil das bestimmt gut für ihn war, weil er auch sowieso schon immer ein gefühl für die zeit hatte, weil ich glaubte, dass er der einzige mensch ist, der sich an die zukunft erinnert – während ich nicht mal weiß, ob ich die klamotten, in denen ich sterben werde, schon gekauft habe oder erst noch kaufen muss.

stechen oder wie ich einmal nach halle zog

halle-neustadt jedenfalls ist der neue teil von halle und eine von diesen sozialistischen musterstädten, die wir der deutschen demokratischen republik zu verdanken haben, alles gleichförmig und gestanzt, und ich kam an mit einem kleinen transporter, und in dem transporter waren ein bett drin und ein paar blumen und töpfe, und mein herz fühlte sich an wie eine metropole, weil alles bebte, und ich fuhr über die breiten magistralen und an tramlinien entlang, und es blinkten in den untergeschossen die schilder für 24h-cafés, oder meistens blinkte nichts, und es war düster, und diese gegend an sich machte mir ein bisschen angst, aber es war auch aufregend, und ich krempelte meine ärmel hoch und lenkte mich zwischen den wohnsilos durch, diesen eigentümlichen plattenpalästen, die in den letzten 10 jahren wie ein verwirrtes chamäleon mehrmals den anstrich wechselten, als ob die leute immer noch nach dem farbton suchten, der die tristesse verscheucht.

aber 10 000 kubikmeter farbe später kann man den versuch getrost für gescheitert erklären, es ist jetzt alles orange oder hellgrün, und auf manche plattenbaufassaden haben sie sogar die umrisse eines anderen hauses gemalt, also so eins mit dach und ziegeln und einer kleinen treppe vorne dran, aber in meinem kopf bleibt alles grau und besoffen. aber bin auch neugierig, und ich fahr so gerne mit der straßenbahn, dass ich manchmal bis zum göttinger bogen hinten fahre, wo die bahn dreht, und bleib dann sitzen und fahr zurück und zerschneide nochmal mit dem stahlross diese lieblose malzkaffeestadt, und sie zuckt nur, und ich klopf dann auf die schenkel und mit weit aufgerissenen augen starre ich nach draußen und glaube, den verfall zu beobachten, oder ich beobachte, wie die schraubenfabriken verfallen und wie die sportvereine schon lange verfallen sind oder menschen hinsiechen in ihrer zwanghaften introvertiertheit, die mich bei meinen großtanten immer so abstoßend verwundert hatte, als ich sie mitte der neunziger mal kennenlernte: du kannst hier draußen rumsitzen oder überhaupt umherstreifen, aber es brüllt verdammt nochmal niemand, und selbst die, die normal sprechen, sprechen alle so leise und sprechen schmal und bedächtig, als ob hinter jedem rücken noch ein stasi-zuhörer stände zum mitschreiben oder, das meine ich mit der insichgekehrtheit, dass sie ihre gefühle und sorgen sicherlich nicht auf die fußmatte malen und irgendwie auch nicht lachen. ich beobachte dann auch, wie die bäume zerfallen, weil es jetzt herbst ist, und lausche, wie die skatekinder verfallen und all ihre boards zerbrechen. der staub bahnt sich seinen weg über die betonplätze wie eine lawine, und die sonne steht stumm und sieht im platzregen manchmal so dunkel aus hier.

oft stand ich dann nächtelang in irmis kneipe und warf pfeile in ein dartboard und wartete, dass es zu bluten beginnt, und warf die pfeile so hart und bitter und stark in all die felder, dass ich schwitzend hektoliterweise cola-korn auf mein seelenfeuer goss und schließlich meine gedankliche empfängnisverhütung mit rausch kurierte und wie eine große packung hackepeter auf die straße holperte, und tief atmend bin ich dann manchmal in meiner wohnung im neunten stock und werfe bleistifte nach unten oder seifenspender oder irgendwas, weil manchmal halt erst irgendwas passieren muss, bevor irgendwas passiert, aber dann passiert immer nichts, und das macht mich vielleicht am traurigsten. ich kann hier rumlaufen und schreien, aber es hört mir keiner zu. ich kann an türen klopfen und begrüßungsmuffins gebacken haben, aber niemand öffnet, und dann versuche ich immer, leute und männer und frauen und kinder im aufzug anzusprechen, aber die verkriechen sich dann in den klebrigen ritzen der zeit und verstummen so apathisch, und der müllmann ist noch der erstaunlichste, weil er nur die mülltonnen leert und nicht gleich die ganze stadt einpackt. und dann kauf ich mir spraydosen und mal es an die wand: da, wo deine füße sind, beginnt die treppe zur besinnung. und dann geschieht nie was großes, oder es bebt nicht, oder die flut kommt nicht, und dann ist es mir auch irgendwie egal, und ich hab angefangen, es zu respektieren, und empathie kommt dann automatisch oder echte toleranz, oder begreife, dass ich nicht aussätzig bin, aber zumindest nicht hier aufwuchs und sowas.

ich hab ein mädel mal getroffen an einer ampel, und ampeln sind hier immer jahrelang rot, und ich wartete, und es dauerte ewig, aber dann begannen wir zu sprechen, und sie sah mir wohl meine orientierungslosigkeit in bezug auf halle und das leben an, und vielleicht spricht irgendwann immer einer mit dir und du musst in halle nur länger warten, bis es passiert, und vielleicht hatte ich damals genug gewartet, und das war die wende, und sie wuschelte mir zum abschied durchs haar, und ich rief sie mal an, weil sie charly manteufel heißt, und wir trafen uns und tranken muckefuck an einer kioskbude, und ich machte ihr komplimente, weil sie auch ein einziges kompliment für die menschheit war und so toll, und wir saßen auf parkbänken manchmal und fühlten uns wie kometen, die gerade ineinander einschlagen, und dann glüht es erstmal ordentlich, und jeder weiß, was irgendwann folgt, aber solange wir noch glühen, schau ich in ihre tiefen augen und fall da hinein und lass mich umhüllen von ihrer strahlenden unangespanntheit und tiefenhoffnung, und einen tag mach ich kartoffelsalat und lad sie ein, und wir liegen auf dem bett und lesen uns bücher vor, und ich gewöhne mich an die kluge farbe ihrer stimme, und beginnen uns zu berühren, weil wir das wollen, und uns auszukleiden, weil wir das wollen, und uns ineinander zu verknoten, weil sich das groß anfühlt.

dann folgt eine episode totaler hingabe und glückseligkeit auch, und habe mich ergeben, oder sie steht dann manchmal vor mir und grinst so fassungslos oder fragt mich, wer ich bin, und ich hab die folgenden wochen auch verstanden, wie man in halle-neustadt wohnen kann, weil man ein mensch ist und die alles können, und gerade deshalb hab ich es genossen und so viele faszinierende strähnen aus ihrem gesicht gestrichen und dann auch immer *haneu* gesagt, wenn ich halle-neustadt meinte, weil das hier alle tun, und hab dann irgendwann auch ihre eltern kennengelernt und wie sie im spreewald gurken ernten oder irgendwas, und im tiefsten gebüsch, umringt von bäumen und gehölz, das da eingewurzelt wurde mit der gießkanne eines ganzen jahrhunderts, und in dieser totalen idylle und abgeschiedenheit habe ich dann so laut gelacht mit denen wie in meinem leben nicht und nächtelang gesessen und schnaps getrunken und schmalzstullen und walnüsse reingetan und habe dann die woche drauf und wieder in halle angefangen, in der straßenbahn die augen aufzureißen und den menschen beim blühen zuzusehen und sie zu beglückwünschen, weil sie hier halt anders und verschlossener blühen und doch nicht verfallen, und hab dann manchmal im asphalt ein kaltes, aber regelmäßiges pulsieren gehört, weil wir alle hier leben, ist das.

einmal habe ich mir auch ihr fahrrad geliehen und bin zum nutriafelsen gefahren und habe mir diese kleinen viecher angeguckt, wie die da rumdackeln. sowas wie biber sind das, glaube ich, und habe fotos von denen geschossen und ausgedruckt und als postkarte an ihre adresse geschickt mit der frage, ob sie die auch mal sehen will. sie meinte zwar dann simpel und per sms, dass sie die schon kennt, aber trotzdem mitkommt. also sind wir hin, und weil sie auch ein bisschen dieses ökodings hatte, liefen wir dort mit müllzangen pickend das saaleufer ab – nur um später und total besoffen doch wieder leere weinflaschen in die klebrige suppe zu schleudern.

ende

mein aufenthalt war aber nur befristet, denn an der uni bekommst du ja auch keine festen stellen mehr, und vielleicht habe ich am ende auch ein wenig zu oft gefehlt, als dass man mir diese krankheitsgeschichte abgenommen hätte, und eigentlich habe ich auch fast den gesamten juli blaugemacht, weil mich die arbeit nicht mehr so recht schockte, weil ich mein winziges einzelbüro am ende des flures als eng oder generell unangemessen empfand, um über netzwerke nachzudenken, und eigentlich war mein chef auch ein moralentleerter kackprof, der mir ordentlich auf die nerven ging, und wieauchimmer wurde mein vertrag also nicht verlängert, und ich hab dann wieder bei sixt angerufen, und die meinten, dass das in ordnung ist, und das war so ein jahr später, und ich packte alles in kisten und dann in einen kleinen umzugswagen, und eigentlich waren es im wesentlichen ein bett und ein paar blumen und töpfe und mein zimmer am zollrain, gleich neben der s-bahn eigentlich und neben dem lkw-parkplatz und gegenüber vom netto, hab ich dann verlassen und stand dann wohl leer erstmal, das zimmer. ich selbst war dann auch eine zeit lang leer und hab das mädel vermisst und ihre nähe, und für eine zeit lang war das ein leiden, denn der marmeladenaufstrich auf meiner zeit in halle war ja charly manteufel gewesen, und ich hatte sie mal gefragt, ob sie mitkommt, weil ich auch eine neue stelle bekam in berlin und auch befristet, aber diesmal 3 jahre, und damals dachte ich, dass das vielleicht für immer jetzt ist und ich mich dort festbeiße. und ich hatte mich irgendwie auch festgebissen in dieser frau, bis ich dann letztlich merkte, dass es darum auch gar nicht geht und man sich an frauen nicht festbeißt oder irgendwas, und sie sagte dann auch nein, also, dass sie nicht mitkommt, und ich hatte noch demonstrativ meinen halle-adressaufkleber vom perso abgepult und ihr an die mikrowelle geklebt, weil ich auch nicht wusste, was das alles bedeutet und was es heißt zu entscheiden, und war dann ja bei sixt und holte den transporter und fuhr über die autobahn und nach berlin rein und zog in eine wohnung im wedding, und vielleicht war das auch schön da und yuccapalmen im treppenhaus, aber das hat mir nämlich gar nichts bedeutet, und erst dort hab ich wieder an die meteoriten gedacht, die alle menschen manchmal sind und die kollidieren und erstmal krass glühen, aber jeder weiß, was am ende meist passiert, und vielleicht musste ich dort allein sein und tapeten anstarren in meinem neuen zimmer.

aber genau habe ich das bis heute nicht begriffen und zog dann schuhe wieder an und rannte durch moabit und später durch schöneberg oder bis zum tempelhofer feld oder irgendwohin und überlegte mir, was mir am ende berlin wohl geben kann, und dachte an jann spille und hoffte, dass es ihn noch gab, und sah das torlose unentschieden, das mein leben war, und sah die letzten krummen männer, die noch wissen, was ein krieg ist, wie sie dort so über die bürgersteige krochen, und sah imbissfritteusen und rentnerinnen, die, auf kissen gelehnt, aus den fenstern heraus fragend die momente ansahen, und rannte schwitzend weiter und sah das liebliche unkraut, das auf den kirchvorplätzen blühte, und sah strombetankte elektroautos, die surrend auf mich zurauschten, und fragte mich selbst, was ich denn überhaupt haben will. ich hab dann auf alle straßen- und u-bahnschilder in der ganzen stadt geschaut und glaubte, dass ich irgendwo eine richtung finden kann, die ich mir merke und die so lange gilt, bis irgendwann nichts mehr gilt, aber diese richtung gibt es vielleicht im leben auch nicht, und kaufte mir müde und ein wenig erschöpft dann ein käse-kraut-brötchen und setzte mich auf eine mauer und wartete, bis der wind meine brust kühlte, und wie flamingos standen da tausend und keine idee vor mir, und ich schaute mir die kleinen kräuterstückchen in der remoulade an, wie sie so fettgrün einfach da waren und lachten, und ich lachte dann auch und biss und kaute so vor mich hin.

hauptstadt

die stelle, die ich bekam an der freien uni, war jedenfalls aber viel geiler als meine alte sache in dem magazin und geiler auch als mein promotionsding und auch besser als das ding in halle, und hatten viele forschungsseminare und diskussionen, und so kam ich langsam wieder in fahrt, und wir hockten tagelang auf dem institutsflurboden und malten mit kreide strukturen auf und legten fäden und schrieben integrale an die wand, und der leitende prof, kai dudek hieß der, lud mich manchmal ein, mit seinen kumpels zu fußballen, und natürlich habe ich die alle ein wenig fertiggemacht, weil die auch 10 oder 15 jahre älter waren, aber letztlich hing ich dann in meiner freizeit zunächst viel mit jann spille ab. er war noch dort, und er war sozusagen die vorhut gewesen und hatte schon mal eine zeit lang berlin ausgeleuchtet, um zu gucken, was es so alles gibt. dass ich zunächst gar nicht wusste, ob er noch dort lebte, hing mit *aus den augen, aus dem sinn* zusammen.

das war damals mein lebensmotto. klar habe ich erstmal gelitten wegen charly manteufel, und haben noch 1, 2 mal telefoniert, und einmal hatte ich noch kurz drüber nachgedacht, ob ich nochmal hinfahre, weil du innerhalb von 2 stunden ja echt dort sein kannst, wenn du willst, aber innerhalb eines monats war sie verschwunden: natürlich nicht verschwunden aus meinem gedächtnis, dort war sie immer noch ein wohliger, orangener punkt auf meiner gefühlslandkarte, aber aus meinem täglichen leben war sie fort und tauchte nicht mehr auf in meinen überlegungen und handlungen und war kein gesprächspartner mehr, und mir half dieses abstandnehmen immer, verluste zu verarbeiten, und ihr half das vielleicht auch, und so war es dann auch mit jann spille gewesen.

wir hatten, während ich in halle war, ein halbes jahr sporadisch und danach gar keinen kontakt und nicht so, dass wir uns danach plötzlich viel zu erzählen hatten: natürlich haben wir uns viel erzählt, aber das war eigentlich unnötig, weil wir das nicht brauchten, weil wir eine hochgeschwindigkeits-synchronisation unserer daseins-festplatten einfach durchführen konnten durch das kurze bewegen unserer augenbrauen – dann wussten wir beide wieder, was geht und was blüht und wie alles ist. das ist echt schön, so einen zu kennen, den man immer kennt, auch wenn man ihn jetzt eine weile nicht sah, und jann spille hat mich dann seinen neuen freunden vorgestellt: enno schlaak und leyla askari – und ich habe denen meinen mitbewohner olli hain vorgestellt (meinen anderen mitbewohner jannis habe ich niemandem vorgestellt, weil ich ihn selbst nicht kannte, weil er nie aus seinem zimmer kam). layla askari war mir sofort suspekt, weil sie ihre bücher nach farbe sortierte. aber zuckersüßes lachen, geile zerzauste haare, einen witzigen und leider halb toten hund, und trinkt wie ein loch, und machte dann auch echt viel mit ihr, und spielten oft tischkicker und soffen auch echt hart, und pennte voll oft ein auf ihrer wohnzimmercouch und manchmal in ihrem bett, und knutschten sogar, aber viel mehr war da auch nicht, weil das auch zu seltsam sonst ist, sagte sie – ich meinte immer, dass wir auch zusätzlich sexfreunde sein könnten oder vielleicht müssten und habe ihr das so erklärt, dass es bei menschlichen beziehungen 2 dimensionen der nähe gibt: körperliche nähe und emotionale nähe. weil wir so viel abhingen und uns gut verstanden und redeten, hatten wir emotionale nähe schon en masse, und damit das gefüge nicht schräg wurde, damit alles in balance blieb, brauchten wir auf jeden fall mehr körperliche nähe und viele orgasmen eigentlich.

ich habe sie regelrecht gewarnt habe ich sie, aber sie meinte nur: mäusken, laber nicht, das ist schon gut so, wie es ist! und so ging das alles wieder in dieser melange aus zauber und schlamm auf, und ich hatte eine gute zeit und habe echt total fokussiert nichts getan und genossen und geblüht und manchmal halt mit leyla askari abgehangen, und mit enno schlaak habe ich auch oft bier getrunken, und mit olli hain habe ich im küchenfenster kräuter angebaut. mit jann spille habe ich manchmal versucht, bilder zu malen, und haben uns immer weißwein auf so 10 000 vernissagen reingetan und philosophiert, oder was wir dafür hielten, und dann habe ich noch 10 dutzend andere leute kennengelernt. jaroslaw swoboda war mir einer der liebsten, weil er nur noch so wenig haare hatte, fast keine mehr: das brachte mich oft zum lachen, aber auch sonst war er ein zuvorkommender und interessanter mensch, und scharf wie chilis waren seine gedanken manchmal, und ruhig wie ein totes reh waren die ein anderes mal, also vielfältig. joana uhrmacher habe ich auch noch kennengelernt und bin dann immer auf indiekonzerte mit ihr gegangen oder hab am landwehrkanal mit ihr gesessen und karten gespielt oder zeitung gelesen, und manchmal gingen wir auch in die volksbühne und zogen uns stücke von pollesch rein, von dem war joana uhrmacher hellauf begeistert – ich hatte zwar manchmal das gefühl, nicht alles zu begreifen oder gar nichts zu begreifen, war aber umso erfreuter, dass zumindest einiges abging auf der bühne, und immer war alles wuselig oder zumindest laut – oder zumindest kam man sich wie verprügelt vor, wenn man schließlich da aus dem saal rauskroch. einmal haben wir uns auch hamlet am schiffbauerdamm angeschaut, das war dann ein ganz anderer schnack, und ich verstand noch weniger, aber es war keine audiovisuelle verprügelung, sondern einfach zum schnarchen, und nach dem stück standen wir draußen und rauchten eine, und meinte noch, wie langweilig das alles gewesen war, und fragte joana, ob wir noch was trinken wollen irgendwo am rosenthaler, und sah dann zu, wie sich oben der himmel rostbraun färben ließ vom dreckigen licht der stadt, und das faszinierte mich locker doppelt so sehr wie das langweilige stück, und schaute sie dann also erwartungsvoll an, bis sie mir letztlich erklärte, dass das gerade erst die pause war: da kommen nochmal 2 stunden, sagte sie, und dann war ich aber richtig sauer und sagte: ey, aber irgendwer ist doch schon gestorben, reicht das jetzt nicht mal? und dann trat sie kopfschüttelnd die kippe aus und ging, mich an die hand nehmend, wieder durch die eingangstür und zog mich die treppen hoch und, gottchen, die nächsten 2 stunden waren so kotzelangweilig: der tote war gar nicht tot, aber ein paar andere starben, und ein bisschen verschimmelte sprache und ein bühnenbild, das sich drehte: da war mir pollesch echt viel lieber.

ich hatte mich also in berlin ein wenig eingerichtet, und sonntags waren olli hain und ich manchmal im resotto in der sprengelstraße, und der name ist die kurzform von rese und otto, weil so die besitzer heißen, und schlürften vegane eintöpfe und tranken tee und lasen zeitungen oder lasen nichts und hörten nur den platten zu, die sich dort drehten. wie ein zweites wohnzimmer war das, nur dass es immer recht aufgeräumt war. dort lernte olli hain auch seine freundin kennen, mit der er dann immer viel abhing (sie kamen ins gespräch, weil sie beide rooibostee mochten). ich glaube ja immer noch, dass die einen kleinen schaden hat, aber die war auf jeden fall wohlwollend der menschheit gegenüber – nur mit wasser hatte sie es nicht so: wenn man das laufen ließ, ohne es zu benutzen, rastete sie aus und schrie. wenn olli essen im bart kleben hatte, fand sie das nicht seltsam, sondern süß. ich glaube, die sind heute immer noch zusammen.

osnabrooklyn oder dass ich weihnachten nicht mag

und dann kam auch sehr schnell sogar der dezember zu einem ende, und ich hing bei meinem bruder ab in osnabrück, möserstraße, weil es kurz nach weihnachten war, und ich war zwar erst dort, aber hielt es am 26. dann doch schon nicht mehr aus bei meinen eltern, und osna ist dann nicht so weit, und mein ticket zurück nach berlin war auch erst für den folgenden sonntag, und meinem bruder ging es ähnlich und sind dann also in seine butze dort, weil er da mittlerweile irgendwas mit landschaftsplanung studierte und bei unseren eltern auszog, weil er im bergwerk kündigte, weil ihm das doch zu viel staub war und alles, und über dem erotikshop wohnte er da nun und hatte einen fahrstuhl direkt in die wohnung – also ein richtig seltsames haus, wenn man drüber nachdenkt.

freitags waren wir erst bei steffen pfeiffer in der martinistraße, den kannte ich noch aus der schule, abitur und so. jedenfalls waren wir erst da und haben eine kiste hansa geholt und dann guitar hero ein bisschen weggeschrammelt auf der xbox: das ist so, dass jeder eine gitarre hat mit knöpfen, und die halt drückt, statt saiten zu zupfen, und da hab ich echt das erste mal an dem tag gedacht, dass die welt auch irgendwann begann, verrückt, also völlig verrückt zu werden eigentlich, aber haben dann halt noch die pilskiste weggemacht, und nico korte kam aus münster her, und ole tenambergen machte stopp auf seinem weg zurück nach köln, und die anderen konsorten alle, die nach der schule hier in osna gestrandet waren, waren auch noch da, und wir haben zwischendurch ein paar walnüsse reingetan und am fenster gestanden und die goldene eisluft des dezembers eingeatmet und den pfeifenden poren des winters zugehört oder geistige verbindungslinien gezogen von den kalten sternen am firmament einmal quer durch die unendlichkeit bis runter in die martinistraße, und entlang des asphalts wie perlen aufgereiht sind dort alle straßenlaternen dieser nacht. glühkerzen sind das, die licht bringen sollen in das dunkel der menschlichen ohnmacht. wir sind jedenfalls später noch in den jäger zum kickern und bewegen uns und fühlen, wie bewegung auch aussehen kann, und haben dann die hände am kickertisch. das rollen der bälle fasziniert mich immer am meisten oder das klackern von geschwindigkeit, das da durch den kasten ballert, und es wurde dann leerer, und ich schätze, um 3 oder irgendwann gingen wir weiter ins glanz, das ist ein club, und alle tanzten noch so, und wir schluckten die beats runter wie milch oder genossen, wie der minimal durch unsere blutbahn waberte und unsere seele rot und fruchtig an die oberfläche spülte, und du guckst dann nicht mehr viel oder manchmal noch auf diese filme, die sie da an die wände projizieren. aber im grunde passiert dann nichts mehr, und man schlürft noch gin tonics rein oder raucht noch, oder ich schau mich an, zupfe mein karosakko zurecht und stell mich auf eine emporenstufe und atme wieder tief und laut.

ich glaube, ich habe dann sehr laut geatmet, weil ich alles aufsaugen wollte, was diese welt und diese nacht zu bieten hatten, das wollte ich alles wegsaugen, und wie eine stichsäge frisst sich dann auch die zeit durch die stunden, und dein dasein ist aber auf repeat, und bewegungen wiederholen sich, und gesten auch. jeder fortschritt und jede veränderung ist ausgeschaltet, und wie in essig eingelegtes gemüse sind wir konserviert und immun gegen jede art von modifikation, und alles bleibt gleich außer der spulenden zeit, und stunden sind da, die sich als emotionale apathie einkleistern lassen in die backsteinritzen solcher feste, und dann ist es irgendwann 6 oder 7, aber noch lange nicht dämmrig, und während wir ein falafelbrot auseinanderpulend durch den schlosspark schlendern, beginnt nico korte mit dem abstreifen seiner mütze und zieht die schuhe aus, und es war nicht mild, sondern frostig und immer noch wahnsinnig dunkel, und ich zieh die hose runter und die boxershorts noch und geh zu steffen pfeiffer und ole tenambergen und reiße ihre jacken auf, und alle raufen und sind in ekstase und energiegeladen und gierig, fleisch und freiheit zu sehen. so zerren wir herum, bis dann alle nackt und zufrieden und still und mit einem feuchten atem vor dem gelben schloss und inmitten verteilter kleidungstücke und kleiner schatten und unter laternen stehen, und ich bin dann auch glücklich, und wir ziehen uns wieder an und fallen alle bei steffen pfeiffer ins zimmer und schlafen so beseelt und balanciert und mit den beinen alle durcheinander auf der couch oder im bett oder einer auf dem boden. am nächsten tag sind mein bruder und ich dann zu meinem bruder in seine wohnung zurück und haben uns ein paar stunden privatfernsehen und schlechte witze und pizzaservice gegönnt.

als wir später (und jetzt war es schon wieder dunkel und abends) nochmals hunger hatten, gab's dann nudeln mit guter tomatensoße, und hab ich fast alles selbst gemacht. erst brät man zwiebeln an, bis sie fruchtig-süß sind, und dann brühe drauf, kurz aufkochen, dann passierte tomaten und salzpfeffer und einen spritzer orangensaft und dann warten und köcheln lassen, bis die tomaten so richtig durchgezogen und entschlackt und gewärmt und ausgeweidet alle aromen ausbreiten und breit und trotzig in der pfanne hocken, und dann spiralnudeln dazu, und mein bruder meint, dass das in ordnung ist, und wir lachen und ziehe ihn an den ohren, weil ich ihn mag, und gehen zum edeka und kaufen o-saft und wodka und setzen uns vorm supermarkt auf die einkaufswägen und fangen an zu trinken, und freue mich einfach, dass wir das immer noch können, und kurz fühl ich mich dann wieder so jung, wie ich eigentlich immer gehofft hatte, ewig zu bleiben, und mir schießt in den kopf, wie wir das um uns rum einst immer osnabrooklyn nannten, und wahrscheinlich weil wir hofften, irgendwann mal einbetoniert zu werden in den ghettogangsterglanz der underground-geschichtsbücher jener stadt, und ich drehe dann noch eine kippe und spiele ein wenig mit der schärfe meines blicks und versuche dann, abwechselnd etwas sehr fernes und etwas sehr nahes zu fokussieren, und zuletzt fokussiere ich etwas in der mitte dazwischen in der luft und fokussiere einen kubikmeter nichts, und alles ist dann unscharf, und blind starre ich da in die ahnungslosigkeit, die man uns hinterlassen hat und die wir bekämpfen oder ignorieren können, und je nachdem, wie man sich entscheidet, wird man dann später eingeteilt in gut und böse und kommt da nicht mehr raus – so viel ist sicher, aber ohne es zu ahnen, hatten wir uns alle und jeder einzelne für sich schon lange entschieden, auf welcher seite wir stehen wollten.

später sind wir dann nochmal zu meinem bruder hoch in die wohnung und haben ein wenig gedartet und dominik parusel kam mit seiner ex jenny teeken vorbei, und wir haben dann noch weiter wodka reingetan, und als die weg waren, und es war schon wieder so 3, da ist mein bruder los in den nize club. den kannte ich schon und war mir zu piefig und bin rüber zum alten güterbahnhof und in die kleine freiheit, das ist mehr so für studenten oder alternativ, und man muss vorher durch einen bus klettern und bezahlen, und vielleicht ist das gebäude ein altes stellwerk oder irgendwas, und bin dann drinnen und geb meine jacke ab und seh mich um und kenn noch matze kellinghaus, der hinter der theke bestimmt schon seit jahren steht, aber ein lieber mensch, und ich raste ein wenig aus, als ich gamba und seine schwestern noch treffe, weil ich die aus berlin alle kenne, und wusste echt nicht, dass er auch irgendwo aus der gegend hier kam, und schnacken ein bisschen über alles, und ich lasse ihn dann zurück und richte mich auf der tanzfläche ein, und die djs legen so kitschig in weißen hemden und mit schwarzen krawatten auf, und überall sind wieder so videoinstallationen, als ob sie dir verbieten wollen, dein eigenes kopfkino flimmern zu lassen, oder als ob sie verhindern wollen, dass einer einfach gar nichts sieht außer der grauen menschenmelange, die sich da auf der tanzfläche krümmt. ab und an mal ein nettes lächeln, das einem da zufliegt, oder eine kneift mir so in den hintern, und erst freue ich mich, aber dann bin ich auch ein wenig verunsichert und schaue sie mit dem frageblick an, und sie gibt mir den frageblick zurück oder zumindest antwortet sie mir nicht, was da eigentlich los ist.

manchmal geh ich dann zum rauchen raus, besonders wenn ich schwitze oder so, und einmal kippt dann draußen der tannenbaum um, und ich heb ihn wieder auf und riech noch dran, nordmanntanne ist das. viele haben davon nicht so viel ahnung, aber ich wette, ich könnte das immer auch erriechen, welche tanne das ist, weil ich auch mal in einem weihnachtsbaumverkauf arbeitete – also unabhängig davon, dass ich es auch sehen kann, welche tanne das ist, und nicht zu riechen brauche – und das macht einen richtig fertig, wie die leute einfach die bäume kaufen, nur weil sie dann einen baum haben und sich aber im grunde gar nicht dafür interessieren. jedenfalls geh ich dann wieder rein und tanz noch weiter und baller so meine getränkekarte voll und beginne mit einer neuen und stell jetzt auf bier um, weil das dann doch ein bisschen sanfter ist, als immer nur mische zu trinken, und verliere mich dann echt so ein wenig und bin so total unaufmerksam und irgendwann halt auch besoffen. aber zum glück fällt mir dann wieder ein, dass ich im grunde auch nur dort war, um unaufmerksam und besoffen zu sein und einfach zum treibenlassen oder sowas. um einfach alles einzusaugen, um einfach da zu sein, um sich als sediment abzulagern, um sich zu zerstreuen oder sowas, darum bin ich da. das sind doch die gründe, warum man allein in clubs geht, und brauche da echt niemanden gerade, aber es ist angenehm, dass so viele menschen um mich herum sind und sicherlich ein paar dutzend mit derselben mission.

als es etwa 7 war, bin ich da raus und steh noch draußen und merke, dass mein tabak leer ist, und schnorre so eine frau an wegen einer zigarette. sie gibt mir dann auch eine, und wir plaudern noch, und sie erzählt mir, dass sie bayer leverkusen ganz nett findet, und ich weiß nicht, warum sie mir das erzählt, und sie erzählt ganz schön viel, aber auch irgendwie harmlos, die frau, und überhaupt auch nicht mein geschmack, aber eine samtige stimme hat sie, o ja. jedenfalls will ich mich dann noch verabschieden, und sie sagt, dass ihre mitbewohnerin anna auch gerade die jacken holt, und dann können wir alle gemeinsam abhauen, und ich denke so: in ordnung.

auf jeden fall liefen wir dann los, und diese mitbewohnerin anna kaufte noch pommes, weil sie die gerne morgens kalt isst, und eigentlich hätte es da schon klicken müssen, aber es klickte nicht, und vor der pommesbude stehend steckte dann die andere mir die zunge in den mund, und ich sagte nicht, dass ich das nicht gut finde, und eigentlich war es mir auch fast egal, und ich wusste nicht, was ich machen sollte – also haben wir ein wenig rumgeknutscht, und mir kroch die frage durch den kopf, ob ich lust hätte, mit zu ihr zu kommen, weil es sich so anfühlte, als wäre das jetzt ihr plan, und das sexziel lag da unausgesprochen in der luft, und es spazierte halt so diese frage in meiner birne rum, ob ich das will, und ich muss wohl hart angestrengt darüber nachgedacht haben und hab dann mit küssen aufgehört und in ihre augen gestarrt und den roten lippenstift betrachtet und mich gefragt, was da gerade passiert oder wer passiert, und dann kam diese anna mit pommes wieder heraus und grinste und wir liefen so weiter, ein wenig richtung neumarkt, und sie fing an, irgendwas mit georgsmarienhütte zu labern, und dann wurde es alles deutlicher, und ich wechselte die seiten und zog ihr die mütze vom kopf und sah ihre vollen und goldbraunen locken und schaute ihr nochmal ins gesicht und fragte: bist du anna winter? und sie so: ja! und dann musste ich nur noch laut lachen, bis sie mir zwischen die beine trat, und ich hockte dann fluchend erstmal auf dem bürgersteig und hatte schmerzen, und ich fragte, was das soll, aber sie dachte, ich lach sie aus, aber das war so das genaue gegenteil, und ich dann so: anna winter, ich glaube wir haben vor, nun ja, vielleicht 11 oder wie vielen jahren im hydepark rumgemacht, und ich kenn noch deinen hintern, der mich so begeisterte, und danach habe ich dich mal besucht in g. m.-hütte und alles, und wir haben eis gegessen. und sie guckte dann ein wenig verschreckt und überlegte kurz und sagte meinen namen, und das war so völlig krass, weil das 11 oder so jahre waren und wir nun 2 andere menschen, und ich fragte sie, warum sie sich nie mehr meldete, und sie guckte so keck und sagte: fiete soundso. und sagte, dass ich mich nicht mehr gemeldet hätte.

naja, das ist halt dann echt müßig zu erörtern oder so, wer da was nicht mehr gemacht hat und warum, und ich wusste es echt nicht mehr, hatte sie aber noch vor mir, wie sie da 11 jahre zuvor stand, und die bilder sprangen so hin und her und hin und her, und von den bäumen fegte so ein wenig alter regen in dem moment, und ich war wirr dann auf einmal, und wir umarmten uns nochmal so feste irgendwie, und ich hatte dann auch völlig aus dem blick verloren, dass ich da gerade eigentlich vor vier minuten mit ihrer leicht dicken mitbewohnerin rumgemacht hatte, und die hat mich dann auch angetippt und fragend angesehen, und irgendwie war das jetzt fast klar, dass das nicht mehr drin war: no possible, no possible, dachte ich, aber die dickliche wollte weiter, und ich so: äh, weiß nicht. anna schaute auch so verlegen, und ich wusste halt nicht, was sie 11 jahre lang gemacht hatte, warum ich sie nie anrief oder sie mich nicht, oder wusste nicht, was sie von mir dachte, wann sie an mich dachte, ob sie an mich dachte, ob sie mich total vergessen hatte oder manchmal vergessen hatte oder alles.

wir standen da dann doch nicht mehr wie vor 11 jahren, weil wir alle beide ewig viel zeit im rücken hatten, oder es war was passiert, und ich kannte mein leben, aber, gottchen, ich kannte ja nicht ihr leben, und warum tritt sie einem in die eier verflucht, wenn jemand ihren namen sagt, was hatte diese frau auf dem kerbholz? und wer war sie jetzt und wer war sie vor 11 jahren gewesen, und warum zum henker hat sich da keiner mehr gemeldet, was war das? und so weiter spannen sich da netze im kopf herum, und dann holte mich wieder diese andere mitbewohnerin, die beleibte mit dem lippenstift, da raus und sagte: ey, nun, willst du noch mit zu mir? und fing dann an zu flüstern in mein ohr: ich geb dir ein kondom, und du nimmst mich von hinten. und ich so: wä? und dann war erstmal alles komisch, und ich dachte einfach nur: nein, ich will mit zu anna. ich wollte noch nie irgendwas mehr, dachte ich dann, aber anna und die andere wohnten ja zusammen und, gott, dann drehte sich anna so weg, und ich sagte nochmal: wä? hä?! also nee, nein, das geht nicht, sagte ich dann, weil das auch irgendwie nicht aufging: ich konnte nicht mit einer sexen, die mir gleichgültig ist, und im nebenzimmer eine frau, die mich gerade wieder aus der vergangenheit anleuchtete oder sowas – ganz egal, wie jung ich damals war, aber das glomm plötzlich wieder, und ich konnte bestimmt auch nicht mit einer aus der vergangenheit noch ewig in der küche sitzen und mein leben erklären und ihrem lauschen und schließlich auf körperlichkeit hoffen, wenn da die andere war, die einfach nur gleichgültig gesext werden wollte – und das wussten dann auch alle, ohne dass es irgendwer aussprach.

irgendwie verabschiedeten wir uns, und ich ging rechts ab, den ring runter, und stand bald vor der wohnung meines bruders und zögerte kurz und bin letztlich ein haus weiter bei gerdas und bernds frühgaststätte nochmal rein und habe ein pils bestellt, kippen gezogen am automaten und war erst stumm, auch im hirn stumm, und habe geraucht und hab angefangen zu denken, und da war es ja sowieso schon 8 uhr oder so, und habe also in der frühgaststätte gesessen und gedacht, wer ich nun und wie ich nun geworden wäre, wenn ich diese anna nochmal angerufen hätte damals. solche gedankenspiele machte ich echt furchtbar gern und besonders besoffen, und eng mit der ganzen sache verbunden war ja der krams, dass ich nicht wusste, warum ich sie damals nicht anrief, denn so viel war sicher: ich habe noch jahre später an sie gedacht, und gerne, und ich kannte sie kaum, gottchen, gebe ich zu, aber sie war trotzdem eine klasse frau vermutlich – oder damals vor 11 jahren vielleicht keine frau, sondern 17 vielleicht oder sowas. oder hatte sie mich damals einfach nicht angerufen, oder was war das? oder wer? und ich hab das echt nicht mehr auf die kette bekommen und saß also bei gerda und bernd in der frühgaststätte und hinter mir klingelte der spielautomat, und einer holte so eine handvoll geld da raus und nahm die münzen und haute sie auf meinen tisch und grinste und hievte sich so hinkend auf den einen stuhl oder sowas und saß mir gegenüber und fragte nach meiner nacht, und musste ich ihm das alles auch noch erzählen, und er zählte die metallstücke immer wieder und baute kleine stapel, aber hörte gut zu, schätze ich, und schaute dann leicht mitleidig am ende und lange schaute der und sagte: weißt du, zeit hat nur eine richtung! und dann ging er und schmiss wieder münzen in die maschine und rödelte so dran herum, und ich blieb sitzen und trank das bier aus, und die uhr war dann so auf kurz nach neun vielleicht, und ich zahlte und ging zu meinem bruder und da auf die couch und schlief so lange, bis er mich weckte, und dann war das nochmal stressig, weil ich fast meinen zug verpasst hätte, aber so 3, 4 stunden später war ich wieder in berlin.

laptop

vom hauptbahnhof dann den 120er genommen richtung leopoldplatz und am kiosk noch 'nen kaffee geholt und ein halbes hähnchen da beim hähnchenstand. halbe hähnchen sind so in etwa die döner der 80er und so krass fettig, dass es dich schon glücklich macht, wenn du die öltriefende tüte in den händen hältst und 3 etagen hochstapfst, und ich machte dann licht an und habe die heizung hochgedreht, und dann war ich wieder in berlin und saß am küchentisch und habe mir hähnchen reingetan, und ich weiß nicht mehr genau, ob mich das noch lange beschäftigte mit dieser anna, aber ich glaube, das war dann einfach auch vorbei, und ich hab da nicht mehr lange an dieser zurückgespültheit gesessen oder anna zurückrealisiert oder sequenziell noch große alternativrealitäten mit anna winter versucht durchzudenken oder sonstwas. den knochenscheiß hab ich dann in den restmüll gesteckt und serviette und tüte auch, weil mir die für den papiermülleimer zu ölig waren.

am nächsten tag kam auch olli hain wieder nach berlin, und dann war auch quasi schon silvester, und der gong wurde geschlagen und die letzte runde eingeläutet, und die weltordnung stand noch kräftig und unversehrt in der einen ecke, und obwohl sich das jahr 2010 redlich bemühte, hatte es bereits einen augenbrauencut davongetragen und war überhaupt wacklig auf den beinen und wurde dann nochmal richtig krank verprügelt in den letzten minuten und musste letztlich aus dem ring getragen werden mit einer trage, und die weltordnung hatte sich behauptet und bekam den titelverteidigergürtel überreicht, und 2010 blieb als klumpen fleisch im krankenhaus zurück – ohne auch nur einen treffer gelandet zu haben im gesicht der konstanten ordnung unseres daseins oder zumindest im magen. ich bin mir sicher, wenn sie nicht alle jahre systematisch nummeriert hätten (von 0 bis was weiß ich), 2010 wäre das erste, bei dem ich gezweifelt hätte, ob es überhaupt mal existiert hat – vielleicht schon eine dekade später hätte ich abgestritten, dass da noch ein jahr irgendwo dazwischen war, so wenig blieb letztlich übrig von diesem frühling und diesem herbst und diesem sommer und diesem winter.

das jahr 2011 hingegen kam dann aber mit dem arabischen getümmel und war gigantisch, und ich weiß noch, wie wir da gebannt in der küche vor dem laptop saßen und leuten beim barrikaden anzünden zusahen, und dort in den arabischen ländern haben dann das ganze jahr über, aber vor allem im frühling, einige leute platz machen müssen für neue. aber wie sehr oder wie wenig das wünschenswert war, musste wohl erst die zeit noch zeigen, weil das neue zwar notwendig ist, um gut zu sein, wenn dir das bestehende missfällt, aber neu bedeutet manchmal auch, dass es einfach nur noch beschissener wird – aber zumindest ist einiges erstmal richtig anders geworden, und die weltordnung hat beim titelverteidigerkampf gegen 2011 auf jeden fall ein paar feste hiebe abgekriegt. auch wenn sie wieder nicht fiel.

für die platon nicht raffen

an der uni kam ich mit professor kai dudek – wie gesagt – vorzüglich klar auf rein menschlicher ebene, und mochten sogar die gleichen maler und mochten beide sterne und hatten auch in vielen fachlichen fragen gleiche meinungen oder visionen, und letztlich ist meine entlassung am ende der probezeit wohl nur damit zu erklären, dass ich so selten arbeitete: ich holte mir andauernd krankenscheine oder kam einfach unentschuldigt nicht ins büro oder bröselte da nur so rum und ging früh, um noch mit freunden am späti zu stehen und spezis oder kakao zu trinken, und professor kai dudek sah mir einfach an, dass die uni und das fokussierte streben nach wahrheit nicht so mein ding waren, und ich hatte ja auch echt noch kein einziges paper überhaupt nur angefangen zu schreiben in meiner zeit dort und habe mir das dann auch selbst eingestanden und fuckte mich ab. ich konnte aber einfach nicht so gezielt arbeiten wie all die anderen. ich war eher so die muse in dem laden – so kam ich mir dort zumindest vor. weil musen aber nicht vorgesehen waren an der uni, war ich dann in den augen anderer eher der chiller, der sich immer wieder in sachen verrannte, schnell aufgab und alle leute immer mit irrwitzigem traktierte. also das war dann verbucht worden in meinem lebenspunktekonto als erneutes scheitern, und obwohl ich erst durchaus motiviert gewesen war, habe ich den scheiß doch wieder versaut, und das verstand ich selbst nicht genau und habe dann beschlossen, niemals mehr an die uni zu gehen als selbstschutz vor erneuter enttäuschung. ich habe enno schlaak sogar gesagt, dass er mich beizeiten dran erinnern soll.

als direkte folge war ich in einem menschenkokon drin oder sowas, und im grunde saß ich den gesamten spätwinter und frühlingsanfang und sehr oft einfach nur in meinem zimmer auf dem teppichboden da in der triftstr. und starrte die gegenüberliegende wand oder bloß meine füße an oder ging zum kanal und sah den wellen zu, wie sie kreise beschreibend an die spundwände stießen, und immer, wenn alle leute feiern gingen, ging ich nur noch in die kneipe mit und ließ mich zulaufen, denn zum danach noch tanzen fehlte mir schlichtweg die energie, oder im nachhinein kann man sagen, dass sie mir doch nicht fehlte, weil alles ganz anders war und ich sie nur aufsparte: ich habe kraft gesammelt und aufgetürmt. ich war ein krasser pyramidenbaumeister, der da energie lage um lage aufschichtete wie ein bekloppter, und obwohl ich nach außen bestimmt gefasst wirkte und viele leute zwar gefragt haben, ob was ist, ob irgendwer gestorben war, oder dachten, das liegt daran, dass ich keinen job mehr hatte oder sowas, hab ich letztlich nur 2, 3 monate auf sparflamme gekocht und gefühle nur eingeatmet, statt sie zu multiplizieren, weil ich den akku vollmachte.

ich wusste weißgott noch nicht, wofür ich diesen akku brauchen würde, aber da kam dann dieser eine abend, und ich traf mich mit jann spille am leopoldplatz, um ein paar kippen zu rauchen, pilsbiere zu trinken und menschen anzusehen, und erzählte ihm vom stress mit dem amt, weil die wollten, dass ich wieder arbeite, und er meinte noch, dass er jetzt offiziell auch abstudiert hat, endlich fertig, meinte er, und dass da nun was großes kommen muss. ich gratulierte ihm, und brüteten gemeinsam dann ein wenig drüber, was jetzt passieren könnte, und ich war ja selbst auch ein bisschen auf der suche, und ich warf ein, dass wir ja auf einen berg steigen können oder so, als abschluss seiner studienzeit und meiner karriere an der uni, und er meinte, 10 berge, und ich sagte, dass wir meinen bruder besuchen können in osna und dann eine fahrradtour machen mit ihm nach holland, und er meinte, 10 schwestern und brüder müsste man besuchen, und dann meinte ich, o.k., krass, oder wir fahren nochmal nach köln und gehen so richtig steil mit den boys und girls, und er wiegte so seinen kopf und sagte mir ins gesicht, dass er 10 mal 10 mal 10 leute in köln bräuchte, und das wäre dann krankester spaß, aber das wäre immer noch nicht, was er sucht, weil etwas fantastisches her muss, das nicht nur uns weiterbringt, sondern den kontinent verändert: eine totale zerkaputtsprengung alt-normativer zwangsmatrizen – irgendwie so hat er sich ausgedrückt, glaube ich.

er war dann nämlich so sehr auf der suche nach einer neuen, ich schätze wirklich *ära*, weil er nicht einfach mit arbeiten beginnen wollte, um dann zu enden als mensch mit einer frau und 2 autos und 3 fernsehern und 4 kindern und 50 tupperdosen, dass mir schon dämmerte, warum ich kürzlich all die energie aufgespart hatte und dass ich die bald ganz gut gebrauchen könnte. und dann saßen wir da noch eine weile und spannten assoziationszelte unter unserer schädeldecke auf und glaubten, dass es groß sein muss, dass es weit sein muss, dass es symbiose aus vergangenheit und zukunft sein muss, dass es liebe sein muss, und dass es zugleich noch lecker sein muss, und dass es auch ruhig eine emotionsexplosion provozieren darf, und dann war es bestimmt wie an dem tag, als sie das farbfernsehen anschalteten, und alles leuchtete plötzlich bunt statt grau, und es brodelte nur so aus meinem mund heraus, und meinte zu jann spille, dass wir nach griechenland trampen müssen: durch osteuropa durch und über den ganzen verkackten balkan, durch das lilane europa, das widerspenstige, den ganzen weg herunter müssen wir und kühe melken, stinken, lachen, tanzen, leute umarmen und schwimmen und alles und entlang der bergzüge, entlang der steinstrände, entlang der käsepaläste, durch die märkte durch – und über die bäche, und den kindern und den alten und allen anderen lauschen und immer den geruch von benzin und sonne an den händen, das wäre doch schön, meinte ich, und spille stieg drauf ein und hatte das schon so richtig vor augen und sagte: JA GENAU, sagte jann spille dann: wenn wir schlussendlich da in griechenland an der akropolis ankommen, machen wir das ding einfach verkackt kaputt und reißen alle steine raus oder den parthenon dort und diese ganzen anderen tempel da, die werden zerfetzt, die werden gepresslufthämmert und zurückzerstäubt und der erde wiedergegeben, aus der sie einst geformt wurden, sagte er und stand auf mit seinem lauten mund und der bierflasche in der hand: WIR GLÄTTEN DA ALLES WEG, WIR RATTERN DA MIT EINER PLANIERRAUPE DRÜBER ÜBER DIE MARMORSCHEIßE, UND DANN TANZEN WIR MIT ALLEN MENSCHEN DER GANZEN ALTEN STADT ATHEN AUF DEN TRÜMMERN UND FREUEN UNS HERZLICH, DASS JETZT PLATZ IST FÜR WAS NEUES, FÜR DIE NÄCHSTE HOCHKULTUR, DIE DORT ERRICHTET WIRD AUF DEN PIEFIGEN ÜBERRESTEN DER LETZTEN JAHRTAUSENDE: DAMIT ALLES WIEDER UND ANDERS BLÜHT UND GEDEIHT UND IN STOSSWELLEN RAUSSCHWAPPEN KANN INS ABENDLAND, sagte jann spille dann, und er und ich sahen uns an mit getigerten augen und stellten uns auf die sitzbank und brüllten zusammen und mit leibeskraft da über den leopoldplatz: WIR ZÜCHTEN EINE NEUE EUROPÄISCHE IDEE, das riefen wir und traten am ende gegen einen mülleimer und umarmten uns, denn seien wir mal ehrlich, was hatten uns die alten griechen schon gebracht außer scherereien? da haben sie egoismus und regeln und privateigentum und die totale rationalität ins europäische denken eingeimpft, aber so kommst du irgendwann auch nicht mehr weiter, und dann diese einteilung in stände, und glaubst du, platon hat auch nur einmal irgendwas von solidarität oder gleichberechtigung der völker und geschlechter erzählt und von der ästhetik einer biene? nee, soweit ich weiß, hat er das nämlich nicht.

jedenfalls sind wir dann nach hause in die betten, und es entfaltete sich in der brust eine supernova der freude, weil ich da echt beinahe nicht drauf gekommen war, dass – damit beides wieder zusammenpasst – man auch an europa was ändern kann, statt an einem selbst.

wir haben einen tag später, wie angedockt an eine hochspannungsleitung, nochmal total elektrisiert darüber geredet, dass wir die jetzige version von europa nicht gebrauchen können und bekacktnochmal dem scheißkontinent auch endlich unsere stempel aufdrücken müssen, wenn wir verhindern wollen, dass sie unsere gefühle irgendwann wegrationaliseren und nächstenliebe komplett verbieten, und das und genau das wollten wir halt verhindern, und wir wollten raus und wollten schreiend was erleben und eintauchen in eine weltumspannende whirlpoolstruktur, und notfalls wollten wir auch ersticken an unseren ideen, aber dann bitte in freiheit und mit einem knall, und auf jeden fall wollten wir uns mit der welt ein großes hackduell geben, wo alles zerpflückt wird, und uns hineinsetzen in den paternoster der weltzeugung, bis alles irgendwann splitternd auseinanderfliegt – statt immer nur dahinzusiechen und zu kriechen von job zu job und von stadt zu stadt zu ziehen, um dann doch kein schöneres leben zu haben als in der arbeitslosigkeit: ich wollte den spieß nun umdrehen, und der plan war, dass ich von ort zu ort ziehe, weil verkacktnochmal ICH das verkacktnochmal WILL und NICHT MUSS, und nicht mehr, um zu arbeiten, sondern einfach so. ich wollte dieser welt ökonomischer mischpulte also zuvorkommen und mich nicht länger vom bass durch die gegend scheuchen lassen: ich wollte selbst den takt bestimmen, indem ich von mir aus auf wanderschaft ging, statt geschickt zu werden, und die hoheit über das goldene drehbuch des daseins einfach zurückerobern.

erzeugerinnen und erzeuger

wir brauchten dann aber doch noch ein bisschen vorlaufzeit, und ich musste einen nachmieter suchen, und dann habe ich noch einiges an plunder verkauft oder leyla askari die praktischen gegenstände zum verkaufen anvertraut wie bettsofaschrankmusikanlage, und die gute hat mir tatsächlich später so knapp 300 euro überwiesen, und meine platten und bücher habe ich mit rückkaufoption an olli hain vertickt, aber letztlich brauchten wir mehr geld, und ich hab mir noch einen einmonatigen krankenschein geholt, dass die beim amt erstmal ruhe geben mit bewerbungen schreiben, und jann spille fragte seine mutter, und die war alles andere als happy bei dem gedanken, ihren sohn an den versuch einer neuen europäischen idee zu verlieren – was auch immer das bedeuten sollte. am ende sind aber doch alle westdeutschen eltern gleich: erst sagen sie dir, was du alles verdammtnochmal nicht tun sollst, und dann geben sie dir trotzdem geld dafür. das habe ich noch nie recht verstanden. mir wollten sie mal verbieten, nach myanmar zu reisen, und haben mir dann trotzdem geld gegeben, und bei jann spille wollte seine mutter natürlich nicht, dass er auf unbestimmte zeit abhaute, aber natürlich bekam er cash. letztlich habe ich das für mich so gedeutet, als wollten eltern doch, dass du diese sachen, diesen blödsinn oder wasauchimmer machst, und hoffen, dass du dabei auf die fresse fällst. das ist ja bestimmt die standardrichtung der elternlogik: ich kann ihm oder ihr das jetzt nicht direkt verbieten, weil ich nicht verbietend sein will, aber wenn die das einmal machen und wird scheiße und das ganze gesicht blutig, dann hören die einerseits von ganz allein auf, andauernd davon zu reden, und andererseits machen sie's kein zweites mal. aber das ist natürlich eine unsinnslogik, denn wenn du kaum genug bekommen kannst von dieser frischluft, die dir durch die lungenbläschen strömend an vielen ecken der weltkugel ein gefühl von freude und erleichterung erlaubt, und andererseits kannst du auch nicht genug bekommen von der dreckluft, die stinkend und faulig in deinen körper fließt an manch anderen ecken dieser welt, weil diese luft sich so lebendig und verbraucht und benutzt anfühlt, weil sie für irgendwen anderes schon einmal etwas bedeutete – dann kannst du ja von gar keiner luft genug bekommen und willst immerzu nur atmen. die spackige scheißluft erinnert einen immer daran, dass irgendwas schon geschah, dass man nicht der erste ist auf dem planeten, und es gibt immer schon ein kurz zuvor dagewesenes ereignis – und die frischluft erinnert dich an die unendliche weite noch ungedachter ideen. wenn du also niemals genug luft bekommen kannst, dann wirst du ewig versuchen, tonne um tonne dieses wertvollsten rohstoffs durch deine lungenflügel zu ziehen.

ich fragte meine eltern dann aber nicht direkt, weil ich aus halle und jetzt von der fu noch ein bisschen was übrig hatte, aber mein vater bestellte noch einen gaskocher bei amazon, den ich letztlich aber nicht mitnahm, weil der zu schwer war, und jann bekam also 1000 von seiner mutter. das war für seine mutter, glaube ich, sehr viel geld, beziehungsweise waren wir da beide verwirrt, dass sie so viel geld überhaupt hatte, weil sie eigentlich immer ohne job gewesen war, weil sie irgendwas mit ihrem rücken hatte: jann hatte mal erzählt, dass er und seine schwester svantje immer zu mcdonald's wollten früher, und dann sind sie einmal hin, und die eltern haben einfach nichts gegessen, weil sie keinen hunger hatten, während jann und svantje sich da die juniortüten reinschoben, aber das war natürlich nicht wegen hunger, sondern weil sie eigentlich kein geld hatten für die ganze familie, und dann haben sie immer zahnpastatuben und mayonnaisetuben und senftuben und einfach alles, was in tuben war, durchgeschnitten, um auch den allerletzten rest da rauszubekommen (das hat meine oma zwar auch gemacht, aber die machte das so psychomäßig wegen krieg, glaube ich, nicht wegen geld). das erste mal mit seiner mutter im kino war er im 2. semester, als die ein wochenende zu besuch kam nach köln. das fand ich schon spät, wenn man bedenkt, dass er schon eine ausbildung gemacht hatte und da bereits gute 23 war. allerdings so richtig begriffen, dass er früher mal arm war, meinte jann spille, hatte er nicht schon als kind, sondern erst, als er an der uni war und baföghöchstsatz hatte und einfach jeden tag blödsinn machen konnte und den lieben langen sommer auf der mauer an der zülpicher ecke grüngürtel saß und texte las und bier und spezis trinkend den sonnenschein und die girls genießen konnte – ohne dass irgendwann das geld endete und ohne dass er schwitzend mit seinem fahrrad zeitungen austragen musste und überlegen, ob er noch paninibilder kaufen konnte, oder ausgemeckert wurde, wenn er sich seine hose am knie aufgeschlagen hatte. er meinte, dass das die schönsten sommer seines bisherigen lebens waren, dort auf dieser mauer in köln.

für mich waren die auch sehr schön, aber aus anderen gründen, fürchte ich fast. meine eltern haben mir sowieso immer geld gegeben – weil sie sich selbst nicht trauten, das auszugeben, glaube ich. seit ich 14 war zum beispiel und da keine lust mehr hatte, mit denen mitzufahren, haben die nie wieder urlaub gemacht. die saßen jahrzehntelang zu hause auf dem balkon und haben die wiesen angeschaut oder, bei den nachbarn an die garage gelehnt, pilsbiere getrunken, oder mit dem fahrrad zum kneippbecken fuhren sie manchmal – und sonst nichts. natürlich imponierte mir diese bescheidenheit und dass sie trotzdem ständig glücklich waren, aber ich habe mein (oder eher deren) geld immer sofort rausgeballert. das konzept sparen konnte ich noch nie verstehen. keine ahnung aber auch, ob die 700 euro, die sie immer überwiesen, viel für die waren oder wenig – keine ahnung, was ein bergmann eigentlich verdient, aber mein studium haben sie auf jeden fall bezahlt. und das fand ich auch nett und so, aber – wie gesagt – irgendwie hatten sie es scheinbar ja auch – schon klar, dass ich kein bafög bekam. jann spille und ich und all die anderen, wir waren damals dann auch nicht reich oder konnten alles, aber da niemand richtig viel geld hatte, war es köstlich, weil jeder immer mitmachen konnte, weil wir auch nichts überdrehtes taten. natürlich half, dass clubs früher auch mal 4 und nicht 14 euro eintritt nahmen, und wir gingen nie in kneipen und immer nur zum kiosk, aber insgesamt hatten wir einfach ein entspanntes leben und ein glückliches.

schlussendlich teilten jann und ich also dann für unseren trip – oder richtiger gesagt: wir warfen zusammen, und dann hatten wir mit meinen gehaltsüberbleibseln und spilles mutter und all den verkäufen (und das eine arbeitslosengehalt von mir schon eingerechnet) so rund 6000 euro. da haben wir schon drüber nachgedacht, ob man das machen kann mit dem zusammenwerfen, weil wir so ungleich einzahlten. letztlich auch kackegal, weil es eh nur geld ist, dachten wir dann aber und machten, und eigentlich war das eh alles win-win, weil jann spille schon ein guter kollege war in unserer eigenen import-export-firma für weltanschauungen und mitgefühl, und es wurde mir nach kurzer zeit klar, dass wir entweder das konzept geld total überwinden müssten (aber da musst du natürlich alle anderen leute auch davon überzeugen, und das wäre schon recht optimistisch) oder andererseits zusammen und gemeinsam all unsere bestände verballern: so oder so hatten wir nicht vor, aufzuhören, ohne alles geld verloren zu haben – und das war im grunde ein schönes ziel: es sollte intensiv und lang werden, und zwischendurch kann man ja vielleicht auch noch was verdienen irgendwo oder betteln, aber am ende sollte die akropolis oder wasauchimmer oder irgendwas kaputt sein, und wir sollten uns möglichst weit von unserem cash-zentrierten leben entfernt haben. die abgesteckten räume unseres landes und daseins zu verlassen, traute ich mir halt wirklich nur mit jann spille zu, weil er ein guter freund war. und eigentlich war er mein treuester sternenkumpan.

die europagesamtausgabe

ich hatte noch ein kleines 2-mann-zelt, das ich mitnahm, und sonst halt ein bisschen klamotten und waschzeug und schlafsack und rote isomatte und ein paar medikamente in den rucksack gestopft und eine taschenlampe und noch sonnencreme. wir fuhren dann mit der bahn nach schönefeld, und dort kommt man ja auch auf die autobahn, und hielten an der auffahrt die daumen raus, und noch total verkatert waren wir, weil am tag vorher abschließend derbe korn geschnapst wurde, denn es wusste natürlich keiner, ob wir jemals wiederkommen würden, oder ich für meinen teil hatte jedenfalls keinen blassen schimmer, was auf mich zukam, oder dass ich dort einen finger verlieren würde, und überhaupt diese farbigen linien, die sich durch den kopf und meine adern und später in den asphalt und das firmament eingruben: das konnte ich alles nicht erahnen, und für unsere freunde war ja noch schlimmer eigentlich, dass sie nicht wussten, ob wir die akropolis wirklich kaputt machen wollten oder ob das nur so eine metapher war, dass wir immer sagten, dass wir losziehen und zu den hellenen gehen und den parthenon zersäbeln – oder ob wir da echt das dingen zerhauen wollten.

einer der ersten autofahrer nahm uns mit und war jedenfalls pole, und ballerten mit ihm bis nach görlitz da im tiefsten osten – wenn man in deutschen dimensionen denkt, aber eigentlich war es der mittlere westen in bezug auf europa, und darum ging es ja, und das hat jann spille auch jedem erzählt, dass wir die neue europäische idee heranzüchten wollen. der erste fahrer stieg dann in seinem gebrechlichen deutsch sofort drauf ein, und uns zu verständigen hatten wir schon echt probleme, aber der pole gab dann ein paar gute stichworte und redete von einer europäischen ökonomie, die ihn reich machte, und, alter, er hatte den krassesten geländewagenmercedes, den er da mit 200 über die autobahn scheuchte, und dann redeten wir echt wie aufgewühlt und wild darüber, ob das denn genug war mit dieser ökonomie, ob da nicht mehr drin ist in europa. naja, gut, das war jetzt eher lächerlich, wie wir dann bestimmt eine stunde noch wie sabbernde propeller über europäische frauen laberten, welche die heißesten sind, und auch nicht zielführend, aber wir haben dann auf der letzten raststätte kurz vor görlitz noch eine kippe mit dem polen geraucht, und war dann auch weg, der typ, und wohnte auf der anderen flußseite direkt in polen.

getrauert haben wir dort aber auch nicht, weil er eigentlich auch ein mokel war und besonders wegen seiner roma-kommentare – diese romas nerven mich ja auch irgendwie, wenn die am kotti oder auf der museumsinsel oder sonstwo abhängen und betteln, aber die nerven mich ja verkacktnochmal nicht, weil sie roma sind, sondern weil sie betteln. und die nerven auch nicht, weil sie arm sind, sondern weil sie einen immer anlabern. aber das machen arme vielleicht, und andere leute machen das ja sowieso, und das ist auch nicht weiter schlimm, oder es ist natürlich schlimm, dass sie das müssen, aber nicht, dass sie es dann tatsächlich machen. aber dass die sich ein wenig anders kleiden und die frauen immer röcke anhaben, das ist mir sowas von latte, und selbst da war der pole noch anderer meinung, und, ja, gut, was willst du da überhaupt noch sagen? und das ist eigentlich immer genau diese bredouille, in die du dich begibst, wenn du hitchhikest: da ist einer freundlich, oder eine ganze familie ist furchtbar nett zu dir und nimmt dich mit und gibt dir sogar bananen und stullen und kaffee, und dann clashen da echt politische auffassungen in dem kleinen automobil aufeinander, oder kranker rassismus sprudelt, sodass man eigentlich fast schon wieder aussteigen müsste, weil das so derbe ist. aber ich bin dann echt oft einfach sitzen geblieben und hab mir eingeredet, dass ich da gerade zwischen 2 vorstellungen vermittle, aber eigentlich habe ich manchmal meine eigenen ideale verscherbelt.

und da meinte ich auch zu jann spille noch, dass das vielleicht nicht so einfach ist mit der neuen europäischen idee, aber er fasste mich nur um die schulter und grinste, und das muss man sich so vorstellen: wir stehen also in dieser melange aus gütiger sommerdämmerung und tankstellenneonlicht und neben uns die bullernde autobahn und tupfen unsere schwitzigen hauttyp-0-gesichter mit dem t-shirt ab und beschließen, für heute hierzubleiben, und ich hole dann noch 2 bier, und setzen uns auf eine bank auf dem rastplatz und hocken quasi auf den letzten paar quadratmetern deutschland, bevor da im osten etwas neues beginnt, und ein paar oliven aus unserem proviant essend warten wir, dass im westen die sonne abtaucht. schwarzschrumpelige oliven mit kern, die ich vor der abfahrt noch bei dem türken in der triftstraße gekauft habe.

mich machte das natürlich auch ein wenig fertig, dass ich jetzt fort war, und ich hatte nicht so ewig viel geld und wusste nicht, was kommt. aber dann siehst du diese rote sonne, wie sie abhaut, hörst ein paar sprachen, die in autos einsteigen und kippen wegschleudern, und siehst die faltigen gesichter der truckerfahrer und ihre weißen unterhemden und straffen oberarme und hörst das surren ihrer kühlaggregate auf den lastwagen und schaust zu, wenn sie im halbschatten sich bockwürste in den mund schieben, und dann blickst du noch in die augen von jann spille, und dann blickst du auf den harten himmel, der langsam einige sterne einschaltet, und folgst mit den augen den stacheligen bewegungen der nadelbaumkronen auf der anderen fernstraßenseite und sowas, und dann ist auch alles gut. ich meine, das ist nicht der hit oder so, aber es ist auch nicht schlecht.

ich glaube überhaupt, dass niemand über europa reden sollte mit dieser verkackten attitüde der schicksalsgemeinschaft: die leute sollten es einfach nur immer erleben und spüren und eintauchen in anderer weise, nämlich so, dass europa nicht pflicht, sondern geil ist. denn wenn du verkrampft bist, dann vermittelst du es auch garantiert falsch, weil europa bestimmt nicht das große schicksal ist, als das es oft beschrieben wird, sondern ein rohstofflager der freude. europa ist nämlich eine chance, etwas ganz neukrasses zu machen, ein testanbaugebiet für bedingungslose hingabe, und so sollten alle da auch herangehen, mit der hoffnung, dass da was fettes entstehen kann, und nicht so miesepetrig und schuldbesessen sich verschlucken an einer konstruierten verantwortung. du solltest besser die anderen leute an die hand nehmen und ihnen zeigen, was es alles gibt und was alles kann, und ihnen vorsichtig ins gehirn flüstern, dass du sie magst. europa ist nichts außer dem, zu dem wir es machen, und deshalb will ich einfach, dass es wundervoll wird, weil es ansonsten vielleicht immer so kacke bleibt, wie es jetzt schon wieder ziemlich lange ist oder schon immer war.

wir haben dann noch eine weile unsere zerfledderte straßenkarte angesehen, die europagesamtausgabe, und eigentlich waren nur autobahnen drauf und ein paar andere straßen als winzige striche noch, sodass die weiten flächen südlich und östlich von görlitz, also tschechien und polen im wesentlichen, eher weiß aussahen und irgendwie blass im vergleich zu westeuropa. aber es war auch eine verkackte schnellstraßenkarte und kein atlas der liebe oder sowas, also davon haben wir uns jetzt nicht beeindrucken lassen, denn straßen gibt es dort natürlich auch, nur andere halt, die ein wenig unsichtbarer sind, und menschen sowieso. wir entschlossen uns dann, dass wir bis nach breslau oder krakau erstmal durch polen weiterwollten und dann gen süden, weil krakau eigentlich ganz schön sein soll, habe ich mal gehört. ich war aber niemals dort.

vorerst haben wir dann aber jedenfalls unsere isomatten ausgerollt, und hinter einer böschung legten wir uns schlafen unter dem schweren himmel und nicht weit von der röhrenden autobahn, einer kapillarader der mobilität. da haben wir geträumt von ölgemälden, gräsern, gesichtern und hunden, und glaube, dass wir echt entspannt schliefen, vor allem, weil wir bock hatten, und wenn du nur noch das bisschen kladderadatsch in deinem rucksack besitzt und sonst nichts mehr oder nirgends etwas, dann gehört dir eigentlich die ganze welt.

wie schmetterlinge

wir stellten uns am folgemorgen wieder an die straße, und kurze zeit später hatten wir kinderspielzeug im nacken und die rucksäcke auf dem schoß und saßen auf der rückbank eines kombis, und in der mitte zwischen uns noch ein kleines mädchen, das genervt auf einen gameboy einhackte. in die berge bei zakopane zum urlauben, meinte die familie in dem wagen, und sie haben eigentlich nicht viel erzählt. die kamen aus hessen und mutig fanden die das, was wir taten, also unterwegs sein. ich sah mich um und fragte mein innerstes ich, ob es nicht auch schon mutig war, ein kind zu haben, oder ob es nicht auch mutig war, über 40 zu sein, oder ob nicht viele sachen schon mutig waren heutzutage. ich habe dann eine banane entgegengenommen aus einem picknickkorb, als die irgendwo weit hinter kattowice pause machten und uns rausließen: wir waren also schon echt weit gekommen und an breslau vorbei und vor den toren krakaus, und das kind von denen war jetzt noch pissiger und richtig genervt, weil einerseits die gameboybatterien leer waren und sich seine eltern andererseits mehr für uns interessierten, und da entstand wohl ein vakuum für die kleine, und ich nuckelte also an der banane und spürte, wie polen langsam in mir aufstieg: die polnische luft, die polnische gelbe sonne, die polnische spröde vegetation, die polnischen blauen und grünen autos. all das macht polen aus, dachte ich – bis mich jann spille kichernd darauf aufmerksam machte, dass echt alles aussah wie in deutschland. haargenau so wie bei uns, meinte er.

da hatte er zwar recht, eigentlich war nur die sprache verschieden, und ein paar schilder sahen halt anders aus, und die industrieanlagen am horizont waren vielleicht ein wenig abgefuckter, aber vom gefühl her war das trotzdem eine neue welt: *novy świat*, sagen die polen. wir wussten nur ein bisschen mehr, als wir sahen, aber dieses hintergründige extrawissen machte unsere seele zu einem grellen schmetterling, der da rumflatterte und es einfach genoss, in bewegung zu sein. dort wohnten leute, deren vorfahren von so ziemlich jedem land europas mindestens einmal gefickt wurden, und das wusste und bedauerte ich, aber man sah es den leuten auch nicht direkt an, und vielen ist es sicherlich auch egal, aber mit diesem geschichtskoloss im rücken war das schon anders irgendwie, dort zu stehen. jedenfalls verabschiedeten wir uns von der familie und bedankten uns für die bananen.

so hart und wichtig wie ein autoscooter-auto

die nächsten etappen waren sehr viel kürzer, und auch die gespräche waren sparsam, aber in krakau angekommen wurde es abend, und wir haben richtig fett gegessen in der innenstadt: so polnische maultaschen, piroggen, mit kartoffeln oder champignons gefüllt und pfeffer drauf und fruchtig gebratenen zwiebeln. wir haben dann ein wenig mit der kellnerin geflirtet und uns danach ein hostel gesucht, haben eine flasche schnaps gekauft und sind zum fluß gelatscht und gelehnt an brückenpfeiler haben wir auf die schwarze flußsuppe gesehen und geraucht und begonnen, von unserer kindheit zu erzählen. ich war nicht gut darin auszuwählen, was interessant war, und plapperte eher assoziativ drauflos und erinnerte mich noch an ein paar fußballspiele, die ich machte: eines gegen preußen lengerich, da habe ich mir mal das linke handgelenk gebrochen in der b-jugend, und die knochensplitter haben sie mit einer platte fixiert, und deshalb musste ich später keinen dienst mehr machen (nicht einmal zivi), weil sie es einfach schief zusammenbauten, was mich aber nie echt störte oder was ich nicht mal richtig wusste, bis sie es vermessen hatten. der typ, der mich in dem spiel umgetreten hatte, blieb ewig mein feind, und ich kannte zwar seinen namen nicht, aber spuckte ihm bei jedem neuen aufeinandertreffen, immer wenn er gerade nicht guckte, von hinten aufs trikot oder in die haare. ich fand das gerecht, und ich weiß echt nicht, ob er es nicht merkte oder ob er es als seine strafe tatsächlich akzeptiert hatte.

jann spille hatte nie fußball gespielt. sein onkel hatte ihn immer zum leichtathletiktraining geschleift, um so springkrams zu machen und zu laufen, und er war wohl ziemlich gut im stabhochsprung gewesen, aber nicht, weil er der krasseste war, sondern weil das kaum ein anderer machte, und da wirst du natürlich voll oft verkackter landesmeister oder wasweißich, wenn kein anderer mitmacht – das war zumindest seine version, vielleicht war er aber auch einfach sehr gut gewesen.

einmal war noch ein anderes fußballspiel, und ich bin mit

einem zusammengebechert mit dem kopf und habe meinen eigenen namen daraufhin vergessen und habe geflucht, weil mich das fertigmachte. meine eltern wurden dann angerufen und haben mich ins krankenhaus gebracht, und habe dort einen tag lang nichts getan, außer zu liegen. bei grippe kannst du ja noch fernsehen, aber bei gehirnerschütterung sollst du einfach nichts tun, weil dein gehirn ja auch so angedetscht und wummerig ist.

das soll jetzt aber überhaupt nicht heißen, dass ich immer nur verletzt war oder mich nur erinnerte an die spiele, in denen ich mich verletzte: einmal war mein geburtstag, und ich hatte nachmittags noch ein spiel, und vielleicht war das schon in der a-jugend, und ich hatte dieses game in ibbenbüren bei arminia, und das waren so die krassesten hengste zu der zeit und, poah, was habe ich die gehasst. mit ein paar von denen war ich zwar auch auf der schule, aber habe immer auf dem feld erzählt, wie sie alle die schlechtesten und lappen sind, und das kannst du auch immer gut machen – es sei denn du verlierst am ende: und danach sah es voll lange aus, aber ich hab in der 80. minute dann nach einer ecke den ball an den hinterkopf bekommen und der ging rein, und dann war es nur noch 2:1, und dann wurde ich noch einmal langgeschickt und rannte so hart und wichtig und sauste wie ein autoscooter-auto da den platz lang und habe einen von denen kurz vorm 16er (und vom schiri ungeahndet) noch umgepumpt – wie ein autoscooter-auto halt – und schob dann sanft ein, wie in eine tolle frau, und stand dann da wie ein commander so stolz und starr auf dem platz, und das war bestimmt das schönste spiel des jahres. ich stand dann da einfach nur und tat, als ob ich bewegungslos und gefroren wäre, und dann abpfiff und hui, was haben die gegner sich geärgert, dass wir noch unentschieden spielten.

nachdem jann spille und ich uns noch ein paar weitere geschichten erzählt und den ganzen schnaps weggeballert hatten, schleuderten wir die flasche in den tiefen und langen fluss. wir hatten auch eine nachricht reingesteckt, die ich mit kuli auf einen kassenbon schrieb:

unruhig drücke ich
auf den roten knopf
des kleinen transistors.

das war von hans enzensberger, aber was anderes fiel mir nicht ein, und eigentlich passte es ja auch ganz gut, weil wir ja auch irgendwas immer erfahren wollten von der welt. aber andererseits liest solche nachrichten ja eh keiner und auf deutsch vielleicht erst recht nicht, wenn man sie in die weichsel wirft, und es kann schon gut sein, dass die letzten schnapstropfen die farbe der schrift eh aufgefressen haben, wer weiß das schon.

wir blieben noch ein paar tage in krakau und sahen uns die kirchen da an. ich habe das gehasst, aber jann spille war so ein bisschen religiös und fand das voll wichtig. gut, was willst du da sagen, manche leute sind halt religiös, auch wenn das nicht reinwill in meinen schädel, wie man an so eine zaubergestalt glauben kann. ich habe ihn da aber auch nicht hart kritisiert und dieses ganze gold und die wandbemalungen und sowas, das ist schon eindrucksvoll, aber auch hoffnungslos stupide, all das hinzuhängen, um sich auf etwas abzufeiern, was nicht existiert.

und wir waren noch mit zwei schwedinnen aus dem hostel in auschwitz gewesen, und das war nun echt die hölle. nicht wegen der schwedinnen oder so, die waren korrekt, aber auschwitz war die hölle. du läufst da diese langen schotterstraßen entlang und siehst entweder fundamente von baracken oder noch erhaltene baracken mit den todeskritzeleien der ehemaligen und siehst da überall staub, und in den hochöfen und den betonhäusern mit den quietschenden metalltüren und gasduschen und kachelwänden dort drehst du durch, und räume gefüllt mit alten brillen: ein ganzer raum mit verbogenen brillen und zersplitterten gläsern, und bestimmt war das ein brütend heißer tag, aber das kann mir keiner erzählen, das da nicht noch was anderes war, das mir die luftröhre zuschnürte. spille machte das auch fertig, und die schwedinnen machte das auch fertig. die eine hat so schrecklich geweint, dass du sie in den arm nehmen wolltest und ihr erklären, dass jetzt alles gut ist, aber es war ja nicht alles gut, weil auschwitz passiert ist, und dann ist eigentlich nie wieder irgendwas gut, weil auschwitz die hölle ist und bewiesen wurde, dass sowas passieren kann, und das machte mich echt fertig. natürlich wird da keiner mehr verbrannt, aber ich habe da selbst auch gestanden und gezittert, und die schwedin, die erst weinte, hat dann später noch gekotzt, und abends saßen wir nur stumm in den sesseln und haben lahme blicke durch den raum rollen lassen und gingen in die hostelküche, und mehr als suppe wollte ich nicht essen, weil ich am liebsten gar nicht mehr essen wollte, weil es sich anfühlte, als wär mein magen verschwunden. ich stand da dann spätabends im badezimmer und habe mir zahnpasta ins gesicht geschmiert und auf den bauch und mich mit den armen auf das waschbecken aufgestützt und einfach nichts mehr gesagt, weil ich nicht dachte, dass irgendwas noch wichtig wäre. jann spille hat sogar aufgehört, sein kleines haiku-tagebuch mit gedichten zu füllen, und es einfach weggesschmissen.

zum glück sind wir am nächsten tag weiter, weil ich da wegmusste, und mittlerweile sehe ich das auch alles anders und entspannter und ich ziehe viel kraft daraus und weiß dann immer, warum ich menschlich bleiben muss, weil ich allen beweisen will, dass es ein historischer zufall und singulärer fehler war, aber die menschheit einen guten kern hat und zum lieben da ist.

reaktor

wir standen also wieder an der straße und sind per autostopp tiefer in den osten, weil irgendwer meinte, dass das einfacher sei, als durch die berge zu trampen, und an der ukrainischen grenze brauchten wir dann zum ersten mal auch unsere reisepässe und kriegten stempel in kyrillischer schrift da rein und fragen kriegten wir an den kopf, die für mich wie klingonisch klangen, und wenn du lange einfach nichts oder irgendwas sagst, was keiner versteht, und immerzu grinst, dann lassen sie dich eigentlich in jedes land rein; das sollte man sich merken (natürlich brauchst du immer noch den richtigen pass). jedenfalls sind wir dann mit einem minibus von der grenze bis nach lemberg rein, weil das auch nicht teuer war und wir auch kein bock mehr hatten auf diese gestolperten gespräche in den tramper-autos, die eh nach 5 minuten auf dem deutschland-gutgut-polska-curva-ukrainska-niveau hängen blieben. ich meine, ich habe das genossen, einander nicht verstehen zu können und trotzdem zu lächeln – als wäre das der neutrale zustand: wenn du nichts verstehst, dann lachst du und strahlst freude nach außen, und erst wenn du dich gegenseitig begreifst und enttäuscht bist oder sowas, dann kommt ablehnung. aber die freude und güte und liebe und die rote frucht der leidenschaft sind scheinbar der standardstartpunkt einer jeden begegnung und konversation, und das hat mich beeindruckt, weil ich das so noch nicht wusste. das war toll, aber – wie gesagt – das war auch anstrengend, weil man halt nicht reden konnte.

über diese couchsurfingwebsite haben wir dann noch einen schlafplatz bei einem oleg gefunden und unsere rucksäcke in die bude geworfen, und das war alles schon recht absurd: wir luden ihn dann zum essen ein, weil er meinte, er hat seit tagen nur graubrot mit mayonnaise gegessen, weil ihm am monatsende immer das geld ausgeht, und das ist halt billig und macht satt, und ich dachte an all die kilo spaghetti mit tomatensoße, die ich in meinen späten kölner zeiten verschlungen hatte, wenn ich knapp bei kasse war, aber das erschien mir dann immer noch geiler als graubrot mit mayo. aber als er mir dann erklärte, dass ich den gasherd nicht ausmachen darf, weil der auf kleiner flamme weiterlaufen muss, weil er keine streichhölzer mehr hat, um den später nochmal zu entzünden, lachte ich einfach.

wir gehen also in ein fast bürgerliches restaurant und essen rote-bete-suppe und noch spiegeleier und bratkartoffeln und richtig deftig, richtig gut, und bier aus großen gläsern und bisschen labern über seine arbeit als fremdenführer, und ein gutes englisch hat der junge, und einen rundgang durch die altstadt machen wir noch und vorbei an der kranken oper (mit einem lodernden springbrunnen vorne dran), und das flasht uns, wie er zu jedem text an jeder reiterstatue in der stadt da noch nuanciert was anderes ausführen kann und wie er über springseile hopsend die referenzen schlägt zur weltgeschichte. als es spät wird, trinken wir erst einen kakao und putzen noch bei ihm zähne und tigern durch hinterhöfe durch und irgendwann eine treppe hoch und stehen vor einer grauen, abblätternden tür, 3 mal klopfen, und einer macht auf, und innen eine belebte bar und ein abgefuckter billardtisch und 50 leute, die sich grölend auf stühlen krümmen, und wir holen ein paar flaschen bier, und dann geht das schnell: er stellt uns ein paar leuten vor, und wir schweifen so mit unseren lebensgeschichten und lebensumständen durch die gegend, und ich kriege ein baseball-cap aufgesetzt mit dem ukrainischen nationalemblem vorn drauf und knallere billiardkugeln über den tisch und schreie so rum, und alle anderen schreien auch.

kurz danach steigen wir um auf wodka und ziehen uns hart den kahn zu, und nur noch lallend lassen wir da unsere gefühlsschwingungen in die luft ab, und eine frau, agnieszka, glaube ich, verwickelt mich dann noch in so ein tricky kartenspiel, das ich von da an immer wieder spiele: durak heißt das und ist ein hochintelligentes spiel, aber ich mache an dem abend andauernd fehler und muss immer neuen schnaps bestellen, bis wir irgendwann kein geld mehr haben und mit dem taxi zu oleg zurückwollen und auf 3 springen jann und ich und oleg an einer roten ampel aus dem taxi raus und sprinten dann in verschiedene richtungen weg. das war total dämlich: also einmal tat mir der fahrer natürlich leid, weil wir die zeche prellten, aber wir hatten ja echt kein cashes mehr, aber schlimmer war eigentlich, dass ich mich verlief und wirklich total den überblick verlor. ich bin dort durch die gassen mit ihren kyrillischen schildern geirrt, und alles wirkte so dunkel und grau und gleich und verlassen und leise, und habe bestimmt eine stunde gebraucht, bis ich die ampel wiederfand, an der wir rausgesprungen waren, und sah schon aus der ferne, wie oleg und jann spille da in einem straßenbahn-wartehäuschen rauchend plauderten, und haben mich echt hart ausgelacht, weil ich aber auch wirklich nicht so der beste war mit koordinaten und richtungen und so weiter.

weil es so wenig platz gab in olegs 1-zimmer-bude und er kein bad hatte, sondern nur eine badewanne an der einen wand, habe ich dort dann eine dünne matratze von ihm reingelegt und gepennt. jann legte unsere beiden isomatten aufeinander und schlief darauf und oleg auf dem sofa, und das war keine freude, da in der wanne zu liegen, aber richtig unbequem war es auch nicht. auf dem boden war aber leider echt kein platz mehr, so eng war die bude.

den tag drauf holten wir geld von der bank, frühstückten und bedankten uns und wollten weiter nach kiew reisen, um von dort was zu arrangieren, dass irgendwer uns tschernobyl zeigt. tschernobyl war für meine eltern früher so ein fettes ding, weil ich da gerade klein war, als das passierte, und weil ich viel im wald war, und die hatten angst, dass ich mir da krebs einfange. jedenfalls ging mein vater mit seinen kumpels von der gewerkschaft dann auch manchmal auf so anti-atom-demos – aber vielleicht auch, weil er dachte, dass das gut für seinen arbeitsplatz im bergwerk ist, denn irgendwas müssen die leute ja verbrennen oder so, und wenn schon kein uran, dann zumindest anthrazitkohle, das sagt er auch heute noch. manchmal weiß ich gar nicht, warum ich meine eltern so unheimlich liebe, weil eigentlich sind das ja wirre gestalten. also mit der energiewende hatte mein vater nicht so viel zu tun, das ist ihm zu esoterisch. der wollte einfach keinen krebs und nicht arbeitslos sein. meine mutter ist tatsächlich manchmal eine kleine esoterikerin, ganz unabhängig von der energiewende jetzt und jetzt auch nicht groß schlimm, aber sie hatte es eine zeit lang mit diesen globuli: diesem ganzen homöopathiekrams ist sie zumindest nicht abgeneigt, aber noch derber war eigentlich so ein mädel, mit dem ich mal was hatte, als ich noch in köln wohnte, die sich sogar eine spezielle zahnpasta besorgte, diese in kleinen roten tuben (ajona oder so), und einzig und allein aus dem grund, dass herkömmliche zahnpasta verhindert, dass die homöopathischen mittel wirken. wie gesagt, von homöopathie hielt ich echt nicht viel. irgendwas schlechtes eine million mal verdünnen und dann denken, das wird gut? wenn ich eine blasenentzündung habe, dann pisse ich ja auch nicht ins meer und trinke daraus, um gesund zu werden. ich halte das echt nicht für gefährlich, aber doch für unfug.

ich will auch gar nicht auf den punkt hinaus, dass das alles so clever war, was wir stattdessen machten, also extra nach tschernobyl reisen – dieser atomkrams war wahrscheinlich wirklich gefährlich, aber die leute meinten, bis du krebs davon bekommst, dauert es eh ein paar dekaden, und dann weißt du nicht mehr, woher genau das kommt. also die möglichkeit steht dann im raum, dass du den krebs ohnehin bekommen hättest, tschernobyl hin oder her, und das machte das ganze irgendwie erträglicher. wir stellten uns also wieder an die straße und trampten mit einem truckerfahrer den ganzen weg nach kiew, bis in ein industriegebiet irgendwo in der vorstadt, das dauerte so 8 stunden vielleicht. der typ fuhr einfach durch, ohne zu zucken, rauchte kette, und geredet haben wir auch nicht, aber man kann ihm wohl kaum vorwerfen, dass er kein deutsch sprach, denn wir waren ja die, die kein russisch oder ukrainisch sprachen, aber wir teilten unsere doppelkekse mit ihm.

von dem industriegebiet aus fuhren wir mit einer maschrutka tiefer in die stadt rein und suchten ein internetcafé, und dort machten wir dann die adresse von so einer reiseagency ausfindig, die dich nach tschernobyl bringt, und liefen hin zu dieser agency, und das war schon ein echt schmieriger hinterhof, in den wir uns da begaben, mit 2 freundlichen typen und einem mädel eher im hintergrund, die uns das dann erklärten, und wir buchten also was für in 2 tagen und sagten unsere passnummern auf und gaben denen ganz schön viel geld, ich glaube mehr als 1400 Hryvnia, also 120 Euro vielleicht, pro person! aber nun gut, so war das halt, stand auch so im internet. die ganze zeit musste ich dem einen typen von der agency auf die hände starren, er rauchte immerzu, aber bemerkenswert fand ich seinen gelben zeigefinger und auch mittelfinger: richtig mockig gelb waren die vom nikotin oder so – so krass hatte ich das noch nie gesehen, und der zündete sich wirklich eine nach der nächsten an, und auch die vorhänge und die tastatur und alles einfach gelb, und der aschenbecher war gefüllt und glich einer mittelgroßen halde.

wir sind dann mit der straßenbahn wieder raus aus der stadt, um irgendwo zu zelten. wir landeten letztlich in einer alten industriebrache, wo wir in einer brüchigen halle mit zerschlagenen fenstern irgendwo am stadtrand unser zelt direkt auf den betonboden stellten und ein kleines lagerfeuer daneben machten und uns die luft und die wärme mit ein paar mäusen teilten. da saßen wir noch lange, und auch den nächsten tag machten wir nur feuer, weil das so eine faszination ausübte und gemütlich war: die flammen essen in langsamer genugtuung die stöcke und planken auf und verwirbeln mit ihrer hitze die luft über dem feuer, sodass man immer denkt, dass dort raum und zeit ein bisschen verkleben oder sich zumindest berühren. auf dem feuer haben wir zucchini (von einem feld einen kilometer weiter) gebraten. die klauten wir nicht mal, weil eine frau dort arbeitete, und sie schüttelte nur den kopf, weil sie uns nicht verstand, wollte aber kein geld: sie hatte unsere hände immer wieder zugefaltet, als wir ihr was geben wollten. die zucchini jedenfalls waren richtige oschis, prall und saftig und tiefgrün. ein bisschen brot hatten wir noch in einem laden an der tramhaltestelle gekauft.

so verbrachten wir halt diese 2 tage und stiegen dann pünktlich in den minibus nach tschernobyl rein, zusammen mit einem halben dutzend amerikanern. eigentlich mag ich ja alle menschen, aber diese jungs waren irgendwie seltsam. erstmal waren die nett, aber haben sich immer beschwert, dass das so huckelig war, und dann haben sie mit ihren bekackten kameras immer so videos gemacht, in denen sie darüber laberten, wie *awesome* alles ist und so. ich meine, klar, für mich war das auch alles *awesome*, aber ich hab das halt verkacktnochmal niemandem zu erzählen gebraucht, weil das war doch überdeutlich: du fährst gerade nach tschernobyl und schaust dir eine von jetzt auf gleich verlassene region an mit ihrer natur, die alles zurückerobert, was die flüchtenden hinterließen. du schaust in den abgrund der zivilisation und bist einfach geflasht. ich habe ja auch noch nie jemandem erzählt, dass ich orgasmen ganz gut finde. da kann man auch echt mal still sein, finde ich.

wir bekamen dann kontaminationszähler und fuhren und liefen da herum. alle mussten lange hosen und feste schuhe und eine jacke tragen, und wir stolperten so durch prypjat, eine ehemals 50 000 leute beherbergende stadt, in der jetzt nur noch ratten und rehe umherstreiften und sich durchwühlten durch all das hab und gut, das dort gelassen wurde, weil alle ja dachten, dass sie bald zurückkommen können, um wieder dort zu leben. es gab kindergärten und cafés und gab einfach alles – außer menschen. es gab schaukeln, und es gab balkone und vogelhäuser und vögel, und die sonne schien, und es war eigentlich ein schöner tag. man konnte den tod nicht erkennen, aber wusste natürlich, dass er hier irgendwo wartete.

wir kamen dann auch nochmals näher an die bleibetonkuppel, die den reaktorblock umgab, und schauten von einer aussichtsplattform aus auf den vielleicht wirrsten beitrag der ukraine zur geschichte der welt. es gab noch ein freilichtmuseum für lastwagen und kipplader und betonsprühkanonen und roboter, die sie benutzt hatten, als sie 1986 aufräumen und begrenzen und versiegeln wollten. ab und an schlug mein geigerzähler an, und im gras strahlte es angeblich noch mehr, und ich versuchte deshalb echt penibel, auf den asphaltwegen zu bleiben, weil ich dann doch irgendwie ein sehr ungutes gefühl hatte und mittlerweile hinter jeder straßenlaterne den sensenmann und mein persönliches ende vermutete. schlussendlich gab es dann noch abendessen in einer kantine, in der auch die militärs und überwachungsleute aßen. mir schmeckte das nicht so recht, auch wenn die guides meinten, dass das alles in ordnung ist, was dort aufgetischt wird. vielleicht hatte ich auch absolut keinen hunger auf kartoffelpü an dem tag. jedenfalls aß ich das erste mal seit meiner kindheit einen teller nicht leer, und schließlich wurden wir dann noch mal geigervermessen, und meine hose sollte ich besser vernichten, meinten die, wäre aber ein grenzfall. die jacke behielt ich, und die trage ich auch heute noch manchmal. wir verabschiedeten uns dann aus diesem menschheitsvakuum und passierten noch eine gruppe ziegen, die wie selbstverständlich auf einer ampelkreuzung stehend uns abwertend ansah – als sei das ihr gutes recht, weil das nun ihre stadt war.

wir wollten allerdings danach nicht zurück nach kiew, sondern ließen uns nur ein kurzes stück mitnehmen und wollten dann selbst ein bisschen wegtrampen von dem ganzen ungemach und wieder nach westen, um kiew zu vermeiden, und als wir dann selbst daumen raushaltend versuchten, ein auto zu finden und fahrt aufzunehmen, grölte tief in uns ein sanfter lebensmechanismus, der uns fortscheuchte von diesem atomaren nachglühen, und fühlten uns schwitzig und ein wenig introvertiert, und ich sagte nicht mehr viel, und jann spille auch nicht. das war wohl ein großer schatten, der da auf uns lag und dafür sorgte, dass wir klein wurden, und die arme begannen zu frösteln – egal ob gerade sommer war oder nicht: tschernobyl ist ein eiscontainer, der eine schockgefrorene angst beherbergt vor dem untergang. du willst dann nur noch fort, wenn du sie mal gerochen hast, und wegschwimmen oder wegsegeln oder wasauchimmer, aber wenn du da an fukushima denkst, was damals gerade mal 2 oder 3 oder wasweißich wie viele monate her war, stellst du dir schon die frage, ob du irgendwann vielleicht gar nicht mehr weglaufen kannst oder ins verderben läufst, egal, wohin du flüchtest, oder zumindest stellte ich mir dann vor, jetzt wäre wieder supergau (also nicht fukushima, sondern einfach ein neuer noch dazu) und so weiter und dann noch den ganzen müll dazu und dann noch die atomabwürfe, die man sich bei jedem nächsten krieg ja vorstellen kann. das erregt schon schwindel irgendwie. der mensch zerfetzt halt potenziell kontinente, und die natur und holt mit einem greifbagger die glut der sonne runter auf die erde und zerschneidet alles. die natur und die erde und die galaxie kennen aber keine katastrophen. die natur wird immer sein, aber der mensch, der ist verletztlich: der kann verschwinden. wenn wir irgendwas ändern wollen auf dieser welt, dann sollten wir das für uns tun, denn wir sind die einzigen, die es interessiert. die natur könnte nicht minder interessiert sein, die natur denkt nicht, die natur ist und ist alles und ist immer und besonders. wenn du natur zerstörst, dann veränderst du sie nur. es geht immer nur um die menschen – die bedrohen sich mit ihrem handeln selbst und als ganzes, aber trotzdem können sie die finger einfach nicht lassen von dem verkackten nuklearbaukasten, das finde ich schon verrückt.

reet

wir fanden dann erstmal aber kein auto an dem abend, und das war schon ein unwohles gefühl, aber nicht zu ändern, und zelteten also am straßenrand und wachten wieder auf und packten zusammen, und das war alles schon ein gutes stück vom sperrbezirk entfernt, aber viel verkehr gab es nicht. und weil wir den folgenden halben tag nichts aßen und auch nichts zu essen sahen, blieben wir hungrig oder rauchten stattdessen noch ein paar zigaretten und schliefen in der mittagshitze noch ein wenig unter bäumen, und dann war echt ein kleiner tiefpunkt, weil wir uns im vorgarten der totalen hilflosigkeit vermuteten. ein kleiner kreisverkehr mit schildern nach kiew, wo wir nicht wieder hinwollten, und sonst nichts und autos alle halbe bis dreiviertel stunde und grau und zugegrast alles und vor allem kein verkackter verkehr.

wir entwickelten dann am nachmittag ein verständnis dafür, dass es langsam ernst wurde, weil wir kein wasser mehr hatten, und erst tanzten wir nur, aber danach (so gegen 3) sprangen wir den autos dann fast vor die haube und flehten herum und machten grimassen und wedelten, und dann hatte auch recht bald wer erbarmen, und wir wollten also erstmal was essen natürlich und was trinken, weil unsere münder verklebt und unsere mägen verschrumpelt waren. danach wollten wir uns dann waschen, und all das haben wir an dem tag auch noch hinbekommen (an einer tankstelle – 30 km weiter auf einer art schnellstraße), und an den folgetagen in unterschiedlichen reihenfolgen bekamen wir das auch hin. wir hatten von da an dann auch immer mehr als genug wasser dabei, um nicht wieder in die bredouille zu kommen, denn eigentlich hatten wir alle zeit der welt und nur ein schwammiges und weit entferntes ziel, sodass es grundsätzlich kein problem war, an einer verlassenen straße zu lungern und nichts zu tun und nichts zu sehen – wir wollten nur halt keinen durst mehr haben.

von dort an ließen wir uns also mehr zeit mit allem, und die brauchten wir auch, weil wir schnellstraßen mieden, nachdem wir die letzten 2 wochen ja schon derbe durchgeheizt waren und städte geatmet hatten und nun weite und licht wollten. wir wollten erstmal entspannen und die kornblumen und alles genießen, und braun wollten wir sein, obwohl unsere hauttyp-0-gesichter immer nur schmerzhaft rot wurden und wir kurz vorm hautkrebsendstadium doch noch hinbekamen, eine neue tube sonnencreme aufzutreiben, denn im wesentlichen sahen wir kaum häuser oder läden und tingelten nur noch durch ein geflecht von einfach asphaltierten feldwegen – unsere europagesamtausgabe war dieser herausforderung schon lange nicht mehr gewachsen, aber das war eigentlich auch egal.

wir waren nach ein paar tagen also irgendwo in novorossija und weiter im süden, in dieser gigantischen region, die unten bis ans schwarze meer reicht, aber in großen teilen auch einfach nicht besiedelt ist – abgesehen von ein paar bauernfamilien und füchsen. eine dieser bauernfamilien hatte uns mal in ihrem auto mitgenommen und eingeladen, zum essen zu bleiben. wir hatten nämlich von irgendwem ein englisch-russisches übersetzungsbuch bekommen und übersetzten dann unter außerachtlassung jeglicher grammatikalischer regeln unsere gedanken in für uns fremde wörter. das ging nach ein paar tagen vergleichsweise flotti, weil ich im nachschlagen schneller wurde und weil ich mir grundlegende dinge (хлеб ist brot, бу́лочка ist brötchen, und bei бу́лочка с ма́ком war dann noch mohn drauf, помидо́р ist tomate, дом ist ein haus, und нежена́тый heißt unverheiratet) schon etwa merken konnte – die aussprache war noch ein bisschen hakelig, und besonders mit Ж, Ч, Ш und Щ kam ich durcheinander: irgendwie waren die verschieden, aber ich konnte mir nur merken, dass sie immer irgendwie als *sch* oder *tsch* oder so ähnlich auszusprechen waren. das besserte sich zwar nach einem zeitchen, aber dennoch war das ein hartes geruckel da mit den leuten und auch bei dieser bauernfamilie. die tischten deftig auf in ihrem vom ganzen kochdunst leicht angefaulten haus und zeigten uns dann in der wohnstube schweigend so abzeichen von irgendwelchen opas aus dem krieg, und das ist natürlich ein tiefes thema, da kannst du nicht einfach das wort reue nachschlagen, schlecht betont aussprechen und deswegen 3 mal wiederholen müssen und gut ist.

also genau das haben wir zwar gemacht, aber so richtig gefiel uns das noch nicht. es nickten natürlich alle, aber die antworteten auch nicht so richtig, weil wir das eh nicht so gut verstanden. besser wurde es natürlich, als wir anfingen zu schnapsen: der vater packte eine pulle wodka auf den tisch und rief mit dem wandtelefon neben dem kühlschrank irgendwen an, ich glaube den nachbarn, und die mutter stellte uns noch snacks hin, eingelegtes gemüse hauptsächlich (sogar saure babymelonen), und wir haben dann mit der tochter noch und den eltern natürlich und dem nachbarn durak gespielt, das spiel aus lemberg. spiele sind immer gut, weil du dann witz und gedanken offenbarst, und obwohl es zwar nur auf den lebensteilbereich des spielens beschränkt ist, erlaubst du den leuten zu erfahren, was und wie du denkst. das bringt die leute näher zueinander, wenn sie dir in den kopf zu gucken versuchen und du auch probierst, dich in ihre gehirnströme hineinzuversetzen. das war schon toll, die übermütigen und die risikolosen zu identifizieren, die introvertierten und die glücklichen, und es war auch toll, wie wir da verschwitzt den spätsommer in die nacht reinprügelten, aber mein größtes problem besonders an dem ersten abend war, dass ich diese tochter immerzu anschauen musste, das ging fast nicht anders, mensch, was fand ich die gut. sie hatte ein rundes gesicht und schöne zähne, die sie ganz oft zum lächeln rausließ: ein schüchternes, aber durchaus zugeneigtes lächeln, obwohl man auch nicht wusste, ob das nun eigentlich nur für mich war, das lächeln, denn jann spille bekam auch manchmal eines, und manchmal ging es wohl an uns beide, aber ich fand, dass es, wenn es an mich direkt und nur an mich gerichtet war, schon viel ehrlicher aussah, aber gut.

jedenfalls hatte sie ein enges top an und – für ihr alter jetzt, vielleicht so 16 oder was, oder überhaupt – schon einen sehr fertigen körper, glaube ich. also ich meine, ich habe die ganze zeit auf ihre brüste gestarrt, wenn sie nicht so recht guckte, und wenn sie zu mir guckte, habe ich immer gelächelt und meine augen weit geöffnet, und dass ich kaum mit ihr reden konnte, ärgerte mich einerseits, weil ich gern erfahren hätte, wer sie ist und wie sie denkt und was sie träumt und alles, aber vor allem konnte ich auch nicht erklären, dass ich ein wirklich netter typ bin im grunde.

als alle besoffen waren, haben wir uns verabschiedet, durften aber erst nach draußen gehen, nachdem wir die mit händen und füßen davon überzeugt hatten, dass wir in unserem zelt und nicht in der stube pennen wollten. das wollten wir natürlich nicht zwingend, aber irgendwie fühlte sich das besser an, weil die ja eh viel zu nett schon zu uns gewesen waren. das zelt mussten wir natürlich noch aufbauen und umarmten also abschließend alle fest, auch wenn die sich traditionell eher nicht so schnell umarmten, aber wir drückten denen das auf, und der nachbar verschwand in der schwärze, und wir schwankten da also über so eine kleine wiese und stellten das zelt auf, und da kam also das mädel noch mal raus, ola tymchak hieß die übrigens, und half uns, und wie wir da dann gemeinsam heringe in den lockeren wiesenboden fuddelten, also wir steckten mit vereinten kräften diese harten stahldinger in den butterboden rein, und ihre und meine hand drückten da gemeinsam immer drauf, und war ja auch total sinnlos, weil der untergrund wirklich total tief und saftig war, und das hätte ich auch allein geschafft und sie natürlich auch, und haben uns dann immer gemeinsam hingehockt, und unsere oberkörper und hüften berührten sich natürlich, also da ist mir fast einer abgegangen, und besonders, wenn ich dann, auf den stahlprengel und ihre hand leicht draufdrückend, auch noch ihr gesicht und das feine zurückgezopfte blonde haar ansah, und jedenfalls hatte ich derbe eine erektion und stand dann später nur so gekrümmt neben dem fertig aufgebauten zelt, damit man die delle in der hose nicht so deutlich sah, obwohl es ja eh eigentlich schon total dunkel war. und dann rief auch ihre mutter oben am fenster stehend noch irgendwas mit дом, also haus bedeutete das ja, und musste dann rein, das mädel, und wir saßen dann noch kurz im zelteingang und rauchten eine und tranken ein paar schlucke wasser, um dem kater vorzubeugen, und lachten noch kurz, weil wir uns dann offenbarten, dass wir beide voll bock hatten, mit der guten dame ola tymchak da rumzumachen, die am anderen ende des hofes in der gelb erleuchteten haustür verschwand und das licht löschte und die nacht wieder rübergab an die regentschaft der stark besternten dunkelheit, und haben auch noch kurz diskutiert, ob die nur nochmal rausgekommen war, weil sie nähe und haut und atem spüren wollte oder weil sie einfach freundlich war, und haben noch ein bisschen diskutiert, wie alt die wohl ist, und jann spille meinte, dass sie locker 16 ist, und ich meinte auch mindestens 15, oder überhaupt ging es ja eigentlich um das gefühl intensiver nähe, und das ist so international, wie es auch alle generationen und viele alter betrifft, und so selbstverständlich ist es, wie es auch kolossal und wichtig ist und das leben zu funkelnden kugeln verdichtet. jann meinte dann noch: ey, die macht bestimmt einen auf seestern, aber kein problem, die ist so toll einfach. ich lachte und meinte: 100-prozentig macht sie nicht den seestern, alter, die verprügelt dich beim sex. das haben wir jedenfalls alles überlegt und schliefen dann ein.

am nächsten tag standen wir auf und kletterten raus aus dem zelt, und da rief uns auch schon die mutter wedelnd an den terrassentisch. da standen brot und kaffee und butter, und wurst und gurken waren da und trauben, und das taten wir in unsere körper und grinsten uns alle an, weil das alles immer noch so surreal schön und auch freundlich war, und überlegten uns, dass jetzt einer am besten dem vater eine runde hinterherlaufen kann und ihm bei allem hilft, und der andere hilft dann der mutter.

ich habe der mutter helfen wollen, weil ich irgendwie dachte, dass tochter ola tymchak das auch macht, und da wollte ich dabei sein, und das ist ja oft so mit den töchtern: bei meinen großeltern durfte auch nur meine schwester kartoffeln schälen, und bei mir haben sie immer gesagt, dass ich da die ganze kartoffel als schale wegschneide, weil das eh nur frauen richtig können – aber auch nur bis mein vater das mitkriegte und zu meiner großmutter ging und meinte, dass fiete ruhig kartoffeln schälen kann und auch alle komplett zu schalenmüll zerschälen, wenn er will, weil wir nämlich genug kartoffeln haben, sagte er da, weil der scheißkrieg nämlich vorbei ist: omma, kriech is vorbei, kartoffeln hammwa genuch, sagte mein vater damals und ging halt dann wiederum doch nicht auf den vorwurf ein, dass ich das nicht könnte, weil ich einen penis hatte, aber gut, zumindest bekam oma halt mal mit, dass der krieg geendet hatte – das glaubst du nicht, aber die benahm sich manchmal echt so, als würde alles gleich wieder im bombenhagel versinken oder so: die hatte immer notfallwasser im kanister und mehr konserven im keller, als sie in einem halben jahr verputzen konnte, und baute auch mit knapp 80 noch selber weißkohl und steckrüben im garten an, weil: man weiß ja nie.

die mutter da in novorossija schickte mich dann aber auch gleich weg und zeigte mir in meinem wörterbuch das wort für zaun, забóр. keine diskussionen gab es da, die küche ist frauenreich. ich hab noch versucht, ihr zu verstehen zu geben, dass ich ein echter chefkoch war eigentlich und das alles konnte wie ein junger gott, aber das hat sie entweder gar nicht verstanden oder fand es total lächerlich. auf jeden fall hatte sie einen mittelschweren lachanfall und wischte sich mit der schürze fette tränen aus dem gedunsenen gesicht, und ola tymchak grinste nur so verschmitzt und mitleidig. also trottelte ich wieder nach draußen und suchte jann spille und den vater, und als ich sie fand, schickten die mich sofort wieder in die tenne, dass ich mir auch eine säge besorge, und haben dann so ein gatter für die schweine repariert. hätten die schweine gewusst, wie morsch das war, die hätten das bestimmt sofort durchgeboxt und wären getürmt. andererseits gefiel es denen aber vielleicht auch ganz gut dort, und sie wären einfach geblieben. jedenfalls tauschten wir den ganzen tag einiges an planken aus und sägten zurecht und so weiter und nagelten das fest. gut war, dass der vater und auch die anderen sich nicht dafür bedankten, dass wir mithalfen – das harmonierte eigentlich perfekt damit, dass sie uns genauso wenig erklären konnten, warum sie uns überhaupt eingeladen hatten, bei ihnen zu pennen –, das war einfach so oder zumindest kein grund, jetzt andauernd für alles ein begründungsfass aufzumachen, weil das ja eh schwer war mit den worten.

wir hämmerten also den ganzen morgen und bis in den späten nachmittag an dem scheißgatter rum und machten nur 3 kurze wasser- und kippenpausen, und dann gab es abendessen, und es schien nicht so zu sein, dass wir irgendwann überhaupt nochmal wegmüssten. wir saßen also lange wieder im wohnzimmer, aber tranken diesmal nicht, und saßen auch nicht nur um den tisch herum, sondern der vater machte es sich auf einem schaukelstuhl gemütlich, jann spille spielte ein wenig mundharmonika, ich trommelte erst ein wenig auf dem stuhl, oder mit einem löffel trommelte ich, und holte dann später auch noch meine mundharmonika raus und setzte mich auf einen breiten sessel und spielte mit, obwohl ich das längst nicht so gut konnte wie jann spille. aber tat mein bestes, um in diesem großen bassin der selbstverständlichkeiten, in dem wir jetzt drin waren, nicht unterzugehen: jeder tat irgendwas und sah dabei so unangespannt und selbstlos und vergessen und ruhig aus. die mutter mit ihrer faltigen stirn strickte irgendwas und sah gedankenverloren aus dem fenster in die rötlich verschwindende sonne. die tochter ola sah wiederum phänomenal schön aus und saß eine zeit lang auf meiner sessellehne mit ihren schönen brüsten und tat so gelangweilt und gähnte immer und spielte mit einem rubikswürfel, wenn die eltern hersahen. aber andererseits warf sie mir manchmal auch dieses betörende grinsen zu.

ich habe ja selbst keine russeneltern, und eigentlich waren das hier ja auch ukrainer, selbst wenn sie russisch sprachen (oder eigentlich bin ich mir auch nicht ganz sicher, ob sie untereinander nicht doch ukrainisch sprachen), aber was ich so mitbekommen hatte von all diesen spätaussiedlerfamilien in dem städtchen, das mich meine jugend lang umgab, waren die schon etwas konservativer drauf. jakob babiel, ein kumpel von mir damals, hatte mal eine eugenia gevögelt, und das war echt eine schöne und auch sehr interessante frau, aber hatte sie dann trotzdem nie mehr angerufen oder meinte, er hätte da keinen bock mehr drauf, und ich schwöre, da kamen ein paar konstantins und eugens morgens mal zu seiner bushaltestelle, als er auf dem weg zur schule war, und die haben ihm schon verklickert, dass er so einen kram mit den kartoffelbräuten machen kann, aber nicht mit einer russin oder sowas. und auf jeden fall haben sie ihm eine geballert, und irgendwer hat bei seinem mofa auch später die reifen kaputt gestochen, aber blieb mehr oder minder unklar, ob die das ebenfalls waren.

also, was ich sagen wollte: mit russen ist auch gut kirschen essen, aber man darf sich halt nicht verschlucken. mit den meisten war ich damals gut klargekommen eigentlich: artur richter und der kleine johann epp, mit denen hab ich manchmal vor dem mathe-leistungskurs auf dem schulklo gekifft: die waren echt korrekte typen, und obwohl ich viele andere auch nicht so richtig kannte, waren die meisten von denen wahrscheinlich trotzdem ganz o.k. – also bloß, dass sie nicht wollten, dass die kartoffeln ihre schwestern vögelten. vielleicht war das ein gruppendings, aber nur, weil ich verkackt nicht russisch sprach mit meinen eltern, war ich ja kein anderer mensch (habe ich auch oft genau so gesagt), aber unabhängig von meiner ethnie oder wasweißich fanden sie jedenfalls dieses ganze promiskuititätsdings, dass man da häufig partner wechselt, nicht so sonderlich gut, glaube ich, und das alles jetzt irgendwie bedenkend wusste ich nicht genau, was der vater auf diesem bauernhof machen würde, wenn ein 12 oder so jahre älterer typ seine tochter anfasst und 2 tage später abhaut. ich meine, ich hatte die vielleicht nicht sonderlich berechtigte, aber durchaus unterschwellig vorhandene befürchtung, dass der mir den kopf abreißt, also tatsächlich abreißt – oder mit dem trecker über meine geschlechtsteile fährt.

als wir genug gespielt hatten auf unseren mundharmonikas, als die mutter genug gestrickt hatte und der vater genug geschaukelt, und als die tochter noch jedem einen tee hinstellte, begannen wir langsam, uns zu verabschieden. wenn man nicht so recht zu sprechen weiß, dauert das ja alles ein wenig länger, und dann war das nochmal nett mit dem tee. jann und fiete müde schlafen punkt morgen sehr früh schwimmen punkt kalt wach punkt schwimmen möglich fragezeichen. genau das haben wir gesagt und auf russisch, und es dauerte bestimmt eine viertelstunde, bis wir das da aus unserem buch herausgewrungen hatten. dann haben sie uns einen plan gemalt, und der ging zu einem see, schätze ich. dann habe ich noch gefragt: ola auch schwimmen fragezeichen. ola hat dann gelacht, und der vater kratzte sich am kopf, und die mutter stand auf und räumte die tassen ab und redete in einer tour vor sich hin, aber keine ahnung, was das bedeutete: das war so ein leicht bodenständig resignierendes nörgeln, oder es war was anderes und hörte aber auch nicht auf, und dann sagte aber schon ola, dass sie mitkommt, also да, also *da*, beziehungsweise *ja* hat sie im wesentlichen gesagt und dann extra für uns grammatikalisch einen gang runtergeschaltet und meinte auf russisch sowas wie: jann und fiete und ola schwimmen ja.

dann gingen alle schlafen, und um 6 wachten wir auf von vogelgeschrei und der expansiven hitze in unserem zelt und packten ein handtuch und eine flasche wasser in einen jutebeutel und klopften am haus. ola war auch schon wach, und wir gingen los über die aschepiste, die zum hof geführt hatte, aber nicht richtung asphaltstraße, sondern die andere richtung runter und auf eine mischwaldwand zu, die uns braun und grün die sicht versperrte. letztlich sind wir da dennoch hineingeklettert und stapfend auf einem kleinen pfad durchmarschiert. man konnte sehen, dass es ewig nicht mehr gebrannt hatte in dem wald, denn das unterholz türmte sich bis zu den hüften auf, und alles war dicht und undurchlässig – bis auf den kleinen weg, den wir uns, ola folgend, entlangschlängelten, und zwischendurch fielen immer wieder lichtstrahlen durch das blätterdach, und einmal blieben wir kurz stehen und lauschten und genossen diese waldeinsamkeit, und nach einer weiteren halben stunde laufen – wir liefen echt ewig – endete der wald unvermittelt, und standen an einem mittelgroßen weiher, dessen wasseroberfläche durch allerlei halme und grünzeug durchstochen war.

wir zogen uns dann bis auf die boxershorts aus, und ola ließ noch bh und slip an, und wateten langsam in das feuchte fremde: kringel weiteten sich von unseren beinen ausgehend auf der strahlend glatten oberfläche, bis jann spille zu strampeln anfing und den kopf untertauchend da weghechtete und, unter wasser ein paar züge machend, sich durch das letzte grünzeug durchfrickelte und in der unbewachsenen mitte des weihers wieder auftauchte. ich sah ola an, und die sah mich an und sagte etwas, das ich nicht verstand, und mein wörterbuch war auch nicht zur hand, und sie kam dann auf mich zu, und sie war auch nicht stark oder sowas, aber schubste mich dann, und obwohl ich zwar ein wenig schlaksig, aber durchaus ungefähr 1,92 groß bin, ließ ich mich aus mitleid doch umwerfen und tauchte unter und setzte mich da in den lehmgrund und lugte aus dem wasser wieder raus und strich meine haare zurück und sah sie an, wie sie gackernd da 1 oder 2 m weit weg stand und wartete, und ich richtete mich dann wieder auf und rief zu jann spille rüber, ob er das gesehen hätte von der kleinen frechdächsin, und grinste sie so an und ging zu ihr hin und fasste sie an der hüfte und hievte sie auf meine schulter, sodass sie, mit den fäusten auf meinen rücken ballernd, vor empörung schrie, und ich streifte da durch das vom aufgewühlten boden braune wasser, bis auch mir das alles bis zur hüfte ging, und sie kreischte da weiter was auf russisch, und hab dann all meine kraft zusammengenommen, aber mehr als einen meter weit schmeißt man leute dann ja doch nicht, weil die so superleicht nie sind.

aber jedenfalls platschte sie da der länge nach und wild gestikulierend auf diese dunkle grenzfläche zwischen wasser und luft und riss ein loch hinein in der größe eines kubikmeters und versank darin. als sie, sich wieder aufrichtend, nach luft schnappte, mussten wir alle lachen, und sie warf uns irgendwas auf russisch zu und platschte mit den händen aufs wasser, und jann spille meinte noch, dass ola mal besser ruhig sein soll. du, sonst gibt's abends kein essen für dich, hat er gesagt, aber weil wir uns eh gegenseitig kaum verstanden, war auch egal, wer was genau sagte. ich fing dann an, bahnen zu ziehen richtung gegenüberliegendes ufer, und jann spille und ola kabbelten da noch ein wenig rum, und der weiher war vielleicht so 50 m breit und ich drehte am anderen ufer dann um und schwamm zurück und drehte dann wieder um und zurück und wieder und zurück, und das so 10 mal und bis die kälte des wassers meinen organismus so richtig angeheizt hatte und ich glasklar alles und jeden vogel und jede welle und jedes baumwipfelgewedel sah und hörte. und in meiner birne surrten dann all die erlebnisse der letzten wochen und auch gorillahafte erlebnisse der letzten jahre umher, und während ich meter um meter dem teich da seine verlassenheit und idylle abknöpfte und, weite wellen ziehend, die residuen meiner körperkraft gleichmäßig an allen ufern ablud, legten jann und ola sich zum trocknen in die böschung und grabbelten da weiter rum. jann spille meinte später mal, dass er da eine tierische latte bekam, die ola 100 pro bemerkt haben musste, und dass sich ihre münder und stummen gesichter da berauschend dicht annäherten, und haben dann ein wenig rumgeknutscht oder eher so spielend ein paar küsse ausgetauscht, bis sie ihm dann in die hose griff und an seinem penis rumwerkte, da muss er wohl übergekocht sein mit seiner lust.

ich habe das so lange nicht mitbekommen, weil die wohl immer wieder aufhörten, wenn ich in deren richtung schwamm, bis sie dann plötzlich weg waren – und dann dachte ich mir schon, dass die jetzt erstmal weg sind. er hat sich dann ausgeschwiegen darüber, was letztlich genau passierte, aber das war ja seine sache sowieso und auch ihre sache, denn überhaupt hatten wir ja auch beschlossen, dass man sowas wohl machen kann, und eigentlich ärgerte mich bestimmt nur, dass jann spille da nun was am laufen hatte und ich überhaupt nix hatte. und ob sie nun der seestern war oder nicht, das war ja ihre oder deren sache, oder ob da überhaupt noch groß was passiert war oder sie überhaupt sex hatten oder ob die gute ola wirklich so unschuldig war, wie sie schien, konnte ich ja auch nur erahnen, aber später kamen die wieder, und es klebte denen überall der braune waldboden dran, und sprangen kurz nochmals ins wasser, um sich zu säubern, und dann gingen wir alle ein wenig summend und pfeifend durch den wald zurück, und ich ging vor, weil ich den weg nun kannte oder zu kennen glaubte, und die beiden hinter mir.

wir blieben noch 3 tage, glaube ich, und haben noch eine gefühlte tonne holz gespalten und hinter der scheune aufgeschichtet. jann spille war noch 2 mal ein zeitchen in ebenjener scheune dann verschwunden mit ola und, menschenskinder, ey, bei den 2 gelegenheiten hab ich dann sowas von heftig holzbrocken gespalten und drauf verzichtet, irgendwelche spaltkeile einzutreiben oder irgendwelche schwundrisse auszunützen, sondern hab dann die axt genommen und einfach mit all der kraft, die ich hatte, draufgeballert. das half auch nicht völlig darüber hinweg, dass ich keinen sex hatte und jann spille zwei schneunenwandbretter weiter auf dem heuboden zuneigungen und körperflüssigkeiten austauschte, aber das hacken pumpte zumindest einen warmen schweiß auf mein gesicht und in mein hemd hinein, sodass ich später, zufrieden und leer unter der draußendusche stehend, das fernab gestapelte holz ansah und meine knochen spürte.

am tag unserer abreise tranken wir noch starken kaffee, und ich gab ola tymchak einen wangenkuss, weil ich da lust drauf hatte, und ich glaubte, dass sie mich eigentlich mindestens genauso mochte, wie sie jann spille mochte, aber das war jetzt irgendwie zufällig halt so zur ola-spille-kombi gekommen – da darf man sich nicht grämen.

die mutter hat uns so marienbildchen mitgegeben, da konnte ich natürlich gar nichts mit anfangen, wusste nicht mal, ob man da danke oder amen sagt. jann spille hat sich höflich bedankt. der vater hat schließlich versucht, beim händeschütteln unsere knochen zu zermahlen – das war ihm am ende wohl doch nicht so geheuer alles, oder vielleicht macht er das beim abschied immer so, keine ahnung, und hat erst danach eingewilligt, sich nochmal mit uns zu umarmen.

wieder auf der schotterpiste richtung hauptstraße haben wir nochmals unsere mundharmonikas an die lippen getan und was gedudelt, und ich kniff jann spille in den hintern, und er hat mir auf die schuhe gespuckt, und ich wollte ihn in den straßengraben schmeißen, aber da hatte er schon so eine pistolengeste gemacht, als ob er mich erschießen wollte, und dann schreckte ich zurück und versuchte, den schüssen auszuweichen, und lief dann ruhig weiter – bis wir so 3 m später beide laut losprusten mussten. an der einbiegung zu der asphaltstraße saßen wir unter einer eiche, bis uns fast 3 stunden später eine ältere frau mitnahm, das allererste auto – wahrscheinlich lag das am sonntag, den wir da hatten, dass das so lange dauerte, aber dafür hatten wir natürlich überhaupt kein gespür mehr: ich wette fast, zu dem zeitpunkt hätte ich nicht mal mehr alle 7 verschiedenen wochentage auswendig auf die reihe bekommen – also hätte ich natürlich schon noch, das ist wie fahrradfahren, aber so vom prinzip her: dass uns das nicht mehr so sehr kümmerte, will ich sagen. wir waren 2 sternenkumpane auf dem weg durch die galaxie, und wochentage waren einfach zu klein für unser denken.

die ältere frau jedenfalls ließ uns nach einer stunde wieder raus, bevor sie in richtung eines kleinen dorfes abbog. sie sprach leider auch kein englisch, aber ich habe ihr ein kleines marienbilchen geschenkt, über das sie sich freute.

dann war da noch ein junges pärchen, und mit der frau sprachen wir englisch, und der typ ließ sich sachen immer übersetzen, und wir redeten das erste mal seit längerem wieder von europa. die fuckte natürlich ab, dass sie nicht einfach in die eu konnten und stattdessen durch ein einladungs- und visawirrwarr mussten, das ihren eifer, die nachbarn kennenzulernen, blockierte, und wir zeigten uns mitleidig: wie soll etwas zusammenwachsen, das grenzen hat und wunden nicht verheilen lässt, sondern immer wieder auffrischt und mit dem messer nachzieht, und immer weiter salz reinkippend und sich selbst verschandelnd grenzsoldaten beauftragt, eine innenwelt zu definieren, und vorsieht, diese von einer möglichen außen- oder nachbarwelt abzuschotten? wir verabschiedeten uns mit küsschen rechtslinks und handschlag an einer tankstelle und gingen da in ein kleines resto und aßen piroggen und kartoffelpü, und weil es langsam wieder dunkler wurde und uns klar war, dass wir keine chance mehr hatten, noch schnell nach odessa zu kommen, verkrochen wir uns in den wald hinter der tanke, oder eigentlich wussten wir gar nicht so recht, wo wir überhaupt waren, und bauten unser zelt auf und warteten, bis die nacht alles umhüllte und die unweit gelegene straße, von der milchigen hitze des tages ermüdet, ebenfalls zusammenbrach und schlief.

münzduschen

das stumpfe silber der morgensonne weckte uns auf, und wir machten bald unseren weg nach odessa am schwarzen meer in blau- und brötchenfarbenen lastwagen. dort angekommen, ließen wir uns 3, 4 abende auf ein plattenbau-hostel und wilde russische feriengäste ein und zogen so energetisch wie planeten da unsere bahnen und ein paar wodkas mit den russen in einem strandclub bei trashtechno und betrachteten tagsüber die rostenden kähne im hafenbecken und bestellten grillfische auf der uferpromenade und hievten sie hinein in unsere gierigen körper, und mit hockhackigen schwimmgästen haben wir frisbees hin und her geworfen. jann spille war total begeistert vom schwarzen meer, das er noch niemals gesehen hatte, weil er sich vorstellte, dass da ringsherum zehn kulturen unabhängig voneinander ihren chemiemüll reinkippten und dabei sprachen verwendeten, die teils unterschiedlicher nicht sein konnten. irgendwann weiter östlich kamen die großen in sich gesplitterten russen, dann die sogar nach außen zersplitterten kaukasusleute, dann die kurden und türken im süden und dann im westen die frischen neu-eu-bürger aus bulgarien und später die post-ceauşescu-rumänen, und dann folgte halt, im uhrzeigersinn und kurz vor der ukraine und im prinzip auch ohne echten zugang zum meer, moldawien, und die waren schon eingequetscht mit ihrem land. und dann kam, noch mehr eingequetscht, diese abtrünnige teilrepublik transnistrien, die, protegiert von moskau, die letzten 20 jahre dazu nutzte, an ihrem image als größtes freilichtmuseum der untergegangenen sowjetunion zu arbeiten, und weil sich die gelegenheit ergab, stiegen wir bei 3 sympathischen belgiern aus dem hostel in einen schicken golf ein und hobelten mit denen eben dorthin: nach transnistrien.

dort fuhren wir in die hauptstadt tiraspol rein – das ist alles mit ein paar kilometern getan, aber doch eine durchaus absurde veränderung der umstände, die dich da anspringt. es fängt schon damit an, dass man die grenzbeamtinnen und -beamten schmieren muss, um hineinzugelangen: mit umgerechnet 30 eurocent. das hat mich ja irgendwie beschämt – ich wollte schon immer mal jemanden bestechen: einfach um zu wissen, wie das ist, aber 30 cent kamen mir da irgendwie lächerlich vor. ich hatte früher immer an 5000 euro gedacht, damit ich in der organempfangsliste weiter nach oben kam, vielleicht für eine neue milz oder so, die ich dann bekomme, und mich auf ewigkeit als schlechter mensch betrachte, aber nun halt 30 cent und abgehakt. ich hatte erstmals in meinem leben jemanden bestochen und wusste jetzt, wie es war, und es war, ehrlich gesagt, egal – wie ein trinkgeld vielleicht, kein stück unrechtsgefühl machte sich da breit. leute wiederum, denen 5000 euro ebenfalls nichts bedeuten, rechtfertigen so vielleicht auch gekaufte organe, weil das ja eh nur peanuts sind.

tiraspol schließlich kam dann daher wie eine große zeitlupe und bestand nur aus plattenbauten und leninstatuen, wenn man schnell durchhuschte. aber eigentlich wurde es noch viel seltsamer, wenn man sich mal genauer umsah: die hatten eine whiskeyfabrik, die sich anfühlte wie der größte und einzige devisengenerator überhaupt, und im ganzen land hatten sie tausende militärs und eine kleine privatwährung, die transnistrien von moldawien trennte, und eine grobe räudigkeit, die über die straßen rollte, zusammen mit den grauen oberleitungsbussen, und alles war verwoben durch einen kitschig uneinsichtigen rückgriff auf die vergangenheit. kam mir jedenfalls so vor, aber die leute wirkten nicht wie in tristesse gefangen. ich meine, warum solltest du auch immer traurig sein, nur weil du geboren bist in einem land, das seltsam ist. die hatten durchaus humor: die busfahrer, die uns high five gaben, und die gemüsehändler, die ein smiley-gesicht machten mit einem wassermelonenstück, das sie sich vor den mund hielten, und die mütter, die ihre kinder mit handtaschen schlugen und uns lachend auch eine kelle androhten.

mit den belgiern machten wir jedenfalls eine brennereiführung in der whiskeyfabrik und schlürften den braunen stoff dort aus schönen stielgläsern. ich verstand nicht viel davon, aber rens broeckhoven, der eine belgier, feierte sich total darauf ab, dass da etwas so phänomenal anderes drin war, das er noch niemals geschmeckt hatte, und wollte dann sprudelnd mit dem guide da über lehmigkeit und sonstwas reden, aber der typ war im prinzip kein guide, sondern ein mitarbeiter, der weder englisch noch sonstwas sprach und eigentlich immer nur unsere gläser vollmachte und auf irgendwelche rohre und fässer zeigte. ich war ihm dankbar für dieses gewisse understatement, weil ich dadurch nicht so sehr als whiskey-nichtkenner auffiel. aber jann spille erbarmte sich dann und haute ein paar sachen raus, die ihm in den sinn kamen, selbst wenn er auch nicht so viel davon verstand, und rens und er haben sich also die fässer nochmals angesehen und gemutmaßt, wie alt die wohl sind und welches holz oder wasauchimmer.

jedenfalls hat rens 6 flaschen 15-jährigen gekauft, und die belgier düsten dann weiter. jann und ich machten uns noch einen schönen tag auf rostigen schaukeln in einem alten park unter grünen bäumen und umringt von gelbem gras und schliefen in einem gästehaus und folgten den leuten am nächsten tag mit einer marschrutka in richtung chişinău in moldawien. wir mussten an der grenze wieder die beamten bestechen – diesmal also, um herauszukommen.

wir hatten mit den belgiertypen e-mail-adressen gewechselt

und checkten in einem internetcafé, was sie geschrieben hatten, und gingen dann ins gleiche hostel. moldawien ist immer noch spannend, aber längst nicht so skurril wie transnistrien. die kultur dort ist stolz auf den wein, den sie produzieren, und die hauptstadt ist ein gemütlicher mix aus alten einstöckigen gartenhäusern in baumbewachsenen seitenstraßen und einer super aufgeregten mitte mit hohen betonstängeln und einer undurchschaubaren markt- und budenverkaufsstruktur, die dir alles anbietet, was es gibt. von nüssen über zigaretten und fettgebäck, fisch und fernseher, bis zu autos und sex. es gab einfach alles und das alles auch so dicht gedrängt, dass die gerüche und kundschaften ineinander übergehend und auf dich einprasselnd zu einer ganz eigenen überwältigung führten.

da sind wir 2 tage schauend rumgelaufen und haben auch das alte nationalstadion besichtigt, eine faulende ruine, der sie die tribünen zertrümmert hatten, und nur die laufbahn lag noch oval und seelenruhig auf dem boden, manchmal durchstochen von büschen und kleinen bäumen. das spielfeld in der mitte war zu einem mittelschweren wald geworden, in dem hasen wohnten und hunde kläfften und müll sich zu kleinen hügeln türmte: plastikbecher und kühlschränke und matratzen und ähnlicher unrat lagen dort, angepinkelt von mensch- und tierwelt gleichermaßen.

einen tag machten wir dann noch einen ausflug mit den belgiern in ein weinanbaugebiet, das um ein felsmassiv herum ausgebreitet war, in das sie kilometerlange schächte hineingeschlagen hatten, um bei optimalen bedingungen wein zu lagern für mehrere dekaden. wir machten eine spannende führung und kriegten da allerlei edle tropfen zu probieren, und im besucherzentrum der schachtanlage kaufte jeder nochmals so

3 oder 4 liter roten, den wir uns die nächsten tage hinterkippten, während wir, auf der terrasse des hostels sitzend, geschichten erzählten oder, uns huckepack nehmend, durch die straßen stolperten und schätze suchend jede betonplatte jedes bürgersteigs umdrehten.

inga und björn waren ein deutsches pärchen mitte, ende 20, und die hatte es aus unerfindlichen gründen auch nach moldawien verschlagen. jann spille redete ein paar mal mit denen, aber mir war das zu anstrengend, weil sie sich auch nur zofften. inga war wohl ein ordnungsfreak und björn ein kranker faulenzer: also der hat wirklich gar nichts gemacht, außer milch mit haferflocken essend auf der terrasse zu sitzen und den himmel anzuschauen. naja, und bei dieser inga hörte die ordnung nicht beim saubermachen und packen und aufbewahren auf, da begann sie nämlich erst und nahm fahrt auf, und den höhepunkt erreichte sie, wenn es ums plänemachen ging oder eher das vortragen der pläne, die sie scheinbar alle schon längst gefasst und wegkomponiert hatte: die wollten fast 4 monate unterwegs sein insgesamt, aber mir schien, als hätte inga schon jede millisekunde luft zerplant und kaputtstrukturiert: alle buslinien und museumsöffnungszeiten hatte sie, hatte alle 6 tage einen waschtag einsortiert und alle 10 tage ein neues buch angedacht, hatte nutella dabei für 2 personen für noch weitere 2 monate (deswegen wollte sie jann spille erst auch nichts abgeben), und dann hatte sie noch so rare funktionssandalen, die dich schweben lassen mit düsenantrieb, glaube ich, und hat ihren björn immer daran erinnert, dass er noch zähne putzen muss. das fand ich echt anstrengend, und irgendwie tat björn mir auch ein wenig leid. genau deswegen habe ich auch nicht mit denen geredet, obwohl ich ihnen am ersten tag noch ein buch von juli zeh schenkte, was sie gar nicht honorierten, obwohl es ganz neu war quasi – hardcover, noch in berlin gekauft und dann auch noch umsonst und richtig interessant eigentlich –, und alles nur, weil sie, wie inga meinte, eigentlich schon genug hätten zum lesen. das verstörte mich. ich meine: dann sagt mir doch wenigstens nicht, dass ihr es erstmal nicht lesen werdet – weil ich dann plötzlich lust bekam, das buch lieber draußen im hof zu verbrennen, bevor sie es vielleicht hinter der nächsten straßenecke wegwerfen, um ihre perfekten rucksäcke nicht zu übergewichten. klar, juli zeh ist auch nicht überkrass, aber zumindest 10 mal heftiger, als sich eine muldenkipperladung cecelia ahern oder rebecca martin reinzuschniefen.

einen tag besichtigten wir noch ein kloster auf einem bergkamm, und dann waren auch alle reiseführerbücher einhellig der meinung, dass es mehr zu sehen in moldawien nicht gibt. aber natürlich war das die krux, dass wir gar nicht da waren, um etwas zu sehen. wir wollten die große likörflasche der menschlichen geschichte aussaufen und einen neuen trank ansetzen: alte gebäude zu besichtigen ist da nicht zwingend. wir nahmen also einen bus aus der stadt raus – nachdem wir uns noch herzlichst von rens broeckhoven und seinen freunden und etwas gehemmter auch von inga und björn verabschiedet hatten – und hielten an einer der ausfallstraßen unsere däumchen raus und schlawinerten uns so in 2 oder 3 etappen in ein kleines dorf hinein, das irgendwo kurz vor der rumänischen grenze und eingeklemmt zwischen 2 hügeln herumstand. bei einem straßenrandstand kauften wir ein paar früchte, die überraschend günstig waren, sodass wir kurzerhand beschlossen, fast alle früchte zu kaufen, und sie in einen eimer taten, und die verkäuferinnen halfen uns dabei: das waren also massig orangen, die wir alle pellten und in den eimer gaben, da waren zitronen, die wir ausquetschten, und äpfel, denen wir die kerne und schalen wegnahmen, und birnen, bei denen wir das gleiche taten, und ein paar reben mit trauben – und mit einem großen hammer zermanschten wir und mit wasser streckten wir das, und mit minze würzten wir, und multivitamin würde man dazu in deutschland bestimmt sagen.

jann spille fragte bei einem haus noch nach gläsern, und wir machten also bei den frauen und ihrem tisch noch eine kleine fläche für den safteimer frei und legten ein schild hin, da war *drinks & love 0 LEU* draufgeschrieben. es dauerte ein bisschen, bis die alten frauen begriffen, was das sollte, aber die waren ganz witzig drauf, und wir saßen da dann ein paar stunden, und immer mal wieder kam wer, aber das war halt auch ein kleines dorf, und auch nicht jeder wollte so eine erfrischung, aber viele schon, und ein paar schulkinder kamen an, und die tranken fast das meiste, aber wir saßen da auch noch viel länger und spielten mit 2 anderen kids zwischendurch sogar ein wenig fußball, bis wir irgendwann frustriert den ball hochnahmen und sie dadurch ärgerten, dass wir den nur noch mit den händen hin und her warfen: die waren halt so klein, dass sie keine chance hatten, die kugel nochmals zu bekommen. wie kleine hyänen sprangen die an uns hoch, und wir haben sie dann immer weggeschüttelt und zurück in den sand geschmissen und so elefantengeräusche gemacht und getan, als ob wir diese dickhäuter sind, und dann immer so träge gestampft und gebrüllt, das war schon ein spaß, und alle haben gegrinst, auch die alten frauen, die, ihre faltigen gesichter bewegend, sich gegenseitig antippten und ab und an dann sogar laut auflachten.

jeder von den kleinen rabauken hat dann noch einen saft getrunken und haben uns die fäuste gegeben zum abschied und sind abgedüst, und weg waren die wieder. so oder so ähnlich kamen den ganzen tag über leute da lang und quatschten kurz und nahmen einen saft, und wir verstanden natürlich nichts, oder nur selten mal was, und erklärten, dass wir auf einer reise waren. wir sahen also zumindest aber zu, wie der trank zusammenschmolz, und die frauen haben dann salzige sonnenblumenkerne an uns weitergereicht, damit wir die knabbern können, und irgendwann war der eimer leer – bis auf eine menge fruchtfleisch natürlich. aber jann hat noch ein bisschen auf der mundharmonika improvisiert und so einen worksongblues gedudelt, während ich mit den frauen das unverkaufte gemüse in kisten auf den kleinen transporter hievte, und habe die noch gedrückt, und jann drückte auch.

da standen wir also am frühen abend und am rande dieser unebenen betonplattenstraße irgendwo im nirgendwo und liefen also dorfauswärts wieder los und einfach weiter und legten uns dann mit unseren isomatten auf eine mit kontinentaler wärme gespeiste wiese und schliefen, bis uns am nächsten tag der bauer anmeckerte, der wohl zum füttern unterwegs war und da langkam. dann erkannte er uns vom vorabend (der hatte auch einen saft gehabt) und war auch alles wieder gut dann, und wir gingen auch schon wieder und bedankten uns nochmal recht herzlich in einer sprache, die er wahrscheinlich nicht verstand. trotzdem hat er uns dann in einer tour noch was erzählt, und das macht dich auf eine sehr intime weise glücklich, dass leute dir den geheimen ballast ihres lebens anzuvertrauen bereit sind, selbst wenn sie dich nur kurz kennen und dir mit der groben gewissheit gegenüberstehen, dass du nicht jedes wort oder gar kein wort begreifst, aber doch den meta-zusammenhang der dinge spürst.

von dort trampten wir zu einem grenzübergang und von dort bis nach iaşi in rumänien, und weil es schon dunkler wurde und wir durch ein missverständnis mitten in der stadt rausgelassen wurden und beide ein wenig rochen, entschieden wir uns, den nachtzug nach bukarest zu nehmen und im bahnhof die münzduschen zu benutzen und mal ein wenig zu chillen und vernünftig zu essen, was im bordrestaurant verblüffend gut ging.

delta

in bukarest gab es ein kulturhaus, das hieß einfach so, also das deutsche wort haben die benutzt, und unten im keller haben sie berlinflaggen aufgehängt und die klinker unverputzt stehen lassen und djs reingepackt und war einer der krassesten clubs der stadt, auch wenn mich diese anleihen an berlin immer so nerven, weil die leute doch einfach, ihr eigenes selbstvertrauen nutzend, beginnen könnten mit der verkackten behauptung, dass bukarest jetzt halt einfach bukarest ist und das neue berlin, aber eben nicht das gleiche wie berlin. auf jeden fall tanzten die leute dort fassungslos. die musik war für rumänien auffallend elektronisch, so deep house minimal irgendwas haben die aufgelegt und auch gute leute, *alle farben* zum beispiel, so ein dj, den ich mal in berlin gesehen hatte, war dort exakt zu der zeit, als wir in bukarest abhingen, und das war natürlich krank: wir gehen also hin und rütteln da unten an den wänden, als der anfängt aufzulegen, und saufen und lauschen dem marschbefehl in den basshimmel und holen uns vorher in einem kiosk noch was von diesen neuen designerdrogen, die sie immer erst nach ein paar monaten verbieten, weil sie nicht richtig hinterherkommen, die zu entdecken.

meins heißt *rush,* und weiß auch gar nicht genau, wie das wirkt, aber schraube dann den deckel ab, und, das zeug unter meine nase haltend, atme ich ein, was so aus dem fläschchen verdampft. das ist irgendwie beißend minzig, aber dann passiert so 5 minuten nichts, und wir tanzen wieder im gedränge, und dieses minimale sounderlebnis schraubt sich immer weiter empor, es kommt mehr klanggewalt dazu, und zischen im hintergrund mischt sich unter, und das zischende element wird vibrierend lauter, und jeder in dem ganzen verkackten kellerkomplex weiß, dass da gleich der absprung kommt, und zittert erwartungsvoll, während sich das zischen vorbohrt und die beats verquickt werden, und das zischen rauchig und elendig laut alles durchnebelt und, ZISCHZISCHZISCH, wird es immer lauterlauterlauter noch, aber auch labiler und schwammiger, und die beats verschwinden, und nur das zischen bleibt am absoluten lautstärkelimit, und dann alles krass runtergeregelt auf null komma null nichts. stille und totalruhe für ein paar millisekunden, und plötzlich kickt so überkrass der fetteste beat der welt ein und shakert ein ganzes stadtviertel, wette ich, und wieder dazuwirbelnd kommen fruchtige lustoberklänge drauf, und die menge und ich und jann spille, wir flippen da alle total aus, und ich beweg den linken arm, wie in einem lastwagen die fahrer da an der leine ziehen, um das horn zu betätigen, und jann spille und ich grinsen kranker und überheblicher und größer als alles, und genau da setzt dann auch *rush* ein: meine gesichtshaut fühlt sich feucht und klumpig an, und sehe kontrastreicher, und überhaupt wird mir immer wärmer, und meine schlagzahl erhöht sich, die pumpe geht, und wechsele von lastwagenhupe auf die spitzenhackengeste – so als stände ich da im bergwerk meiner seele und würde die kohle aus dem stein ballern, zertrümmere ich alles, und die einzelnen tonwände würfele ich da in tonnenschwere gesteinsbrocken, in kleinere brocken, und letztlich krümelklein hacke ich da alles.

ich befinde mich kurz vor der mittagspause meiner 8-stunden-elektroschicht und berserke durch die schweißluft und will tiefschnaubend die planübererfüllung und will den schichtleiter und den steiger will ich glücklich machen, und meine venenlandkarten auf den unterarmen sind schon zu reißenden gebirgsbächen (wie nach der schneeschmelze) angeschwollen, so heftig ist das, was da in meinem organismus durchgefeuert und weggerudert wird, und das mache ich dann nicht ewig mit, weil *rush* irgendwann auch stoppt und weil ich echt ein einziger transpirationsschwamm geworden bin. und gleite da also wieder nach draußen und kippe ein paar liter luft in meine lunge, um die gröbsten hitzeschäden zu vermeiden. jann spille folgt mir kurz danach und schnappt nur so fischgleich in der nachtluft herum und erzählt mir von *join* – das war sein fläschchen und hört sich eher nach dizzyness und ultraempfindlichkeit bei berührungen an, und er zeigt mir seine permanente gänsehaut. jedenfalls tauschen wir die behälter dann und gehen beide noch wasser am hahn auf dem klo trinken und reintegrieren uns wieder in die klebrige tanzmasse, und das dauert da vielleicht noch bis irgendwann morgens, und ich bin total verkümmert: ich hab irgendwann dann außer meinen knochen nichts mehr – der rest ist ab- und weggewetzt und verbrannt.

verloren und glücklich und schwach und den beweis der eigenen existenz erbracht habend klettere ich dann nach draußen und setze mich auf den bordstein, und neben mir sitzt plötzlich ein mädchen mit krulligen haaren und hat ihren kopf an meiner schulter und die augen zu: dass sie viel nüchterner und weniger holunderzerstört ist als ich, hab ich das gefühl, auf jeden fall glaube ich, das am aussehen ihrer gesichtspartie erkennen zu können. aber vielleicht ist das auch blödsinn, weil sie ja sogar schon so fertig ist, dass sie sich anlehnen muss. jedenfalls passt mir das aber alles ganz gut, weil ihr kopf so warm und wohlig und vertrauen spendend da auf meiner schulter ruht und weil ich nicht mehr genau auf dem schirm habe, wo jann spille ist, denn der ist für die wege und koordinaten zuständig (ich merkte mir das alles nie), und mein telefon hat auch den akku leer. also beginne ich zu sprechen: *can i stay at your place tonight – or this morning i mean* (es ist schon taghell und überall leute auf den wegen zu ihren arbeitsorten oder zur kirche oder sowas). sie macht die augen nicht auf, schlingt aber die arme um meinen oberkörper, und weiter mit dem kopf auf meiner schulter sagt sie dann so: *well, i don't know you, you know?* ich: *yes, but i am the good person and i, well, don't want to go home alone 'cause i like people, and you seem to be exceptionally interesting and upright and honest and everything and i can accept a no – do not worry – but, trust me, i honestly do like you. i like you very. i even like you more very. and this is not about sex, it is about: me doesn't want to be alone when waking up.* sie dann so: *well, i live in a tiny apartment, but i have a spare mattress you can sleep on, and if i feel like you should go, then you have to go.* und ich dann: *o.k., fair deal.*

also haben wir das so gemacht und saßen da erst noch so still und schweigend und uns festhaltend eine viertelstunde, und dann ging ich mit ihr nach hause und auf dem weg und in bewegung wurde ich wieder ein wenig klarer und überlegte, was das nun bedeutet, und kam zum schluss, dass sie mich gut finden muss, sonst hätte sie nicht ja gesagt und wäre überhaupt nicht da gewesen. und daher blieb ich stehen und hab sie angeküsst oder vielleicht habe ich sie sogar vorher noch gefragt, ob sie küssen will, und da sagte sie: *yes*. jedenfalls küssten wir auf dem weg zu ihrem plattenbauzimmer im 1000. stock noch ein paar mal ein bisschen. es begann, leicht zu nieseln, und der weg dauerte eine gefühlte ewigkeit, aber sie bestand darauf, nicht mit der bahn zu fahren, weil frische luft guttut, und eigentlich hatte sie recht. bei ihr zog ich meine hose und das hemd aus, und natürlich hatte sie keine zweite matratze, und haben noch ein bisschen rumgeknutscht, aber meine hände zwischen ihren beinen hat sie immer langsam da wieder weggeräumt, und dann müssen wir irgendwann eingeschlafen sein.

am späteren nachmittag und nach dem schlafen hat sie mir erklärt, dass sie noch nie sex hatte und das bestimmt auch nicht machen wird mit irgendeinem touristen. ich habe ihr erklärt, dass ich nicht irgendein tourist, sondern fiete soundso und ein mensch bin. das überzeugte sie zwar nicht, aber ich traf mich am folgetag dann noch mit ihr und zog da quasi dann auch ein und wollte da einfach noch ein bisschen bleiben, und jann spille war das sogar ganz genehm, weil freiraum uns bestimmt auch guttat, weil wir fast zusammengewachsen sein mussten, so eng waren wir da unterwegs. und er sah sich stattdessen noch timişoara und cluj-napoca weiter im westen rumäniens an, und wir machten ab, uns bald dort zu treffen, um nach ungarn reinzustechen. jedenfalls gab's abends immer ein wenig kuscheln, oder sie hat mir ein paar tage später einen geblasen, und ich habe sie öfters mit der zunge erkundet oder all so sachen, und wir hatten sicherlich große freude. aber es gibt da ja verschiedene ansichten, nur meiner meinung nach ist das auch schon sex eigentlich, aber das muss ja jeder selbst entscheiden, wie sich das anfühlt oder was er oder sie denkt, aber ganz schlüssig fand ich ihre kein-sex-aber-alles-andere-wohl-argumentation nicht, weil ja alles, was 2 menschen involviert, schon sex ist, glaube ich, oder zumindest ist es ja was anderes, als zu masturbieren, weil man seine intimitäten zu teilen beginnt oder so, und dann diese innige penis-vagina-andockung, das ist dann ja nur ein weiterer, eher profaner schritt und gar nicht so, dass ich das jetzt ganz unbedingt wollte, aber ich habe es einfach nicht so genau verstanden, warum das jetzt die riesensache war, die nicht passieren durfte. nicoleta hieß sie.

das war im grunde aber alles sehr aufregend, und schätze, ich mochte sie wirklich, und sie war interessant, ich meine, wir lagen nicht die ganze zeit nur an uns rumspielend im bett, obwohl wir das auch viel machten, aber wir haben auch enten gefüttert und gekocht und theater ausgecheckt oder waren einmal sogar auf einer parade für die unabhängigkeit oder sowas und haben einfach auch viel diskutiert: sie wusste viel über tiere und hatte es mit tierethik, und das war nicht so mein steckenpferd, aber ein wenig wusste ich auch – also wegen alldem, und weil ich begeistert war von ihren regenbogenfarbenen bewegungsabläufen und den funkenden augenaufschlägen, dachte ich einfach, dass sie mir viel bedeutet oder sowas.

genau kann ich das jetzt auch nicht sagen, aber jedenfalls freute ich mich nach jedem tag, den wir verbrachten, dass wir später dann wieder bei ihr im bett abhängen und aneinander rumtüfteln und nackt sein und uns nah sein konnten, und irgendwann lagen wir da einmal morgens so im bett und sprachen auch über das donaudelta, dass man da hinfliegen kann oder mit einem boot dort auch hingelangt und dann, in entlegensten wald- und sumpfgebieten und mit edelsten flussformen konfrontiert, natur nochmal neu realisiert. das erklärte sie mir alles, weil sie das schon ewig mal wollte, und war da aber noch nie gewesen und hatte auch kein geld für sowas. ich hatte später nochmal diskussionen mit jann spille, ob sowas in das gemeinsame budget fällt, aber hab sie halt dann eingeladen, weil das spannend klang mit dem delta, und ich wollte da dann auch hin irgendwie, und fuhren also mit dem zug am wochenende an die küste und von dort aus charterten wir uns einen kleinen kahn samt fahrer ins delta, in eine kleine häuseransammlung mit einem scheckigen restaurant samt gästezimmer, von wo aus wir am nächsten tag eine ganztägige exklusivexpedition mit einem motorboot bekamen, und das war einfach krasse natur in einer bezaubernden unberührtheit, die mich fast weinen ließ, so wässrig und endlos lag da alles vor uns.

ab und an sahen wir riesige vögel, die da wolkengleich am firmament zu kleben schienen, und nutriamäßige tiere und sowas alles und glitzernde halme und stampften da mit gummistiefeln in ein kleines buschgebiet zwischen zwei wasserarmen, und der guide sagte: bitte leise. und dann passierte es: wir waren leise, und da bist du 100 km von der nächsten stadt weg (wenn man mal von dem 5-häuser-dorf mit unserer pension absieht), aber trotzdem noch in europa, und es sind nur tiere, die aber kanonenlaut da rumzirpen und singen, und im gegensatz dazu sind wir menschen so leise, wie menschlicher atem leise ist und ein kleiner funken nur in diesem feuerwerk der weltgeräusche, und im leib zerschießt dir eine strenge sternenexplosion alle magenwände, sodass all das obst und gemüse sauer und direkt eindringt in deine blutbahn und alles zerwirbelt, und meine öligen muskeln drehen vibrierend durch, und schließlich gibt mein gehirn noch schwer ausatmend einen seufzer der ultimativ-kosmischen lebensbejahung ab, weil das alles so schön ist und man sich haut an haut mit der weltzeugung wähnt. und da kommt sie, also nicoleta, zu mir rüber, während sie genau das gleiche parallel in ihrem kopf auch realisiert, und ich sehe sie an, und wir knutschen dann so glücklich und befreit und lange und sowas, dass der guide bestimmt seine augen verdreht, obwohl er ja die magie dieses ortes auch mindestens schon einmal genau so erlebt haben musste.

jedenfalls aßen wir in dem gasthaus später noch zu abend und wollten am nächsten tag zurück mit einem kahn, den wir orderten beim wirt, und waren dann auf unserem zimmer, und sie zog sich da komplett aus und sagte, dass wir *es* jetzt *tun* sollten, und das ist natürlich eine schüchtern-nüchterne formulierung für etwas so schönes, aber zum glück tat ihr das nicht sehr weh, obwohl sie kurz dann einmal so schrumpfend zusammenzuckte und dann grinste, und das hat echt gebockt, weil ich in ihrem gesicht fühlen konnte, wie sich da was entzündete, und ich konnte diesen wilden nebel spüren, der sich in meinen muskeln absetzte und warm und dicht alles aufpustete, und wie wir uns da entfalteten und alles, das machte mich fertig, weil sie ihren kopf wild wegschüttelte und ich, wie von einer äußeren macht getrieben, meinem unterleib bei der bewegung zusah und ein lautes rauschen spürte und tiefes glück spürte, und sie hatte zwar keinen orgasmus oder sowas, aber hatten uns schon in einem luststrudel festgebacken und lagen erst keuchend da und standen dann später nochmal am fenster, um uns zu versichern, dass wir wirklich im delta waren.

und ich wachte jedenfalls dann am nächsten morgen auf und neben nicoleta und dachte: ja, aber warum raffen manche leute nicht, dass sex haben gut ist und nicht schlecht. ich meine, wenn man genau drüber nachdenkt, muss man zugeben, dass jeder einzelne der ach so vielen verschiedenen millionen von vorfahren eines jeden menschen ganz sicher schon mal sex hatte – jede einzelne person von der man abstammt, jede! –, und dann muss ja irgendwas dran sein, dann kann es so schlimm ja wohl nicht sein, wenn alle vor einem es auch schon machten – also warum dieses zögern? wir bestellten das boot dann ab (und mussten es verkacktnochmal trotzdem bezahlen), weil wir doch noch eine nacht länger bleiben wollten, und spazierten dort dann noch ein wenig herum und aßen und lasen ein bisschen, und rundherum einfach dieses ohrenbetäubende tier- und insektengeschrei, das dich echt fertigmacht, und hatten nochmal sex und begannen, da echt irgendwas spannendes zu erwärmen und uns gegenseitig zu beleben und fuhren dann einen tag später schließlich erst zurück nach bukarest (zunächst mit dem boot, und der kapitän hat immer so schlechte witze gemacht, und dann mit dem zug), und dort in bukarest hatten wir noch einiges an spaß und haben einen abend mit nicoletas schwester abgehangen, und 5 tage später haben wir uns aufgewühlt verabschiedet. ich hatte bock, wieder auf der straße zu sein, obwohl ich ahnte, dass ich sie vermissen würde, und nicoleta hatte bock, dass ich noch bleibe, obwohl sie wusste, dass ich eh irgendwann geh – und dann vielleicht besser sofort. das war im grunde ein sehr trauriger abschied.

jann spille meinte später noch mal, dass die 550 euro, die ich für den trip ins donaudelta ausgegeben hatte, eigentlich ganz billig waren, weil andere 5000 für so eine entjungferung bezahlten. ich habe da natürlich protestiert, weil diese sequenz von gegenwartsfixierter hingabe und allem in meiner wahrnehmung das schreien zweier junger menschen nach wirklichkeit und wahrheit war und sie mich nicht benutzte und ich sie sowieso nicht. sie hatte zwar gesagt, dass sie niemals mit einem touristen, der dann wieder abhaut, schlafen wird, aber was habe ich nicht auch schon alles für sachen gesagt.

ich stellte mir sex manchmal wie achterbahnfahren vor. das macht einfach spaß. das erste mal und das zweite mal auch und das zehnte mal auch. und das erste mal sex, da *verliert* man ja nicht irgendwie sowas wie seine jungfräulichkeit, man macht halt eine achterbahnfahrt, und es gibt keinen grund zu glauben, dass die zweite achterbahnfahrt weniger speziell oder essenziell oder interessant sein sollte als die erste. die aktuelle achterbahnfahrt ist immer die wichtigste. nicoleta hatte ein bisschen wert drauf gelegt, dass wir keine kontaktdaten austauschten (ich wusste nicht mal ihren nachnamen), damit sich da nichts mehr ewig hinzieht, sondern als episode einfach vorbei ist, und dementsprechend ist die erkauft-diskussion dann auch irgendwann beendet gewesen, weil da von ihrer seite nichts neues an infos oder emotionen mehr kam oder kommen konnte, weil ich sie nie wiedersah. aber weil ich mich immer noch dabei gut fühlte und mich nicht als sugardaddy oder sonstwas sah, habe ich entschieden, dass das o.k. war. jann spille war jahre später natürlich noch immer anderer meinung und nannte mich gelegentlich einen sanftfreier.

schnittlauch

ich haute also aus bukarest ab und trampte in den westen und folgte jann nach cluj-napoca nach, wo er schon ungeduldig wartete, weil er bewegung wollte und weil er eine dampfende lok war und den tender vollgeladen hatte mit feinster anthrazitkohle und weil er weiterwollte, und wir schliefen da noch einmal im zelt neben der fernstraße und außerhalb der stadt und mampften morgens noch ordentlich was und trampten also innerhalb von ein paar stunden nach ungarn rein bis kurz hinter debrecen, wo wir irgendwo am landstraßenrand rausgelassen wurden und bei der krassesten 35-gradsonne unter einem baum auf einer weiten wiese ein wenig fernab des asphalts erholung suchten, saßen, wasser tranken und über die gelben gräser und kornähren hinwegblickten und am horizont eine entfernte autobahn mit ihren winzigen autos beobachteten und dazwischen nur häuserhohe hinweisschilder zu allen städten der welt. 1 km hinter uns noch ein kleiner traktor, der heu wendend über die ebene zog und kompromisslos töne herausratterte, und da habe ich das auch gemerkt, dass diese zirkulation, diese geschwindigkeit und leere und weite und dieses durchgleiten geil waren: eine große ungefesseltheit, die dich morgens pusht und abends beruhigt. städte waren eher umgekehrt, die stießen dich morgens schon ab und zurück, bis sie dich abends dann doch wieder lobten und verführten und einlullten. aber umringt von diesen gräsern da sagte jann spille dann: die halme passen sich an die sonne an, diese halme gehören einzig und allein der sonne, und wenn wir die berühren, sind wir komplizen und werden auch zu halmen im wind, die ihren rhythmus der wärme und dem licht schulden. und selbst wenn ich manche seiner gedanken für ausgemachten blödsinn hielt, war das toll, wieder bei ihm zu sein, und natürlich schade um nicoleta, aber das ist vielleicht so auf einer reise, dass du nicht nur reist, sondern dass du auch immer reißt, also kaputt reißt oder sachen rausreißt, dass du gefühlsmuskeln total zerreißt quasi – wenn du nicht gründlich aufpasst zumindest –, und ich war es echt ein wenig leid, immer auf meine gefühle aufzupassen: also wurde da natürlich oft und einiges kaputt gerissen, ein halbes dutzend gefühlsfaserrisse hatte ich mir bestimmt schon geholt. das passiert meistens, wenn man sich nicht richtig aufwärmt.

nach dem schlafen jedenfalls und am nächsten morgen trafen wir die ersten faschos, und man sah denen das gar nicht an, aber das war also eine familie mit mutter, vater und einem sohn im grundschulalter, die uns freundlich reinwinkten ins auto, zu einem aquapark fuhren die. wir haben denen dann erklärt, dass wir deutsche sind, *német* waren wir, und das raffe ich ja sowieso nie, warum das wort deutsch in jeder wasauchimmer sprache anders lautet: einmal was mit *alemán*, mal *german*, mal *niemiecki*, mal, wie hier nun, *német* und dann ab und an noch *tysk* oder *duits*, was wohl noch am nächsten am wort deutsch ist, aber eigentlich ist es mir ja auch sowieso egal, dass die das anders nennen als ich. also ich bin da nicht penibel oder fordere nicht die deutungshoheit über die schreib-

und sprechweise meiner staatsbürgerschaft ein, mich nervt nur, dass ich mir da so viele verschiedene worte merken muss, aber das ist wohl der preis oder so.

jedenfalls war relativ eklig an den leuten in dem auto, dass sie auf hitler total abfuhren. die haben dann immer *mein kampf* gesagt und *hitler* gesagt, und der kleine bub konnte den gruß mit dem rechten arm – hat er mir stolz gezeigt, und erst dachte ich auch noch, dass das zufällig geschah alles, dass die da was verklärten und nicht genau bescheid wussten oder dachten, wer in deutschland sozialisiert ist, findet nazis geil, und wollten uns einen gefallen tun, was natürlich großer blödsinn war. und es dämmerte mir natürlich schon, als der mann ein paar auf der gegenfahrbahn entlanglaufenden romas hupend was zurief, dass zumindest der vater durchaus ein bematschter war. aber du weißt ja nie, was er da genau sagte, aber eigentlich weißt du es natürlich doch. aber dann hielten wir an einer kaffeebude am wegesrand, und der vatertyp stieg aus und wir auch, und dann machte er auch da diesen gruß, und alle leute machten zurück, und da, ich schwör, habe ich geweint, und jann spille hat dann einfach rechts vorne auf die motorhaube gekotzt, weil wir natürlich auf der reise bisher schon echt engstirnige mokel und idioten getroffen hatten, aber so offen verrückt waren mir bisher noch keine leute untergekommen. die haben das erbrochene dann auch mit taschentüchern so ein bisschen aufgesaugt und fanden das gar nicht so schlimm, weil sie auch nicht verstanden, warum spille da kotzen musste, und wir haben denen dann erzählt, dass er sich nicht gut fühlt – während ich da mit wasser noch die letzten reste ein wenig wegspritzte von der karosse und denen erklärte, dass wir besser einfach hierbleiben und erstmal ein päuschen oder eine butterzeit machen, bis es jann wieder besser geht, und das sahen die dann auch ein.

ich habe mich dann noch mit handschlag verabschiedet, weil ich das als clever empfand oder menschlichkeit bewahrend, aber das machte mich echt fertig, wie die einfach so offen und ehrlich scheiße waren. wir wollten da nur noch raus (auch wenn unser kurzer eindruck der gesamtheit der ungarn wahrscheinlich eher nicht gerecht wurde – aber ganz spontan und kurzfristig war das unser innigster wunsch) und schafften es dann auch am selben tag, aber schon spätnachts, nach košice kurz hinter der slowakischen grenze, und das war auch sowieso einmal der plan gewesen: da war ein studienkollege von jann spille in der nähe aufgewachsen in einem kleinen dorf namens metzenseifen und war nun auch den sommer über wieder zu besuch bei seinen eltern: es war also finster auf dem bahnhofsvorplatz, auf dem wir abgeladen wurden, und ich rauchte, und er fuhr dann vor mit einem kleinen seat und quietschereifen sogar und kurbelte das fenster und brüllte: na, ihr bastarde, wollt ihr mit? und dann mussten wir lachen, weil das überhaupt 0 prozent seine art zu sprechen war und schrecklich aufgesetzt und witzig wirkte, und dann umarmten wir uns, und mit dem auto fuhren wir in das kleine dorf und zu dem kleinen plattenbau seiner eltern, und die mutter umarmte uns, als wir etwa um 2 uhr nachts, aus der schwärze kommend, in die sanfte kachelküche reinplumpsten, und, unsere verschwitzten dreckskörper ansehend, backte sie noch ein paar eier für uns und stellte paprika und sauergurken auf den tisch und ein wenig brot, und da redete sie so viel auf uns ein, und dass sie sich freut, dass ihr sohn josef kundtz nun auch mal freunde mitbringt in die slowakei und so weiter, und das war nämlich der trick: die waren mitglied der deutschen minderheit der slowakei und sprachen so einen mittelhochdeutsch beeinflußten dialekt, der mantakisch hieß und nur mühsam verständlich war und doch sehr archaisch klang, und natürlich nennt in deutschland niemand seine kinder mehr josef, aber das wussten die ja nicht, oder vielleicht war es denen auch egal, und deswegen freuten die sich vielleicht, dass wir dort waren, weil das ganze dorf seit einer halben generation all seine kinder nach österreich und deutschland schickte, dass sie dort studieren und um dort was zu werden oder wasauchimmer, aber niemals kamen die deutschen und österreichischen leute von dort nach metzenseifen – nicht mal für einen urlaub kamen die.

der schmale sessellift am dorfausgang stand still (und rostete schon seit etwa den 70ern vor sich hin). da kann man natürlich drüber diskutieren, warum die leute nicht kamen, aber wir waren ja nun zumindest da, und alle kümmerten sich dann auch um uns, und wir durften keinen handschlag tun, dass es fast unangenehm war, weil wir wirklich gar nichts tun durften, und josefs große schwester maria bezog betten und kochte tee, und josefs vater ernst kundtz machte den abwasch, und josefs kleine nichte, die war 9 und die tochter von maria, zeigte uns noch allerlei spielsachen, die wir nur kurz anschauen konnten, dann lief sie wieder fort und kam mit etwas neuem zurück und war furchtbar aufgedreht und wedelte mit wirren sätzen durch die gegend, weil sie bestimmt schon lange gepennt hatte, aber wegen dem lärm nochmal rausgekrochen war, und dann fremde menschen entdeckte – und das mitten in der nacht und in einem dorf, das, so groß wie eine badewanne, irgendwo versteckt lag im slowakischen urwald und, ausgepeitscht von unendlichen stürmen und zahllosen kriegen, die jahrhunderte und verschiedenste gesellschaftsformen unter wahrung seines kulturellen erbes teilnahmslos hatte über sich ergehen lassen. seid ihr eigentlich deutsche?, fragte ich dann, und alle sahen sich an, als ob sie die frage zum ersten mal hörten oder sich selbst noch nie gestellt hatten, und der vater stützte sich mit beiden armen, das trockentuch immer noch in der linken hand haltend, auf den tisch und sah ein paar insekten zu, die vor der deckenlampe hin und her huschten: tja, boaste, deutsch ze sein, doas muss man lian, sagte er dann und weiter eigentlich nur, dass er's jetzt gelernt hat und wohl nie mehr vergisst. und schaute mich dann an und die antwort leuchtete mir nicht sofort ein, aber über manches muss man vielleicht auch mal ein zeitchen nachdenken, also ließ ich es dabei bewenden.

die folgetage waren toll: wir fuhren mit dem auto mal hier-, mal dorthin. trafen den pfarrer und kletterten mit ihm den eine komplette taubenkolonie beherbergenden kirchturm hoch, tranken bunte tees im einzigen café von metzenseifen und aßen da auch kuchen. wir fuhren zu einer alten wasserbetriebenen hammerschmiede ein tal weiter. wir fuhren zu einer tropfsteinhöhle in der nähe der größten romasiedlung der region und zu einem barocken klosterkomplex. wir besuchten josefs letzte oma, die eigentlich ungarin war und sich schrecklich schämte für ihr schlechtes deutsch und uns alte fotos zeigte von trachten und von menschen auf traktoren auf dem feld, und suchte uns mit ihrem gebeugten gang immer mehr erdbeeren zusammen aus dem garten und zwang uns, die zu essen, also wirklich gezwungen hat die uns – bis wir fast kollabiert wären und loswollten, so viele erdbeeren waren das. und als wir fast schon wieder im auto saßen, rief sie noch aus der küche und ganz lang gezogen: jooo-seff! und dann lief josef kundtz nochmal hin zu seiner oma und brachte noch selbst gemachte marmelade für uns mit, und jann spille und ich gingen dann auch nochmal hin und beugten uns durchs küchenfenster und bedankten uns herzlich und mit einem strahlen auf dem gesicht. das war eine liebe frau. den abend mussten wir allerdings dann schon wieder so viel essen, weil josefs mutter halušky machte, und das kann ich gar nicht so recht beschreiben, aber sowas ähnliches wie kartoffelspätzle sind das vielleicht und kommt schafskäse drauf und dann noch speck, und ich sag auch gar nicht, dass das schlecht schmeckte, aber ich hatte mir bei der oma schon den magen verdorben, als ich da 2 kilo erbeeren aß, und bekam dementsprechend nicht mehr so viel runter. josef und jann spille hauten hingegen ordentlich rein.

an einem tag haben wir dann auch noch einen ausflug nach košice gemacht, um uns dort alles anzuschauen, und nahmen unsere rucksäcke schon mal mit dorthin, weil wir von da aus irgendwann auch weiterwollten. košice war bestimmt worden zur europäischen kulturhauptstadt fürs jahr 2013, damals waren das noch knapp 2 jahre hin, aber josef war sich 100 pro sicher, dass die das nicht wieder geflickt bekamen, was sie da vorsorglich erstmal alles an straßenbelag und pflaster aufgerissen und an parks umgepflügt hatten – von der pompösen kunsthalle ganz zu schweigen, die bisher noch nicht mal ein fundament hatte, eigentlich noch nicht mal eine baugrube, eigentlich noch nicht mal einen architekten –, nur eine kleine brachfläche mit kleinen büschen im schotter gab es schon, aber pompös wird sie wohl werden, meinten alle, nur vielleicht nicht pünktlich. in gewisser weise hat josef natürlich recht behalten: nach dem, was ich später las, soll das kulturhauptstadtdingen in košice nicht so toll gewesen sein – vieles unfertig und kaum besucher. marseille sollte ebenfalls hauptstadt sein in 2013, ein zweigestirn sozusagen, und die hatten damals wohl richtig fett auf die kacke gehauen.

košice war abseits der baustellen aber eigentlich sehr ansehnlich und gemütlich und brauchte sich jetzt auch nicht so übertrieben zu verstecken. die östlichste gotische kathedrale oder sowas haben die – der welt! die nächste kam dann in lissabon – und darüber hinaus noch etliche kleine häuschen, die, dich in ein anderes zeitalter katapultierend, an kleinen gassen entlanggereiht sind und hübsch geputzt. in einem dieser häuschen haben wir dann den ganzen abend im ersten stock gehockt und in einer bar einen mike tyson nach dem anderen getrunken. mike tyson war sliwowitz gemischt mit wodka, und der hieß wohl so, weil er uns ordentlich verprügelte, oder ich weiß noch, dass wir eine menge spaß hatten, und dann weiß ich jedenfalls erst wieder, dass ich mich an eine hauswand gelehnt ergeben und auch übergeben hatte, und wir konnten dann in der wohnung von josefs schwester schlafen – die war zwar gerade auch in metzenseifen bei den eltern, wohnte aber eigentlich in košice und hatte nur gerade urlaub. am nächsten morgen hatte ich dann kranke kopfschmerzen und übelkeitsschwindel und alles und konnte mich nur mit festhalten unter die dusche bewegen, und als ob das nicht schon alles schlimm genug gewesen wäre, meinte josef noch 9 mal klug ins badezimmer rein: wenn du alkohol trinkst, borgst du dir lediglich ein wenig glück vom nächsten morgen – die summe des glücks bleibt genau gleich, das sollte man wissen. halt's maul, josef, habe ich dann durchs duschwasser zurückgebrüllt und ihn echt gehasst für diesen kommentar, aber später wurde alles dann langsam besser, und wir waren nahe der hochschule dort noch in einem herrlichen veganen restaurant und gingen dann zum bahnhof, weil es leicht nieselte und wir zum trampen keine lust hatten, und wahrscheinlich auch zu starke fahnen. wir haben noch abgeklatscht mit josef kundtz, und obwohl ich den in berlin gar nicht so recht wahrgenommen hatte, würde ich behaupten, dass wir uns da echt näher gekommen waren, weil ich jetzt viel mehr über ihn wusste und er über mich: also zum beispiel wusste ich dann, an welchem ort er drei viertel seines lebens zugebracht hatte, das weiß ich über so unglaublich viele leute nämlich nicht.

in dem zug drin und also doch wieder auf dem weg nach ungarn ging mir dann noch ein licht auf, und da musste ich das fenster auch aufreißen und meinen wikingerkopf in den feuchten fahrtwind halten und hinaus in die unzersiedelte vegetation sehen und auf den durchwölkten, fast braunen himmel schauen, der da drohend über uns stand, und das sieht zwar finster aus und lebensfeindlich und leer und unvollständig, aber der ultimative feuerball des daseins, die sonne, der war ja gar nicht weg: er ist immer da. die stachelige und große sonne der lust – selbst wenn sie hinterm wolkenhimmel versteckt steht – glüht immer noch. die sonne scheint immer, wir können sie nur manchmal nicht sehen – und das fiel mir halt da gerade auf, und ich erzählte das auch weiter an jann spille, und er kam auch ans fenster und sah raus und sah auch auf den braunen und zerwölkten himmel und gab mir dann recht, also er sagte: jo, stimmt eigentlich. dann setzte er sich wieder und, naja, vielleicht verblüffte ihn diese erkenntnis dann doch nicht so sehr wie mich.

jedenfalls fuhren wir mit dem zug dann wieder nach ungarn und bis nach budapest rein, und das war auch gut, dass wir da nicht nochmals trampen mussten, weil ich echt keine lust mehr auf so faschos hatte – auch wenn ich wusste, dass wahrscheinlich nicht jeder ein fascho ist, nur weil er in ungarn und auf dem land wohnt. keleti pályaudvar hieß jedenfalls der westliche bahnhof von budapest, in den wir so rasend reinpreschten, als wüsste die lokführerin gar nicht, dass das ein kopfbahnhof ist – die wäre fast durch die vordere bahnhofshalle gepflügt, so dampfhupend schnaubten wir da hinein, und dann standen wir da erstmal: es war ende august, wir hatten schon echt viel geld aufgebraucht, und nach dem, was man so hörte, gab es in der stadt auch wirklich nicht so viele nazis wie auf dem land (obwohl das in ungarn wirklich ein problem war scheinbar), und deshalb beschlossen wir, erstmal länger dortzubleiben.

ich kannte noch einen mann aus meiner kölner zeit, mit dem ich damals kurz zusammengewohnt hatte, der aber nach dem studium nach ungarn zurückgegangen war, weil ihn einerseits zwar aufregte, was da politisch abging, er sich aber andererseits niemals wollte vorwerfen lassen, das einfach unaufgeregt aus der ferne ertragen zu haben. 500 000 menschen sahen das ein wenig anders und wanderten einfach aus, die waren verschwunden innerhalb weniger jahre, glaube ich, und wir, ja, wir waren wahrscheinlich die einzigen beiden einwanderer seit einem halben jahrzehnt – erasmusstudenten ausgenommen, denn party machen kann man auch in sich manifestierenden diktaturen.

wir steckten in dieser politiksache nicht so tief drin, man hörte aber sehr wohl immer mal wieder auch in deutschen medien, dass viktor orbán, so hieß der präsident da, ein absoluter eschek war. andrás széher, so hieß mein freund dort, jedenfalls wohnte in einem industriebezirk auf der buda-seite der stadt und recht weit im norden und war sogar so freundlich, uns bei sich schlafen zu lassen, bis wir was eigenes gefunden hatten, und er unterstützte mich sowieso bei vielerlei sachen: er half mir, ein fahrrad zu kaufen und eine mobilfunkkarte und die anmeldung in der stadt zu machen und solche sachen – und jann spille half er natürlich auch. ein wörterbuch habe ich mir aber auch gekauft, damit das kein dauerzustand wurde mit dem alles übersetzen lassen, und eigentlich sprachen ja auch viele leute englisch, und der fahrradreparateur, zu dem ich manchmal ging, sprach ein exzellentes deutsch, mit österreichischem einschlag sogar. jedenfalls haben jann spille und ich uns in unserer eigenen wohnung dann später 1000 zettel gemacht, die wir überall dranhefteten, damit wir wussten, dass ein messer hier *kés* genannt wurde, und schnittlauch war *metélöhagyma* und tagesdecken *ágytakaró* und tabak war *dohány* und betrunkenheit war *részegség* (das habe ich jann spille einmal an die stirn geklebt, und er dachte den ganzen abend, das hieße gut aussehend).

erzsébetváros

wir wohnten von da an also erstmal in budapest und das war wohltuend, weil wir dann nicht mehr so hart aufeinanderhocken mussten und ein wenig unsere eigenen sachen machen konnten und eigene zimmer hatten, aber statt geld zu verdienen, gaben wir erstmal ordentlich was aus, weil jann spille zunächst keinen job fand und ich auch nicht, und nebenbei haben wir da halt auch noch einiges erkunden müssen. wir trieben uns ganz schön viel in den sogenannten ruinenkneipen in erzsébetváros rum, dem 7. bezirk von budapest, wo auch die große synagoge ist und wo wir auch, und zwar in der akácfa utca, wohnten. ruinenkneipen wurden die genannt, weil das alte verranzte gebäude waren, die von der besetzerszene umfunktioniert wurden zu liebevoll bepflanzten und unorthodox bestuhlten und mit musik und kunst bespielten bars in häusergröße, und das ist typisch für budapest, dass es große innenhöfe gibt und innenliegend auf jedem stockwerk ein 2 menschen breiter laubengang vom treppenhaus aus ringförmig um den raum des innenhofs läuft. so ein laubengang ist praktisch wie ein balkon, nur dass er den ganzen innenhof umkreist und man ihn auch braucht, um überhaupt erst zu den wohnungen zu gelangen. in den ruinenkneipen gab es natürlich aber keine wohnungen mehr, sondern nur alte polstermöbel, die in endlosen folgen von zimmern herumstanden und allerlei volk zum verweilen und trinken einluden.

aus diesem verwahrlosten alten judenviertel erzsébetváros war also etwas neues geworden: da gab es (in ungarn gänzlich unübliche) vollbärte, und eine menge teure fahrräder jagten dort durch die gegend wie wildpferde. naja, und alles so ein bisschen individuell und jeder für sich, aber dafür war auch vieles einfach sehr bunt. die haare, die kleidung und die wohnungen und die kneipen, und mir gefiel das ja ganz gut – ich mochte farben, und natürlich waren dort auch nicht alle leute so, also da hatte längst nicht jeder einen bart, und selbst wenn, ist ja auch schick (ich hatte damals auch einen). also vielleicht hatte das alles was von narzissmus, aber narzissmus und das streben nach originalität wohnen dem wesen des menschen ja auch inne, das bestreitet auch niemand ernsthaft, und was wir bei unserer rumreisemission ja auch nur wollten, war eine ergänzung um nächstenliebe: das sind befreundete konzepte, die sich sicherlich gut gegenseitig beflügeln können. ich habe nichts gegen narzissmus: liebe dich doch ruhig selbst, vielleicht musst du das sogar – aber liebe auch die anderen, die darfst du nicht vergessen!

naja, und in etliche galerien waren wir gegangen und lernten menschen und die institutionen ihrer lust kennen. am meisten von allen menschen dort gefielen mir nóra soós und lóránt nagy. nóra soós, weil sie einen so messerscharfen und alles zerhackenden verstand hatte, der dich manchmal tötete, so gut war dieser verstand: wie ein staubsauger saugte sie quasi alle nuancen und unterschwelligen gedankenströme ihrer gesprächspartner auf und erfasste auch sämtliche interferenzen in jeglichem kunstobjekt, und dann sauste urplötzlich eine guillotine hinab, mit der sie ihre urteile vollstreckte. mich hat sie auch ein paar mal geköpft, aber sie war überhaupt nicht arrogant und sehr liebherzig, und deswegen wirkte sie kaum wie eine besserwisserin. manchmal natürlich schon. lóránt nagy dagegen war einfach ein lieber kerl, mit dem man gut auf den ufermauern sitzen konnte oder oben bei der burg ein feierabendbier trinken oder ein bisschen auf der harmonika spielen, und er singt dann mit dieser lakonischen stimme und im businesshemd ungarische volkslieder. überhaupt fand ich komisch, dass er aussah wie ein steuerberater, aber in seinem atelier eigentlich immer nur penisse und vaginas malte.

viel zeit verbrachten wir auch in pompösen kaffeehäusern, und unter kronleuchtern sitzend lasen wir internationale zeitungen oder taten nichts, außer espresso zu genießen. schön war außerdem, dass sie gleich neben der kettenbrücke, ich glaube, das ist die älteste brücke budapests, auf der pester seite bis ende oktober einen open-air-tanzgarten direkt an der donau aufgebaut hatten, es gab im wesentlichen elektronische musik und bier und weinschorle, und klar wurde das kalt irgendwann, aber ich erinnere mich noch gut, dass ich noch ein paar goldene herbstsonntage lang dort nachmittags im sand meine füße umherschob und den wolkenleeren himmel beobachtete und all die angsterfüllten gesichter sah, weil jeder den winter fürchtete, und harakirimäßig hatten die leute sich nochmal in die letzten lichtstrahlen geworfen und sich eingestimmt auf das dunkle eines jahres. später, als die sonne verschwunden war, begegnete dir die macht des wunderbaren dann dort ganz offensichtlich: die kettenbrücke leuchtete wie eine lichterkette, der palast loderte oben auf dem hügel wie ein altes lagerfeuer, und das parlament lugte dort um die ecke wie eine beleuchtete telefonzelle in der nacht, wartend auf einen anruf. dazu gab es noch 10 000 straßenlaternen und kleine menschen und straßenbahnen, die mal rumpelnd, mal kreischend über die gleise fuhren, und dann blickst du nach oben, wo planeten und kometen sich einfügen in den grandiosen anblick des kosmos, der so widerspenstig großartig ist, dass allein seine existenz schon alle streithähne der welt beruhigen müsste, weil er einfach so weit außen und so perfekt ist, dass alles irdische, zu einer lappalie verschwimmend, leichtfüßig und überwindbar erscheint, wenn man sich nur die zeit nimmt, einmal und nachts nach oben zu schauen, und eine minute lang innehält und nur atmet und nichts sagt.

so, nun gut, aber wir brauchten halt so langsam echt geld, weil es november wurde und wir mittlerweile sicher sein konnten, dass wir ohne extrageld nicht durch den winter kommen – und den mussten wir halt überstehen. bevor du wieder draußen pennen konntest, deine ausgaben auf ein minimum zu reduzieren in der lage warst, und allgemein: bis pleite sein nichts lebensbedrohliches mehr war, war es noch ein zeitchen hin gewesen. die miete war zwar spottbillig für deutsche verhältnisse, aber wenn du ungefähr null verdienst, ist wenig immer noch viel, und das nagte irgendwie an mir, weil ich eigentlich doch ungern arm war, und klar wusste ich, dass es hier hunderttausenden menschen noch beschissener ging und die jeden forint da 5 mal umdrehen mussten oder gar obdachlos waren, und wir hatten immerhin noch die außenoption, nach deutschland zurückzugehen und dort rumzuhartzen, aber das wollte ich nicht, weil ich genau jetzt in ungarn sein wollte. aber wie auch immer, man soll den kram auch nicht immer zerdenken: wir probierten das nun einfach aus, und entweder es klappte oder klappte nicht. einmal hörte ich zum beispiel, dass die ein neues logistikzentrum am stadtrand aufmachten, und saß dann schwitzig am telefon und rief an, und es klingelt dann und nimmt einer ab, und ich frage, ob die auch englisch sprechen, und dann dauert das etwas, und wer anders ist am telefon und fragt, was er für mich tun kann, und ich frage, ob sie einen job haben – irgendwas haben, und dann sagt der mann an der strippe einfach nein. also sowas machte mich fertig.

und so habe ich, vermittelt über den bekannten von irgendwem, letztlich erstmal und aus versehen beim staat angeheuert und ging, einer zufällig erstellten liste folgend, in geschäfte und kaufte dinge und achtete darauf, dass sie die beträge auch in die kassen eintippten und mir einen kassenbon ausspuckten. und ich hab dann meinen ausweis gezeigt und (erst von einem zettel ablesend und später auswendig) gebeichtet, dass das eine routinemäßige steuerloyalitätsüberprüfung oder sowas war, denn eigentlich wollte ich ja nichts kaufen, ich wollte nur schauen, ob die verkäufer alles bongten.

das kann man als ausländer besonders gut machen, meinten die bei der finanzbehörde, weil von ausländern niemand erwartet, ein finanzbehördenmitarbeiter zu sein, und das stimmte sogar für mich persönlich noch zusätzlich, weil ich niemals gedacht hätte, dass ich so etwas gemeines mal würde tun müssen. ich meine, selbstredend war ich der meinung, dass jeder seinen teil zum gelingen der gesellschaft beitragen sollte, und in diesem sinne sind steuern auch keine schlechte idee, aber das problem ist natürlich, dass ich nur die kleinen lángosverkäufer und kioskbesitzer dranbekam, und es gehörte auch zu meinen aufgaben, irgendwelche frauen zu melden, die illegalerweise an einer straßenecke kirschen verkauften, die sie vom land morgens mit dem zug herbrachten und auf dem gehsteig sitzend loswerden wollten, bevor abends der letzte zug wieder fuhr, und alles nur, um sich ein paar 100 forint zusätzlich zu ihrer stütze oder rente zu verdienen: ja, gottchen, kannst du solche leute steuerhinterzieher nennen? kann man hart am existenzminimum auch steuern hinterziehen, geht das? oder braucht man da ein anderes konzept von schuld, denn natürlich habe ich auch ein paar sündhaft teure armbanduhren gekauft als test, aber das war eben alles blödsinn, denn die geben dir sowieso immer bons, weil jeder die ja auch unbedingt haben will – allein wegen der garantieansprüche. die besitzer solcher läden haben bestimmt ganz andere maschen, um steuern zu vermeiden.

was ich also tat: ich schickte menschen, die am unteren gesellschaftlichen rand hantierten, die polizei und in der konsequenz die justiz auf den hals. das habe ich einfach nicht lange mitmachen können, weil da flehende gesichter und gefaltete hände waren und kubikmeter tränen herunterregneten – immer wenn ich meinen ausweis zeigte und die polizei zur unterstützung rief, weil etwas nicht in ordnung war, gottchen, das war beschämend, wie da leute vor ihrem dasein kapitulierend auf die knie fielen und schrien. natürlich habe ich auch manchmal nur böse geguckt und denen holprig erklärt, dass ich das diesmal noch durchgehen lasse, aber das konnte ich so oft auch nicht machen, weil es total unrealistisch war, nicht jeden tag mindestens 2 leute zu finden, die dir keinen bon gaben; das gleiche problem haben fahrkartenkontrolleure ja auch, ich bin mir sicher: die finden das nicht toll, andauernd leute anzuschwärzen, aber das ist eben dein job und dann machst du den auch. die einzige lösung ist da einfach, diesen job nicht mehr zu haben, und ich habe genau das beschlossen und gekündigt, weil es echt zu hart war auf die dauer, und eigentlich total bescheuert alles: ist doch nur geld. soll das jetzt schon kriminalität sein?

naja, danach wurde aber auch nicht sofort alles geil, weil ich dann bei hop-on-hop-off arbeitete – das ist der größte anbieter von sightseeingbussen, die da, im 10-minuten-takt durch die stadt kreisend, an allerlei haltestellen vorbeikamen, und touristen konnten dann mit einem speziellen ticket einsteigen und an der nächsten sehenswürdigkeit wieder raus oder einfach die komplette runde sitzen bleiben und eine reise durch die stadt machen. es gab eine ansage vom band, die durch kopfhörer hindurch und in 14 sprachen (englisch, deutsch, ungarisch, italienisch, spanisch, niederländisch, französisch, portugiesisch, polnisch, tschechisch, serbisch, russisch, japanisch und chinesisch) darüber informierte, was man gerade auf welcher seite der straße sah und wer das baute und wann es mal zerstört wurde und solche dinge. ich sprach 4 dieser sprachen mehr oder minder fließend (französisch war noch aus der schule, und niederländisch, da hatte ich mal eine freundin, die kam aus gent) und habe diese speziellen tickets dann an haltestellen stehend an interessierte verkauft.

den uninteressierten habe ich das einfach aufgeschwatzt und ihnen noch erklärt, dass es einen rabatt auf eine bootstour noch dazu gab, und bier und pálinka und dessert waren dadurch gratis, wenn man in einem bestimmten restaurant schnitzel aß. ich musste das so machen mit dem aggressiven überreden, weil ich keinen echten lohn, sondern fast nur provision bekam für verkaufte tickets – das war echt ein verkacktes business, aber ich habe nichts anderes gefunden, weil in ungarn fast immer ungarisch pflicht war, um irgendwo arbeiten zu können – und, *trust me,* wir haben das ja versucht, aber bis du mit ungarisch auf konversationslevel kamst, das dauerte.

am einfachsten waren tickets an ostasiaten zu verkaufen, die waren meistens interessiert oder taten so und haben das eher als hilfreichen hinweis aufgefasst, dass es diese busse gibt – die meisten deutschen waren da ein bisschen rauer, und auch wenn wir ja entspannt in unserer muttersprache sprechen konnten, ließen die oft sehr schnell durchblicken, dass sie sowas nicht brauchen, weil sie schon ein tagesticket oder ein wochenticket oder sowas für den öpnv hatten, und das genügte, und das ist ja alles abzocke mit den touristenbussen, und dann gingen die weiter und hatten auch nicht unrecht: ich bin dort, als teil meiner einweisung in den job, überhaupt das erste mal mit so einem bus gefahren, ich hielt das auch für blödsinn.

spanier fuhren auch viel mit diesen bussen, war mein gefühl, aber an die habe ich persönlich nicht so viele tickets verkauft, weil ich ja kein spanisch sprach. weil das aber trotzdem ein großer teil der budapestreisenden war, der aus spanien und portugal kam, weißgott warum, habe ich oft mit juan zusammengearbeitet. er war eher so die kategorie charmeur und ein die leute um die finger wickelnder mensch. nach eigener aussage suchte er sich immer opfer aus, er nannte die wirklich opfer, also *victims*: das waren frauen in kleineren gruppen ab ende 20 aufwärts, die den anschein machten, spanier oder sowas zu sein, und denen er glaubte ansehen zu können, dass sie ein geringes selbstwertgefühl hatten. er nannte da übergewicht und unnormale gesichtsformen als merkmal. die visierte er dann schon aus der entfernung an und ließ sie nicht aus dem blick, schenkte ihnen aus 20 m schon ein lächeln und sprach sie dann gezielt an und schmeichelte ihnen. ich fand das widerwärtig und sagte ihm das auch, aber er war so solidarisch, am ende der schicht die einnahmen hälftig zu teilen, und hatte ansonsten auch ein sehr pragmatisches verhältnis zu dieser arbeit. er meinte, menschen hätten qua geburt die chance und die pflicht, mit ihrem leben anzufangen, was auch immer sie wollten, und die möglichkeit, ihr hirn zu gebrauchen, und wenn das dann darin resultiert, dass diese menschen sich irgendwann entschließen, in ein flugzeug zu steigen und nach budapest zu jetten, um sich dort von einem gut aussehenden (war er wirklich – symmetrisches, einfühlendes und erotisierendes lächeln) mann mitte 20 zum kauf eines überteuerten bustickets überreden zu lassen, dann war das eben deren entscheidung und verkacktnochmal nicht sein problem. diese kaufentscheidung der leute muss er akzeptieren, sagte er immer. natürlich verdrehte er da die dinge ein wenig, aber naja. mir war das irgendwie also auch wieder ein bisschen zu blöd, und kündigte und regte mich echt tierisch auf, dass ich nur kackjobs fand in der verdammten stadt, und kein verdammtes restaurant zum beispiel ließ dich als kellner arbeiten, wenn du kein gutes ungarisch sprachst, das war so nervig – von industrieunternehmen, die es fast nicht gab, gar nicht zu reden.

was dann passierte, war eigentlich folgendes: es war richtig kalt, es war jetzt tiefster winter, wir verbrachten unseren ersten heiligen abend in einem anderen land mit einem plastiktannenbaum und grillhähnchen aus dem imbiss, weil wir zum selbstkochen keine lust hatten. am ersten weihnachtstag lud nóra soós, die mit dem messerscharfen verstand, uns zu ihrer familie ein. ich hatte mich mittlerweile total in die frau verguckt und ihr das auch mal gesagt, nachdem sie bei unserem dritten date gefragt hatte, ob das eigentlich ein date war, was wir da gerade veranstalteten – da hatte ich mich ordentlich gewundert. aber dann haben wir also am ersten weihnachtstag auf dem balkon ihrer eltern zigaretterauchend gestanden und dann kippen ausgedrückt, und ein kurzer moment des sprachvakuums und ein paar augenversicherungen genügten, und haben uns das erste mal geküsst. jann spille saß derweil mit dem vater in der küche und trank pálinka. die mutter hing am telefon die ganze zeit und telefonierte wimmernd mit dem sohn in den usa oder so, und nóra soós und ich standen also auf dem eisbalkon und zitterten in die abenddunkelheit hinaus und berührten uns mit den lippen und falteten unsere hände ineinander oder benutzten sie, um unsere haare anzufühlen. das war richtig toll, das hat so richtig spaß gemacht.

mehr war aber erstmal nicht passiert, und an silvester fuhren spille und ich mit der vorortbahn und stapften auf der budaseite von budapest auf einen hügel und stießen in einer kleinen kneipe da am hang erst an und bestaunten dann draußen das feuerwerk über dieser wahnsinnsstadt, und nach den feiertagen begann ich dann, jann spille gesellschaft zu leisten, denn der hatte zwar auch nach jobs gesucht, aber schnell aufgegeben und sich einfach irgendwo auf der andrássy út hingesetzt mit einem hocker und dickem mantel und dort dann mundharmonika gespielt und saß da quasi durchgehend seit november jeden tag. ich saß dann also daneben auf einem zweiten hocker und habe auch gespielt, weil ich ja schon wieder keinen job hatte. vor uns lag ein hut mit münzen und kleinen scheinen (aber das heißt in ungarn noch nicht viel, wenn da scheine liegen), und das brachte insgesamt schon geld ein und war auch ganz witzig zu zweit, aber viel mehr als miete und graubrot und nudeln kam dabei nicht heraus, und daneben war es halt auch einfach eine kackarbeit und eiskalt, da schlug das kontinentale klima voll durch.

anscheinend sahen wir aber mitleiderweckend aus, und ein mann bekam einmal mit, dass wir deutsch sprachen, und hat uns auf einen kaffee eingeladen, und wir haben nett geplaudert und, die tassen umfassend, ein bisschen die hände aufgewärmt: das sah vielleicht schlimmer aus, als es war, weil wir vielleicht ein bisschen durchgekühlt waren, aber wir hatten ja immer noch eine warme wohnung, in die wir jederzeit zurückkonnten. wir haben jetzt nicht mitten im winter im schnee gelebt, wenngleich da genug leute waren, die genau das machten in dieser prachtstadt, die einkaufswagen ziehend und 3 jacken tragend nachts in hauseingängen und u-bahn-stationen langsam vor sich hin starben. das waren wir nicht.

der mann wollte dann aber genau wissen, wer wir waren, und stellte ein aufnahmegerät auf und schaltete es ein und schnitt also unser gebrabbel mit, und nach kurzer zeit stiegen wir von kaffee auf pálinka um und plauderten da so 4 stunden oder so und waren am ende wieder völlig dicht, konnten aber dem mann namens ottó bleyer irgendwie klarmachen, wie und warum wir dort waren und was zuvor passierte, und er fand das interessant. er erzählte uns dann noch, dass er der chefredakteur einer zeitung war, der letzten deutschsprachigen zeitung ungarns, und auch interessiert daran, dass wir jetzt so viel über ungarische gegenwartskunst gelernt hatten und ich schon mal bei einem magazin gejobbt hatte, und jann spille hatte ja eh auch irgendwas mit kultur studiert, und ottó bleyer sagte dann, er kann nichts großes versprechen, aber er kann sich schon vorstellen, dass wir da frei mitarbeiten könnten, wenn wir das wollten, und auch meinungen haben dürften, aber er wollte sich nochmals zurückmelden, und er war ja dann auch dicht, das gab er selbst zu: man kann ja den leuten nicht irgendwas versprechen, was man nicht nüchtern nochmals gegengecheckt hat, wisst ihr, sagte er dann und war aber recht optimistisch aufgewühlt und meinte, dass jede klasse ihre eigenen organischen intellektuellen braucht, und jeder mensch soll zunehmend ein intellektueller sein, und man darf das feld nicht den gesetzten und klassischen eliten überlassen, und wenn wir halt wollten, dann könnten wir die intellektuellen der streunenden bevölkerung europas sein, die sich nach anerkennung ihrer idee der liebe und bodenständigkeit sehnt. das sagte er noch, und das blieb mir noch ein paar tage oder jahre fast im ohr.

jedenfalls war es dann auch dunkel, und wir gingen nicht mehr raus, um mundharmonika zu spielen, sondern direkt heim und legten ein paar holzscheite nach in den ofen, ich schmierte butterbrote, und dann standen wir da am fenster zur dunklen straße raus in unseren neuen secondhand-wollpullovern und lachten nüchtern werdend darüber, wie alles am ende wieder seine richtung nimmt und gut wird, und ich schrieb noch mit verwirrten händen ein paar kurznachrichten mit nóra soós und stellte mir vor, dass sie die in der badewanne sitzend und nackt beantwortete.

menschenzoo

der mann meldete sich also an einem der folgetage zurück, und wir schauten hüpfend und hände schüttelnd und alles anfassend in der redaktion vorbei und unterschrieben verträge, die eigentlich keine echten verträge waren, sondern bloß sagten, dass der chef sich bemüht, uns auftragsarbeiten zukommen zu lassen, und wir andererseits müssen versichern, dass wir nichts rassistisches oder ähnliches schreiben und nicht gleichzeitig für ein medium arbeiten, das sowas verbreitet. ich bekam dann zusätzlich noch in den vertrag geschrieben, dass ich mich um lizenzen kümmern sollte. das klang fair, und haben das dann angenommen. auftragsarbeiten kamen zwar nicht so viele, aber wir haben dann einfach selbst munter drauflos gemacht und oft einfach über irgendwas geschrieben, was für ihn meist in ordnung war, manches haben wir aber auch an ein paar hippe zeitschriften in deutschland geschickt, weil die einfach besser bezahlten. verrückt, dass wir darauf nicht früher gekommen waren.

jann spille schrieb dann ein paar artikel über ausstellungen im ludwig múzeum und in der trafo galerie und über neue sachen, die iván fischer mit dem budapest festival orchestra machte, und ich gab einiges an kommentaren. aber letztlich hatte jann spille ja auch nicht die krankeste ahnung von der kunstwelt und ich noch viel weniger, obwohl er sich damit auch schon viel beschäftigt hatte in köln und berlin, aber alles kannst du gar nicht im blick haben, so viel passiert da simultan. besonders fehlte uns auch die historische unterfütterung, und deshalb war letzlich auch viel auf interviews gestützt, wo die leute jann spille erklärten, wie man ihre arbeiten oder irgendwelche prozesse einordnen konnte, und er gab dann seinen senf dazu, was das alles mit europa zu tun hatte – hochjournalistisch war es demnach eher nicht, was wir da taten, aber manchmal half uns auch andrás széher, und ich übersetzte ein paar seiner sachen frei ins deutsche, und überhaupt waren die leute trotzdem zufrieden, weil wir einen rauen und verliebten ton anschlugen. ich schrieb dann manchmal noch über internationale themen und reproduzierte auf budapest gemünzt vieles, was ich schon damals in köln mal verfasst hatte für dieses lifestyle-magazin. teilweise schoss ich aber auch einfach nur fotos. ich schrieb auch was über dóra bulath, und was sie manchmal da in der labor galéria kuratierte, weil mir dort vieles persönlich naheging: hauptthema war die suche nach wandel in allen dingen (*change!*), der sich in der abfolge der jahreszeiten äußerte oder in der abfolge der politischen systeme oder in der abfolge der getränke an einem abend.

dann schrieb ich einmal noch was über die neue foodartszene, die den objektcharakter von kunst total ablehnt, was sich darin äußert, dass deren kunst am ende immer aufgegessen wird und verschwindet, und paarte das mit kurzinterviews bei mcdonald's. die künstlerin dominika grimm zum beispiel erklärte mir einmal, wie sie den ungarischen standardpflasterstein des ausgehenden 20. jahrhunderts in seiner sehr einprägsamen form nachgegossen hatte aus einer schokozuckerkaramellsuppe, die sich dann in der gießform langsam verfestigte und noch lackiert wurde. diese schrulligen steine lagen wirklich im ganzen land und in jeder hofeinfahrt und auf vielen bürgersteigen und lagen dann also auch in irgendeiner galerie und wurden dann verbraucht und aufgegessen und verschwanden für immer als physisches objekt, aber sie wurden ja verwandelt in für den körper nutzbare energie und lebten also in den bewegungen der menschen weiter. das machte mich richtig fertig, wie da sinnzustände und solche dinge sich erst total überlagerten und dann gegenseitig ablösten. bei mcdonald's habe ich dann die leute gefragt, ob sie so etwas essen wollen, schokopflastersteine also, und ob sie denken, dass sie einen ganzen schaffen. da kamen ein paar echt witzige o-töne zusammen.

daneben habe ich auch noch eine kleine kolumne gehabt, für die ich jede woche in ein restaurant ging und dort mit einer person aß und dann schrieb, was ich aß, dass ich zu viel trank und was ich so mit der person besprochen hatte. manchmal waren das c-promis oder unbekanntere künstler oder der niederländische botschafter oder einfach freunde oder einmal ein busfahrer. bei den nicht deutsch oder englisch oder niederländisch oder französisch sprechenden half mir meist andrás széher aus, was ihn bestimmt auch zunehmend nervte, aber mein ungarisch wurde mit der zeit auch wirklich besser – nur leider niemals wirklich prächtig. außerdem war ich ja noch kontaktperson für einige medien aus deutschland, die manchmal nachdruckrechte von unserer zeitung in budapest kaufen wollten für artikel, die die anderen redakteure da geschrieben hatten – dabei ging es aber zumeist um politik und den abfuck, den viktor orbán und sein fidesz in ungarn veranstalteten: die propagierten eine völkisch-reaktionäre kackscheiße und waren 2010 mit einer verfassungsmehrheit ausgestattet worden, die sie dann auch eifrig nutzten, um an den grundfesten zu rütteln. die haben dann die kulturwelt durchgekrempelt, richter ersetzt und, für mein gefühl, sinnlose arbeitsdienste eingeführt, und mit populistischen steuern schreckten sie auch noch alle investoren der welt ab, und zu allererst stänkerten die ja gegen roma und homosexuelle und gegen juden sowieso. aber da schrieb ich nichts drüber, ich vermittelte nur lizenzen, weil zum über-politik-schreiben musst du echt ungarisch können, weil da ja auch viel in ungarisch abläuft in solchen diskussionen, sonst machst du dich wirklich lächerlich, weil du nur secondhand-infos benutzt – es gärte aber trotzdem in mir jeweils noch ein paar tage nach, wenn ich da wieder was aufschnappte von diesen escheks, was die gesagt hatten. die arbeit machte mir aber spaß, weil ich im prinzip machen konnte, was ich wollte.

ich traf mich auch nochmal mit nóra soós beim zoo auf der

margareteninsel, und nóra soós wollte auch keinen sex mit mir haben und auch keine beziehung oder irgendwas, sie wollte einfach nur manchmal mit mir knutschen, und das war es dann, und an dem tag wollte sie das im zoo, und das war auch schön. aber ihre begründung, warum sie nicht mehr wollte, machte mich ein bisschen fertig, weil ich auch hingenommen hätte, dass sie das nicht begründet, weil man gewisse sachen auch nicht zu begründen hat, aber sie sagte mir, dass sie nicht mehr und intensiveres will, weil sie einerseits tierischen respekt hat vor liebe und andererseits (und viel ausschlaggebender noch) mich auch für hochgradig unreif hält, und sie merkte an, dass ich bloß so durch die welt stolpere, und behauptete, dass ich diesen status von seligkeit und ruhe, von dem ich immer haspelte (davon habe ich eine zeit lang echt viel geredet), nicht wirklich zu erreichen in der lage war. also, das machte mich fertig, und am meisten machte mich das fertig, weil sie bei vielen anderen sachen einfach recht hatte und ich mich schwertat, diesmal zu behaupten, dass sie im unrecht war. und gerade weil sie einer der wenigen menschen war, die mir so nah waren und mich trotzdem in meinem ganzen wesen so herbe anzweifelten, liebte ich sie einfach nur noch viel mehr, weil sie mich anschaute und betrachtete und zu verstehen versuchte und dann nicht schulterklopfend zurückliebte, sondern ehrlich war, und das war eine starke eigenschaft, die sie da hatte, und für mich war das erstmals wirklich ein anlass, mir in erinnerung zu rufen, warum ich damals meinen rucksack vollgemacht hatte, und dann wusste ich es plötzlich nicht mehr: wie ein windrad bei windstille wollte ich, dass mir was kluges einfiel, aber es passierte rein gar nichts, und hatte keinen schimmer, wie es weitergehen sollte, aber im grunde war das auch kein problem (diesen hinweis gab jann spille mir), weil man nicht immer einen plan braucht, man kann auch einfach leben und gut so, und dass ich unreif war, ja, das hatte ich schon so oft gehört, aber das machte es ja nicht unbedingt wahrer, und ich werde schon noch zur ruhe kommen, dachte ich.

und erstmalig dachte ich dann auch, dass ich vielleicht dort in budapest zur ruhe kommen kann, und fick griechenland!, vielleicht muss man dort gar nicht hin – das waren aber alles eher schwammige gedankenströme und erstmal nichts konkretes, und im grunde habe ich das alles wieder vergessen, und letztlich lief das mit nóra soós genauso weiter wie bisher: sie holte sich manchmal sex von irgendwelchen typen aus irgendwelchen bars, die sie nicht küssen durften und immer nur für eine nacht, oder manchmal ging sie sofort danach auch schon wieder, um alleine schlafen zu können, oder schmiss die typen raus, je nachdem, wo man nun gerade war, und einmal kam sie sogar noch wieder in die bar zu uns und setzte sich auf meinen schoß, wuschelte durch mein haar und gab mir einen kuss auf die stirn und setzte sich dann irgendwo anders hin auf einen normalen stuhl. und das habe ich irgendwie akzeptiert, weil ich es halt einfach nicht verstehen konnte, aber es war realität, und dann musste ich es einfach akzeptieren, dass sie immer irgendwelche leute zum sex da hatte, ich aber der einzige typ war, den sie küsste, und das soll mal einer verstehen. also ich verstand das jedenfalls nicht, und irgendwie war das auch schön, weil es davon zeugte, dass sie mich auf gewisse weise doch schätzte, aber ich hätte so verdammt gerne auch ihren unterleib gespürt, zusammen mit ihr gestöhnt, in ihre fruchtigen brüste gefasst und hätte einfach gerne nackt an sie gelehnt neben ihr gepennt und mich auf den nächsten morgen gefreut und gefreut auf das bekannte im gegenüber, das einem immer wieder begegnet und dann schon morgens begegnet, aber das war aus irgendeinem grund nicht möglich.

weil dann aber auch irgendwann sommeranfang war, rasteten jann und ich ab und an kontrolliert aus, und ich fuhr einmal mit dem fahrrad zum bankito festival, einer kleinen menschen- und musikansammlung, an einem see gelegen irgendwo 50 km nördlich von budapest im wald. dort habe ich dann 3 tage lang so diesdas gemacht, aber im grunde bin ich nur rumgelaufen und habe leute angeschaut oder mit ihnen geredet oder weinschorle getrunken. die bands kannte ich alle nicht und habe mir auch keine einzige wirklich angehört. das war jetzt nicht direkt so geplant, aber ist trotzdem so passiert: es gab immer noch überall kleine knäuel von ideen oder kunst, die für den moment plötzlich viel interessanter waren als bands mit ungarischen songs, die ich ch nicht verstand. also die kunst und die kunstperformances habe ich auch nicht alle verstanden oder die puppentheaterstücke, aber irgendwie war mir tagsüber trotzdem nicht so nach musik, und außerdem habe ich noch viel mit nóra soós abgehangen und einigen ihrer freunde, und 2 stunden lang paddelte ich einmal mit ihr, über einer luftmatratze hängend, auf dem see herum und bewunderte ihr nasses haar und bewunderte die uferhalme und bewunderte die sonne, die so kräftig war, dass sie mir den rücken trotz eincremen sehr verbrannte – aber ich konnte halt nicht gehen, weil ich, wie gesagt, gefangen war von nóras wesen und der ganzen szenerie –, und ließ es also weiter brutzeln.

wir sprachen über den unterschied zwischen hörbüchern und büchern und patschten uns ab und an mal wasser ins gesicht, und sie sagte: hörbücher sind räuber und rauben dir eine oder hundert stimmen, die sonst in deinem kopf geboren werden, und bücher darf man halt lesen, man darf es selber tun – das war für nóra der unterschied. ich sagte: hörbücher sind gut für leute, die nicht lesen können, weil sie schlechte augen haben, oder für leute, die ihre augen schließen wollen, aber noch nicht direkt schlafen können – bücher *muss* man lesen, hörbücher nicht, das ist wohl der unterschied meiner meinung nach. ich habe dann noch ein paar holzstückchen aus nóra soós' haaren gekramt und weggeschnipst und in ihr wassertriefendes gesicht gesehen und ihren nacken gegriffen und sie geküsst, und wir haben uns dann angefasst, um uns näher zu sein, schätz ich, aber verloren dadurch den halt, und die luftmatratze wölbte sich weg, und tauchten unter und wieder auf, und nóra wischte sich haare aus dem gesicht und meinte, dass ihr kalt ist, und ans ufer will sie und sowas.

nachts habe ich dann doch musik gehört, aber nur so elektro: ich habe die 2 abende 2 mal sehr viele matetees getrunken und geraucht wie ein kohlekraftwerk und getanzt wie eine kreissäge, und alle töne habe ich zersägt und mich morgens unter einen baum gelegt und gepennt und dann mein zelt gesucht und dann geduscht und dann alles nochmal, und sonntagabend fuhr ich also mit dem rad wieder heim und weg und ließ den see hinter mir und verschwand auf einer landstraße im wald, und man konnte mich vielleicht noch einen kilometer weit sehen, weil es eine abschüssige und schnurgerade straße war, aber dann bog sie letztlich leicht links ab, und ich war verschluckt. nóra und nóras freunde fuhren mit dem auto, ich glaube aber nicht, dass sie mich überholten, weil ich mindestens 6 stunden bis nach budapest brauchte, weil ich mich sehr bald verirrte und falsch oder nicht abbog. in der akácfa utca habe ich dann noch eine postkarte mit briefmarke gekauft und an nóra gesendet, dass sie die findet, wenn sie demnächst mal und nach einem erholsamen schlaf aufsteht und zum briefkasten trottet. ich habe nichts draufgeschrieben, aber das bild war gut: es gab fische in einem aquarium, das auf einer kleinen kommode stand.

bei nóra verspürte ich eine tiefe lust, die ich nicht durch körperlichkeit befriedigte, weil das nicht ging. bei nóra verspürte ich eine tiefe lust, die ich letztlich gar nicht befriedigte, die mich widerstandslos einfach nur unter strom setzte. 10 000 volt oder wasweißich. normalerweise gibt sowas sehr schnell oder zumindest irgendwann einen kurzschluss. nóras gesten und sorgen und wörter aufzufangen und manchmal küsse, das half überhaupt nichts.

balaton

einmal – und das ging vorher über 5 ecken, wie der an mich rankam – hatte ich ein abendessen mit einem urgroßvater, wie er sich selbst nannte. seinen echten namen wollte er mir nicht sagen und auch nicht in der zeitung haben und blieb selbst stumm, als ich meinte, dass er ihn mir trotzdem sagen kann, und ich schreib es dann einfach nicht rein. jedenfalls war das alles wieder für diese ess- und trinkkolumne, und er meinte, er hätte was spannendes, das er mal loswerden wollte, und wir aßen schnitzel mit pommes und vorher suppe, und die suppe, also richtig gute hochzeitssuppe, kam grad, als er diese story auftischen wollte, und all die teller und arme brachten ihn ein wenig aus dem konzept, und er nahm erst ein paar löffel und holte dann wieder luft und sagte: ich bin nun 94 jahre alt und möchte gerne den teil, der mir zusteht an den bayerischen motoren werken, oder bmw sagt man ja einfach, sie wissen sicherlich, beanspruchen, äh, möchte ich den, diesen teil.

ich war zwangsarbeiter dort von oktober 1943 bis julei 1944 – dann konnte ich fliehen –, und deshalb bin ich der meinung, dass die entschädigung, also, 2500 euro wurden mir bereits gezahlt, diese entschädigung ist, äh, die tatsache berücksichtigend, dass ich fast 10 monate unter unangenehmsten bedingungen dort arbeitete und auch ich letztlich den konzern zu dem machte, was er nun ist, zu niedrig bemessen – die entschädigung meine ich. insbesondere im vergleich zu den jetzigen erben der familien klatten und quandt, die nichts taten für das überleben des konzerns während des zweiten weltkrieges – aus dem einfachen grund, dass sie noch nicht geboren waren oder noch nicht reingeheiratet –, fühle ich mich jedenfalls unangemessen behandelt, verstehen sie? aus rücksichtnahme auf die laufenden ausgaben der familien für anschaffungen, benzin, lebensmittel et cetera, fordere ich dennoch nicht alle aktien, immerhin aber die hälfte, die hälfte fordere ich schon.

ich musste leicht schmunzeln, als er zu ende gesprochen hatte, löffelte aber weiterhin in meinem süppchen rum. können sie das schreiben, sodass das in die zeitung kommt?, fragte er zum schluss. ich habe dann noch einen letzten löffel genommen, mir den mund abgewischt und mich zurückgelehnt, während er wiederum zu löffeln begann und eigentlich gar nicht auf eine antwort meinerseits zu warten schien, und er sah wirklich alt aus, aber dass er 94 war, hatte ich echt nicht gedacht, weil er nicht mal einen rollstuhl hatte und auch überaus klar noch im kopf schien, und ich überlegte angestrengt, was ich antworten wollte und sollte und sagte dann: lieber urgroßvater, sapperlot, da haben sie ja ganz schön was erlebt, aber ich weiß nicht genau, ob das was bringt, wenn wir das in die zeitung setzen. ich meine, erbe ist man ja nicht, weil man etwas für das geerbte vermögen tat oder nicht tat, sondern aus zufall, also so läuft das ja meistens, das ist purer zufall, urgroßvater. und er dann: aber finden sie das nicht ungerecht, werter journalist fiete soundso, steht mir denn nicht auch ein teil zu?

und dann musste ich erstmal wieder überlegen, und da fiel mir eine geschichte ein, die kürzlich passiert war und einen tom betraf, wobei tom nur ein künstlername war, aber der war also plattenproducer und dazu noch indie-theaterregisseur in budapest, und dem war ein komplettes mietshaus in der andrássy út nähe oktogon abgefackelt, und da waren auch wasweißich wie viele theaterkostümsachen noch drin, aber vor allem 12 wohnungen betraf das, die nun hinüber waren und unverkäuflich, unvermietbar, einsturzgefahr, totalschaden, pipapo, mit allem drum und dran. dóra bulath und réka birkás kannten diesen tom besser als ich, ich habe den nur einmal kurz getroffen, und naja, wirklich schade um das haus war es ja, da stimme ich zu, weil das wirklich bildhübsch war, aber dass alle ehrlich und aufrichtig heulten, weil tom persönlich nun kein haus mehr besaß, konnte ich damals auch schon nicht verstehen. aber da dauerte es ein wenig, bis ich mir selbst klargemacht hatte, warum ich das nicht verstehen konnte, und so erging es vielleicht auch dem urgroßvater, denn, ich meine, es ist ja im grunde so: ich besaß ja auch kein haus, mir gehörte nicht mal die verkackte wohnung, in der ich mit jann spille hauste – aber heulte deshalb irgendwer auch nur ein bisschen? die eltern von diesem tom hatten das haus nach ende des kommunismus billig gekauft und waren gestorben und hatten ihm das vermacht, und da kommen bei mir echt keine romantischen gefühle für weitergereichten familienbesitz auf, denn wenn er das scheißhaus wenigstens gekauft hätte von seinem eigenen geld, ja, meinetwegen, dann wäre es bitter vielleicht, dass es verbrannte, aber das ding wurde ihm verkacktnochmal einfach überschrieben. der hat nichts dafür gemacht, außer kind seiner eltern zu sein, und schwuppdi, voilà – das war alles. wir wurden alle geboren und haben alle gelebt und irgendwas gemacht – bloß er bekommt plötzlich ein haus.

und genauso haben diese besitzer von bmw ein bisschen abgehangen und gingen zur schule und was nicht alles, und plötzlich waren die milliardäre, und der urgroßvater mir gegenüber war es nicht. natürlich gab es sowas schon immer, aber sonderlich gerecht war das irgendwie nie, da hatte der urgroßvater schon sehr recht, und dann sah ich ihn wieder an und sah sein langes leben an und sah seinen mund, wie er da schlürfte, und meinte: urgroßvater, o.k., ich bestell jetzt erst mal schnaps, davon trinken wir 5, und dann sagst du mir deinen namen, weil anders kann man einen offenen brief nicht schreiben, das geht sonst nicht, und dann schreiben wir zusammen eben auf, wie das alles muss. urgroßvater nickte, der schnaps kam, und auch das schnitzel kam, und ich holte mein notizbüchlein raus und sagte immer erst laut einen satz, und er nickte dann jeweils oder gab sonstwie anders seine zustimmung, und dann schrieb ich das runter, und am ende stand dort:

geehrte frau klatten, geehrte frau quandt und geehrter herr quandt,

ich arbeitete in den jahren 1943/44 unter zwang in dem ihnen nun zum großen teil gehörenden bmw-konzern und erhielt lediglich eine geringe entschädigung für meine tätigkeit, und dies auch erst ein halbes jahrhundert später. unsere lebenswege vergleichend bin ich der meinung, dass der konzern seine größe und stärke ungefähr zu gleichen teilen unserem einsatz zu verdanken hat: sie haben sich gebären lassen oder heiraten lassen und dann auf aktionärsversammlungen hände gehoben, ich habe ein paar schräubchen in kriegsgerät gedreht. ich würde mir daher wünschen und es als durchaus gerecht empfinden, wenn sie mir die hälfte ihrer aktien gäben. die 2500 euro entschädigung, die ich schon bekam, könnten sie in diesem fall auch gerne zurückerhalten oder wahlweise anrechnen auf das aktienpaket. sollte es noch weitere und noch lebendige ehemalige bmw-zwangsarbeiter geben, die ähnlich unzufrieden mit ihrer situation sind, bin ich bereit, die angemeldeten ansprüche mit sorgfalt zu sichten und den überschriebenen besitz großzügig weiter zu teilen – sie haben also keinen zusätzlichen verlust zu fürchten, es wäre alles abgegolten.

mit freundlichem gruß
ihr chaim seligmann

das nochmals überfliegend, stürzten wir den letzten schnaps und begannen endlich mit dem schnitzel, und der gute chaim fing richtig breit an zu grinsen und stopfte sich bissen für bissen in den mund, als hätte er das seit jahren nicht mehr gegessen, und weil ich mittlerweile dann doch wieder an seinem geisteszustand zweifelte, fragte ich ihn, ob er tatsächlich glaubt, dass das was bringt mit der zeitung und dem brief, und er meinte dann: junger herr journalist fiete soundso, glauben sie mir, ich habe schon sehr viele dinge in meinem leben gesehen, welche ich zuvor gelinde gesagt für unmöglich hielt. da dachte ich dann kurz drüber nach und nickte und meinte, dass er da wohl recht hat. dann kaute ich auch wieder und tunkte pommes in mayo. wir quatschten noch allgemeiner über ein paar dinge, und außerdem erzählte er mir noch, wie das eigentlich kam, dass er letztlich dann wieder in budapest war, und ich brachte ihn mit dem taxi zu sich in die wohnung, wo seine frau und eine enkelin schon warteten, und habe mich sofort am nächsten morgen ans tippen gemacht und beim chefredakteur nachgefragt, ob davon rechtlich irgendwas kommen kann, weil das ja weitgehend ungeprüfte behauptungen waren und ich bei allem, wo man namen nennt und kommentiert und so weiter, immer ein wenig zögerlich war, und er guckte mich nur an und meinte kopfschüttelnd: satire, satire, satire – das ist im zweifelsfall, und besonders, wie ihr das da aufgeschrieben habt, lächerlich und alles satire, mein junge – ich weiß überhaupt auch gar nicht, wo eure furcht immer herrührt. kollege spille ist ja fast noch schlimmer, der traut sich ja nichts mehr, dabei seid *ihr* doch die wessis – wo habt ihr den eigentlich her, euren vorgabenübererfüllungseifer, ihr kleinen angepassten pisser? dann habe ich ihm eine zeitung ins gesicht geschlagen und gedroht: jonge, sprichsu nich in diesen ton! und dann mussten wir beide losprusten, und ich hab mich grinsend umgedreht und fühlte mich doch sehr ertappt und war eigentlich sogar ein bisschen peinlich berührt, weil er ja im grunde recht hatte, oder zumindest fühlte sich das, was ich tat, gut an, und dann konnte es so schlecht nicht sein, und deshalb schickte ich diesen offenen brief mit der restaurantvorgeschichte und dem schnitzelurteil dann an die pia vom satz für die nächste ausgabe – und 3 kopien des briefs habe ich ausgedruckt und per post an die bmw-zentrale gegeben, dass die das weiterleiten an die erben. und dann ging ich heim und kochte spirelli mit tomatensoße und stapfte in jann spilles zimmer, der den abend vorher hartsuff gemacht hatte und immer noch komatös auf der matratze lag, und schrie: mahltiet, junge, ich hab gekocht! und drehte sich noch ein paar mal, bis er letztlich doch in die küche stolperte, und habe ihm dann euphorisch von dem knacker chaim seligmann erzählt und wie der sie alle hart disste in dem brief.

ich weiß allerdings gar nicht genau, was dabei letztlich dann wirklich rauskam. also entweder ist er kurz vor der deal-abwicklung gestorben, oder sie wollten da einfach nicht fifty-fifty mit chaim machen, oder alles ging einfach ohne viel medien über die bühne – auf jeden fall habe ich niemals mehr von der story gehört.

so 1 oder 2 tage haben jann spille und ich jedenfalls dann noch diesdas gemacht und sind danach zusammen mit dóra bulath und andrás széher und lóránt nagy und réka birkás in dem minivan von rékas eltern zu einem kleinen häuschen gekurvt, das quittengelb und reetgedeckt verwunschen in einem winzigen dorf namens balatonhenye und ein paar kilometer vom plattensee entfernt gelegen war und nach hinten raus einen reichen obstbaumbestand hatte, und da haben wir dann 4 tage abgehangen und gelebt. wir haben oft gegrillt und paprika und würste und alu-kartoffeln da am feuer gemacht, und am zweiten abend hatten wir durch das runterkippen aller möglichen alkohole ein riesiges flaschenkonzert erzeugt, das auf dem groben eichentisch in der küche sich entfaltete, und all dieses glas leuchtete uns in 5 unterschiedlichen farben in die gesichter und an die weiße wand und provozierte die wirresten momente und die silbernsten reden, die wir da auf stühlen stehend hielten – während draußen die morgendämmerung den himmel kindlich bemalte, und letztlich entließ dieses flaschenkonzert uns irgendwann mit einem großen schlußseufzer in wodkaform in einen besudelten und harmonietriefenden schlaf.

am tag darauf hatten wir keinen flaschenalkohol mehr und kauften mittags schon einen kanister selbstgemachten weißwein vom nachbarn, den wir denn auch sogleich begannen als weinschorle in unsere feurigen münder zu leeren, und am frühen nachmittag gab es das große gulaschwettkochen im dorf, und 4 familien bereiteten jeweils ein gigantisches wildschweingulasch zu aus frischlingen der region, die sie da zerhackt reingaben, und ich und alle anderen sollten dann abstimmen über die gewinnerfamilie, und abends gab es für alle 122 dorfbewohner und uns 6 noch einen ball und eine tombola: auf dem ball spielten sie von technoklängen unterspülte ungarische volkssongs, die bei manchen textzeilen den saal beinahe zerlegt hätten – so sehr flippten die leute aus. wir tranken dort dann noch mehr weißweinschorle, und jann spille knutschte erstmals mit réka, und die waren von da an so lose ein paar oder trafen sich öfters mal, aber jann meinte das nicht wirklich ernst, und sie meinte das auch nicht wirklich ernst, und bei der tombola gewann andrás széher einen großen kürbis, und réka birkás gewann zwei gläser marmelade, und ich vögelte irgendwann mit der dorfkirchenorganistin hinter der kirche und atmete schwer und spürte ihre feinen hände auf meiner brust und sah ihre scharfen augen, wie sie im mondschein kochten, und schlief dort neben ihr im gras ein, und das war sowieso komisch, weil ich fast gar nicht mit der geredet hatte. aber wir hatten immer so auscheckblicke ausgetauscht den ganzen abend über, und irgendwann hatten wir dann vor dem saal gestanden und waren ein wenig spazieren gegangen und hatten dann ein wenig rumgeknutscht, und wie wir dann ausgerechnet hinter der kirche gelandet sind, weiß ich wirklich nicht mehr und konnte sie mir auch nicht sagen, als wir morgens nach dem aufwachen noch kurz quatschten und beide grinsend unseres weges gingen, weil das auch wirklich schön war und so hoffnungslos hingabedurchleuchtet und gierig und toll.

das war aber überhaupt ansonsten auch eine totalvernutzung, dieser abend dort: das ganze nest hatte sich kollektiv zerpflückt mit schnaps und wein und hatte emotionsmuskeln angespannt und sich glücklich zerfasern lassen im mahlwerk der freundschaft und unter der last der nicht enden wollenden hitze: ich glaube, am nächsten tag guckten da alle ein bisschen verballert, und ich und jann spille und die anderen lagen auch vornehmlich nur herum und warteten auf den abend und tranken, und gelächter produzierten wir, das aufgedunsen war vom homemade wine und auf dem feuer geköcheltem letscho, wobei das letscho schlussendlich, den rauch aufsaugend, den geschmack einer halben birke beherbergte und sich schwelend in unsere mägen legte.

nach dem abklingen der ersten verdauungsmüdigkeit nahmen wir decken und getränke mit und stiegen einen steilen hügel empor, der das umland und besonders das direkt an einem bächlein liegende dorf überragte und als wahrzeichen von balatonhenye gelten konnte, und wir machten den dann zigarettenrauchend und quatschend für eine nacht zu unserem zuhause und hielten, schrille töne produzierend, bestimmt kilometerweit leute wach, die dann aber doch keine lust zu haben schienen hochzukommen, um uns zu ermahnen, und in der ferne kann man von dort oben und durch die nacht hindurch die uferpromenadenbeleuchtung des plattensees erblicken. wir saßen also, die wilden sterne und den mond bei ihrem verwirrspiel beobachtend, auf dem gipfelplateau und knispelten mit den fingern am überall sprießenden thymian und leckten unsere kuppen – immerzu denkend an die unverlauste natürlichkeit dieses hügels, mit dem wir uns für dieses kurze nächtchen magisch verbunden fühlten, und beim abstieg im morgengrauen und auch als ich schon wieder total besoffen im bett im bauernhaus lag, dachte ich, jann spille und die anderen ansehend, daran, dass wir im grunde nicht viel wissen über rein gar nichts, außer darüber, dass da ein taktgeber in unserem herzen ist, dem folgend wir nichts verkehrt machen. nach dem aufstehen und aufräumen fuhren wir sehr toll und schweigsam zurück, und abwechselnd döste ich oder bewunderte die landschaft, und jann kuschelte mit réka birkás, und lóránt fuhr.

pinguine

die woche drauf habe ich mich verabredet mit nóra soós und wollte das klären irgendwie oder wasweißich – wollte ihr sagen, dass ich sie nie wieder sehen will, außer sie hört mal auf, so seltsam zu sein –, ich dachte, so eine klärung wäre nach 7 monaten, die wir uns kannten, mal überfällig. auf jeden fall trafen wir uns an einem kleinen kaffeeverkaufsbulli auf einer baulückenschotterfläche im 8. bezirk, und ich war ein paar minuten früher da und stand dort und hatte schon einen kaffee in der hand, und sie kam da angeradelt und schloss das fahrrad an eine laterne und raschelte über den schotter und sah mich an mit einer mischung aus güte und furchtlosigkeit und kam näher und sagte nichts und nahm meine hand und legte sie auf ihren hintern (das hatte sie davor noch nie gemacht, und immer wenn ich das selbstständig machte, kniff sie mir in die seite) und meinte: szia! szia habe ich dann auch gesagt (das heißt sowas wie hallo), und sie meinte noch: ee oo, ich will dir einen ding zeigen. und dann hakte sie sich ein mit dem arm, und ich ließ meinen kaffee stehen, und wir gingen zu den rädern und radelten, und nach einer viertelstunde hielt sie an, und wir waren an einer alten fabrikhalle, und auf das backsteingemäuer waren lauter pinguine gesprayt. sah ein wenig so aus, als hätte jemand eine schablone benutzt und dann verschiedenfarbig so 200 pinguine dahin gesprüht auf einer länge von 50 m oder so – 3 oder 4 verschiedene motive gab es: ein paar pinguine standen auf einem skateboard, und ein paar hatten eine rakete unter den füßen, und ein paar schauten einfach zur seite, und nóra sagte: das habe ich gestern nacht gemacht. ich war dann ziemlich beeindruckt und schaute auf ihre noch leicht farbigen hände und meinte: beeindruckend, nóra. und dann überlegte ich noch ein wenig und ließ das wirken und sagte dann: warum pinguine, nóra? darauf meinte sie: pinguine sind auch nur menschen! ich habe sie dann total irritiert angeschaut und auf eine erläuterung gewartet, und sie gab mir einen kuss und radelte weg und rief im davonradeln, dass sie wegmuss. ich blieb vor der pinguinwand stehen und steckte mir eine kippe an und schaute so auf diese wand und bemerkte, dass ich nichts geklärt hatte, aber beschloss dann auch, nichts mehr zu klären. die welt war einfach zu schön, um sie mit ratio zu fluten.

sommerstolz

einmal habe ich dann doch was politisches geschrieben für die zeitung. erst war da der budapest pride, und es war so einer der ersten richtig heißen tage des jahres, und so um die zeit herum herrschte einfach eine gereizte stimmung in der stadt und im land, und jeder wurde irgendwie politisch. ich war mit dóra bulath und andrás széher und noch ein paar anderen und mit jann spille und einer kamera vor ort, und wir demonstrierten mit elektromucke und mit spaß und schwitzend und regenbogenflaggen schwenkend dafür, dass alle menschen alles sein durften, und machten ein paar bilder. es war zwar eine leicht einschüchternde ausgangslage, weil die polizei den marsch erst verboten hatte, angeblich waren die verkehrsbehinderungen für die leute, die kein interesse an der parade hatten, unzumutbar. aber die demonstranten machte das noch gieriger, und jedenfalls hat dann auch ein bezirksgericht das absurde verbot noch wieder zurückgekippt, und wir liefen und schrien und lachten und tanzten da alle also, und das war echt schön, weil die parade durch das kurzzeitverbot vielleicht nochmals größer geworden war, kräftiger aber auf jeden fall. bei manchen mischte sich da so eine letzte-chance-stimmung unter, weil man in dem moment gut aufpassen musste, dass man sich kein autoritär-völkisches regime einhandelte, das sagten mir da mehrere leute.

die parade verlief jedenfalls friedlich. es wurde wassereis verteilt und wasser, und wir tranken bei der abschlusskundgebung ein bier und mussten uns auf dem rückweg beim oktogon noch von ein paar idioten anpöbeln lassen, die uns juden schimpften. jedenfalls war ich dann aber am nächsten tag mit jann spille in der redaktion, und da kam der riesenkracher: ein kollege von uns hatte aus einem ministerium zugesteckt bekommen, dass der kanzleramtsminister jános lázár bei einer angeblichen dienstreise nach london kürzlich fast eine million forint durchgebracht hatte, in einer einzigen nacht. das wurde dann publiziert, und dann war tohuwabohu in ungarn, weil der minister echt in nöte kam, das zu erklären und zu rechtfertigen, und es dann doch selbst zurückzahlen wollte, um seine gäste, die er da gehabt hatte, zu schützen et cetera. was aber viel krasser war, war die sache mit ottó, dem chefredakteur. der kam die woche drauf montags nicht mehr zur arbeit, und da war ein neuer, imre boros, der sich vorstellte und meinte, dass ottó bleyer aus persönlichen gründen und im einvernehmen mit der zeitung und dem mutterkonzern seinen dienst quittiert hätte. wir haben dann alle versucht, ottó zu erreichen, der nicht ans telefon ging und später eine seltsame mail schrieb, dass er sich zu nichts mehr äußern werde. wir haben dann noch 2 tage zank gemacht, es gab eine große demo von der dob utca bis zum parlament, und etwa 4000 leute waren da, die ausflippten, weil das alles so himmelschreiend seltsam war, in welcher zeitlichen nähe sich da alles abspielte und auftürmte und wie eine schlammlawine über das land hereinbrach und häuser verschüttete im dreck.

ich habe dann mit meiner restaurant- und trinkkolumne begonnen, die am freitag fertig sein musste, und in einen restaurantführer gesehen und nach einem altbackenen restaurant geguckt, das ich noch nicht kannte, und bin da also am nächsten mittag hin und habe alles genau beschrieben, wie der wein war und wie mein gespräch mit kristóf miklosvolgyi, einem videoperformancekünstler, den ich einlud, und der mich in eine gespenstische diskussion über technischen fortschritt und mythologie verwickelte. besonders ging es darin um bunker und billigfleisch, das in dinosaurierform gepresst und paniert wird, und ich hatte damals gulasch bestellt und später noch strudel gegessen und später alles der realität entsprechend runtergetippt am computer – bis auf die tatsache, dass ich in der kolumne schrieb, dort jános lázár, diesen dienstreisenspinnerminister, getroffen und dabei zugesehen zu haben, wie er in einer hinterecke lustig lachend einen sinnlichen abend mit irgendwem verbrachte und dazu hirn bestellte. das sollte halt der clou sein, dass er hirn bestellte – also so ein schweinehirn oder wasweißich –, und dann fragt die kellnerin, ob eine große oder kleine portion hier gewünscht ist, und dann brüllt irgendwer von einem anderen tisch: besser ein ganzes kilo, das hat der mann nötig. und dann lacht das ganze lokal dort, und jános lázár fängt an zu weinen und rennt raus, und seine begleitung springt tröstend hinterher.

so wollte ich das aufschreiben, obwohl es ja nicht stimmte, aber das war halt so mein persönlicher seitenhieb, und ich sprach das ab mit ein paar kollegen in der redaktion, und dann ging das auch in den druck – ohne dass unser neuer oberaufseher das bemerkte. und am nächsten tag trafen sich alle mitarbeiter außerplanmäßig vor der arbeit und besprachen die situation und machten ein stimmungsbild, und wir kündigten dann kollektiv, weil uns das alles zu blöd war und wir unter solchen umständen auch keine lust mehr hatten, journalisten zu sein, weil wir vermuteten oder uns bisweilen sogar sicher waren, dass der chefredakteursaustausch direkt bei lázár oder vielleicht sogar bei viktor orbán, dem eschek, persönlich im büro ausgeheckt worden war. ich wusste eigentlich zu wenig, um mir da sicher zu sein, aber jann spille meinte: die grundatmo ist halt einfach mies – ottó war 'n cooler typ, und ohne ottó habe ich auch keinen bock mehr. der neue chef nahm das erfreut zur kenntnis und beurlaubte die festangestellten bis zum ende der kündigungsfrist, und jann spille und ich und die anderen freien gingen einfach so.

nachmittags nach unserer kündigung saßen spille und ich dann am flußufer und ließen die wellen und boote passieren und tranken erst bier, und als es später dunkler wurde, gingen wir auf ein kleines elektro-open-air und prügelten uns zu melodischen klängen und barfuß tanzend noch wodka mit club-mate hinter, und als wir morgens nach hause torkelten, beschlossen wir, dass es nun vielleicht auch zeit wäre weiterzuziehen, und rauchten dann noch eine und machten starken kaffee, und weil ich eh kein fan von lang geplanten abschieden bin, fingen wir sofort an, unsere sachen zu packen. um 9 waren wir damit fertig, und uns hielt nicht mehr viel, weil réka und jann spille sich nur noch selten bis gar nicht trafen und ich mit nóra soós eh nicht zurande kam, und ich warf noch 2 blumenkübel aus dem fenster und über den laubengang hinaus in den innenhof und schrieb einen brief an den vermieter und steckte die schlüssel in den umschlag, und dann versuchte ich noch, nóra soós zu erreichen, um mich persönlich und ausführlich zu verabschieden (weil sie halt der wichtigste und auch kompliziertestе mensch mittlerweile für mich dort war – auch wenn der gedanke abzuhauen unterschwellig etwas erleichterndes hatte, und ich wünschte mir so sehr, ihr zu sagen, dass ich gehe, damit sie weiß, dass manche leute manchmal einfach verschwinden, wenn man sie nicht bindet). sie ging aber nicht ans telefon, und ich wollte einfach sofort weg, ich wollte wegwegweg, bloß raus dort, und trabte dann noch zur bank, um mein konto aufzulösen, und jann spille ebenso, und aßen dann nochmals langós und setzten uns am selben tag noch in den spätzug nach serbien.

bis dahin hatten wir aber dóra bulath, nóra soós, lóránt nagy, kristóf miklosvolgyi, andrás széher und réka birkás erreicht, die dann auch alle am bahnsteig standen, um lebewohl zu sagen. da war es mittlerweile so 6 uhr abends, und wir hatten immer noch nicht geschlafen und waren mittlerweile gänzlich verfurcht, und alle versuchten uns zu überreden, doch zumindest nochmal auszuschlafen und dann zu entscheiden. aber wir waren so übernächtigt und gequält, dass wir felsenfest zu unserer entscheidung standen und, diese blaue stahlschlange von einem zug ansehend, einfach nur teil sein wollten einer geschwindigkeits- und entfernungsekstase: wir wollten einfach nur zischen und rauschen und fortgehen in die ferne und wieder eins sein mit der bewegung der welt. nóra soós nahm mich dann kurz vor der abfahrt noch zur seite und wollte mir was spezielles sagen, aber sie wusste nicht genau was, und dann pfiff auch die schaffnerin und pfiff, und nóra stotterte und hielt mich fest, und dann schubste sie mich im letzten moment, als die türen gerade schon schlossen, in den zug rein und sprang auch hinterher, und draußen schauten bestimmt alle verdutzt, warum sie das machte, und drinnen schaute ich sie, wie wir beide auf dem boden neben der toilette lagen, auch verdutzt an und fragte, ob sie sich was geklemmt hatte, als die tür zusprang. und dann legte sie sich direkt neben mich in diesen versifften übergang, wo sich die wagen verbinden und alle leute immer durchwollen, die dann notgedrungen über uns drübersteigen mussten, und atmete erstmal tief.

sie beginnt dann ein wenig zu erzählen, was sie an mir mag, und der zug beginnt zu beschleunigen und abzufahren, und ich beginne ein wenig zu erzählen, was ich an ihr mag, und das ist echt eine verrückte dichte, die in dem moment meinen kopf bestäubt, und wir schluchzen noch ein wenig, und wir küssen uns noch und küssen zerzweifelt, und wir lachen noch und drehen uns glücklich in dem dreck umher, und manchmal kommt jann vorbei und fragt, ob wir uns nicht setzen wollen, oder die schaffnerin schimpft, dass wir alles blockieren, und nóra kauft schließlich ein ticket bis kelebia und sagt, dass sie weiter nicht mitfährt, weil sie arbeiten muss am nächsten morgen (und in kelebia bekommt sie gerade noch den zug in die andere richtung). wir setzen uns dann zumindest hin, damit wir nicht alles versperren, und holen uns später noch einen kaffee im bordrestaurant und trinken den am fenster stehend, und sie sagt, dass es ihr leidtut, dass wir uns nie noch inniger begegnet sind oder sex hatten, und ich sage, dass es nun auch egal ist, und sie sagt, dass sie mit paarbeziehungen nichts anfangen kann, und ich sage, dass ich das töricht finde, aber nun ist es auch egal, und sie wiederholt nochmal, was sie mir im winter schon mal in andeutungen erklärt hatte – nämlich, dass sie angst hat vor der liebe oder davor, etwas von sich selbst zu verlieren, und ich sage, dass ich das auch töricht finde, aber nun ist es auch egal. und sie sagt am ende gar nichts mehr, und ich sage nur noch, dass ich sie vermissen werde, und dann ist auch stille und nichts mehr, und drücken uns dann eine halbe stunde später nochmal fest und knutschen plötzlich wieder rum und greifen dann so richtig mit den händen in unsere körper, dass ich denke, dass wir vielleicht doch noch auf der zugtoilette verschwinden könnten oder sowas, aber dann sagen sie kelebia durch, und der zug fängt schon an zu bremsen, und mit riesigen augen schauen wir uns dann zum letzten mal an und sagen: tschüss.

ich wühle noch kurz und verzweifelt in meinem rucksack und gebe ihr das alte muff-potter-shirt mit (keine ahnung, warum eigentlich), das ich schon seit jahren auf jede reise mitnehme, und sie steigt dann aus in kelebia und ruft mir noch was durchs fenster zu, was ich einfach nicht verstehe, aber der zug, der, die nacht durchrauschend, weiter nach belgrad zieht, lässt ihre botschaft und auch die person nóra soós einfach am bahnsteig zurück, und ich bin dann ehrlich gesagt froh, dass sie das jetzt nicht unnötig verlängert und noch tagelang mit nach belgrad kommt, weil mich das sowieso so elendig quält, sie fortgehen zu sehen, und ich habe ein wenig angst, dass das, was sie noch aus der ferne und durch das gequietsche des anfahrenden zuges rief, irgendwas ernstes war. wenn ein weitermachen schwer ist, ist es besser, ein abschied geht schnell, obwohl dieses eine mal noch küssen und umarmen und ein bisschen reden, das war vielleicht das schönste und traurigste, was ich je gemacht hatte, weil ich sie vielleicht nie wiedersehe, und dann ist es nochmal besonders.

der zug fuhr also weiter nach serbien, und ich sah nóra soós danach tatsächlich niemals wieder, und, klar, das hat mich alles tierisch überfordert, und ich war tatsächlich auch erleichtert, dass das endete. aber ich habe mir ihr gesicht auf die netzhaut tätowiert und nie mehr vergessen. zusammen mit allem, was ich an der beziehung zu ihr nicht verstand, aber trotzdem genoss, war das jetzt ein wohliges gesamtpaket in meiner erinnerung, das ich gut aufbewahrte und manchmal noch wieder herauskramte. wir haben uns noch eine zeit lang leere sms hin und her und hin und her geschrieben, weil ich auch gar nicht wusste, was ich sagen sollte, bis irgendwann mein ungarisches guthaben aufgebraucht war und ich nicht mehr antworten konnte. als ich mich ein jahr später tatsächlich mal bei facebook anmeldete, habe ich sie geaddet, und haben nochmal kurz gechattet, aber irgendwie war dann auch alles anders.

wir, das heißt jann spille und ich, waren danach also erstmal in belgrad. wir hockten da zunächst in einem schäbigen hinterhofhostel und schrieben in einem internetcafé noch gemeinsam einen artikel runter, der die gegenwärtige situation in ungarn zusammenfassen sollte und ausführlich zu sein hatte, weil er für «le monde diplomatique» war, die machen meistens so längere sachen und mit quellen. und abends saßen wir jedenfalls immer auf dem hostelbalkon und tranken 1 oder 2 limos und lasen gedichte und aßen erdnüsse und warteten, dass es wieder morgen wurde und wir, einen espresso schlürfend, mit dem artikel weitermachen konnten, damit wir den endlich wegschicken konnten, sodass wir endlich wieder losloslos konnten. jetzt, wo die uns quasi rausgeschmissen hatten, wollten wir auch ein paar fette schippen kohle auflegen und tatsächlich einheizen: die geschwindigkeit sollte uns zurückhaben. das schreiben des artikels dauerte jedenfalls alles in allem so 6 tage, und wir schickten den raus und hatten abgeschlossen mit unserer budapester zeit, das war alles jetzt erstmal erledigt.

auch wenn für viele menschen die zukunft eine art giftmülldeponie der ängste ist, war sie für uns immer ein großes brachland unerschaffener ideen – und die wollten wir zeugen. nicht mehr in ungarn, aber vielleicht irgendwo. wir wollten einsteigen in den triumphwagen einer wahnsinnigen und kommenden ära und durch die gegend brettern immerimmerweiterweiter.

schwarzer sand

jedenfalls waren wir also wieder on the road und standen bald an der straße in eine glorreiche zukunft, kurz hinterm kreisverkehr der moderne, und hatten geld und hatten mut und hatten dieses seltsam unwohle gefühl in den beinen, das man nur durch bewegung loswird. ich war sehr, sehr glücklich, wieder fahrt aufzunehmen, obwohl ich eigentlich sehr, sehr traurig war, all die menschen und speziell nóra soós zu verlieren, aber weil es ja vielleicht eh zeit war weiterzugehen, weil es irgendwann immer weitergehen muss, machten wir uns halt auf. sisyphos hat das ja leider nie begriffen, dass er den stein verkacktnochmal dort auch einfach liegen lassen kann und abhauen. in ungarn konnten wir wirklich nichts mehr machen, das stand jetzt fest. weil das zu absurd war und wir uns von dieser kackscheiße auch nicht runterziehen lassen wollten, entschieden wir dann, ans schwarze meer zu fahren, um in den wellen noch ein paar erfrischende züge zu schwimmen, und sehnten uns schon nach der ersten nacht, die wir wieder im zelt und in der dunkelheit der natur verbringen konnten.

nachdem wir also mit einem oberleitungsbus ein bisschen aus dem zentrum rausgefahren waren, gelangten wir zu einer autobahntankstelle, die uns beschrieben worden war von der hostelaufpasserin, und da waren wir auch nach 15 minuten schon wieder weg richtung südosten, also prinzipiell nach bulgarien unterwegs – in einem handwerkerbulli mit abgenutzten stoßdämpfern und sitzend neben einem begeisterten bayern-münchen-fan: schweinsteiger, den fand er gut. nach etwa einer halben stunde ließ er uns aber an der nächsten tanke raus und verabschiedete sich höflich, und wir haben ihm auf die schulter geklopft und fanden ein deutsches ehepaar in einem caravan, das sich gerade bereit machte, um noch ein stündchen mittagsschlaf zu halten – sie schworen, uns später mitzunehmen, wenn wir so lange warten wollen. das klang simpel und gut, und in der tankstellenraststätte aßen wir derweil dann cevapcici mit pommes und böhnchensalat und tranken ein bier und legten uns in der nähe des caravans ein bisschen ins gras und dösten. dann riefen die uns rein und machten startklar, und los ging es.

das ehepaar, inge und rolf oder sowas, erzählte dann auf der ganzen fahrt noch viel über ibiza, soll eine wilde zeit gewesen sein damals. nina hagen hätten sie da mal getroffen mit ihrem jungen südamerika-lover und gekifft wie die blöden hätten da alle auf der ganzen insel. jetzt könne man da aber nicht mehr hin, sind nur noch pauschalreisehelden dort, die hinjetten, um 5 tage all-inclusive nur zu meckern, und überhaupt gibt es mittlerweile zu viele hotels – bulgarien ist da anders. ich konnte mir vorstellen, was die meinten und was sie störte, ich kannte diese logik, aber ich wusste auch nicht, was ich sagen sollte. ich habe die 70er ja nicht erlebt. was soll ich da sagen? dass früher alles besser war, wenn ich's eigentlich gar nicht weiß? wir machten zwar noch ein paar päuschen unterwegs zum rauchen und beine vertreten, aber zogen in eindrucksvoller manier und mit großer ausdauer und mit ein paar espresso da bis tief nach bulgarien rein und bogen (weitweit hinter sofia sogar) unweit der malerischen stadt veliko tarnovo auf einen kleinen campingplatz ein, und es war schon 2 uhr nachts vielleicht, und jann und ich buchten dann der einfachheit halber auch einen platz dort und stellten unser zelt auf.

morgens duschten wir, und das ehepaar machte uns noch einen muckefuck mit dem campingkocher und zeigte uns den bus in die stadt, die, am hang liegend, das ganze tal ausleuchtete, und das wollten wir uns nicht entgehen lassen: wollten mal einen genaueren blick drauf werfen. jedenfalls hatte die frau (die hatte auch kinder, so alt wie wir und nur flusen im kopf) uns beide noch gedrückt und gemeint, dass wir auf uns aufpassen sollen. ich hab nur gegrinst, und jann spille meinte, dass wir schon aufpassen werden.

in veliko tarnovo war im grunde nix los, obwohl die stadt echt hübsch war. es gab diese vielen kleinen ursprünglichen häuschen an kopfsteingepflasterten gassen, und alles war umstellt von einem einschnürenden ring von plattenbauten, den man aber nicht unbedingt bemerkte, wenn man in der altstadt war. wir haben dort böreks gegessen und milch getrunken, ein wenig den ausblick genossen und uns dann irgendwo außerhalb der stadt, den hang hinauf, auf ein kleines waldplateau verkrochen und sind am nächsten morgen, über landstraßen humpelnd, weiter nach varna getrampt und haben, die faszinierende landschaft betrachtend, das eine oder andere auto total zugesabbert, so schön war das, was da am fenster vorbeiwischte. zusammen mit der abendsonne kamen wir in varna an, einer großen küstenstadt, und dort gingen wir dann zum meer, und uns eilte schon der salzgeruch entgegen, und uns eilte schon der fischgeruch entgegen, und standen dann, nachdem wir durch den schwarzen glühsand getippelt waren, mit den warmen füßen im kalten wasser und spürten, wie hinter uns allmählich die sonne verschwand. in ruhe haben wir die unbekümmertheit des meeres genossen, während dauernd kleine wellen schwappend an unsere schienbeine sprudelten.

ich habe jann spille dann um die schulter gefasst und behauptet, dass ich das früher nie wusste, aber jetzt gerade gelernt hätte, dass ich am ende immer am wasser sein will. er nickte nur zustimmend und drehte sich dort, von wellen umwogt, eine zigarette und zündete sie an und nahm ein paar züge und gab sie mir weiter und sagte, qualm ausatmend, dass er hunger hätte, machte aber rein gar keine anstalten, irgendwohin zu gehen oder mich anzusehen oder überhaupt auch nur den blick vom horizont abzuwenden: er guckte da einfach beständig in die ferne, auf diesen das wasser vom drumherum trennenden feinen horizontstrich, der ganz weit draußen herumschwebte und nur von ein paar entfernten öltankern angezweifelt wurde. wir standen da also noch sehr lange und blickten hinaus, und jann spille fing wieder an mit all den verschiedenen kulturen, die alle ihren chemiemüll in diesen großen teich kippten, und ich boxte ihn seufzend an die schulter und watete langsam zum sand zurück und packte meinen rucksack und fasste meine schuhe und socken und stieg die ufertreppen hoch, und jann spille folgte mir gemächlich.

ohne dass er mitentscheiden durfte, stand ich schon an einer imbissbude und bestellte zwei portionen пържени картофи, parsheni kartofi – das hörte sich noch am ehesten nach etwas an, das ich kannte oder essen wollte, und wir setzen uns vor dem imbiss an einen klapptisch. wir bekamen dann pommes, und ein mann nahm uns die teller sofort wieder weg und faselte irgendwas und ging zu der bude zurück, und dann kam noch gebröselter salzkäse obendrauf, und der war echt sinnvoll, und jann spille orderte noch einen teller oliven nach. zu uns gesellte sich dann auch dieser mann, der uns noch mit dem extrakäse beglückt hatte, und wir luden ihn auf ein bier ein, und er lud uns später noch auf 5 bier und 2 schnaps ein und erzählte uns in seinem schuldeutsch eine geschichte, die er sein leben nannte. genau so drückte er das aus – keine ahnung, was das nun wieder zu bedeuten hatte, aber er erzählte was von import und von export, erzählte was von holzleim, den er 2 mal die woche rüberbrachte aus einem vorort von sarajevo und dann in den umliegenden dörfern hier an der schwarzmeerküste an die leute vertickte. mir kam das nicht wie eine brillante geschäftsidee vor, überhaupt dachte ich eigentlich, dass das großer blödsinn war, aber er zeigte mir dann seine schwere golduhr, die sogar das datum mechanisch anzeigte – kein digitalscheiß, merkte er an. er erzählte von seinen schönen kindern und von den schafen seiner bosnischen heimat, von den felsigen bergen und von den weißen seen und den grünen flußtälern und von allerlei vögeln, und dann fing er zum unverständnis der anderen leute dort vor dem imbiss noch an, tief und inbrünstig alte lieder in seiner muttersprache zu singen – ich mochte ihn aber irgendwie sehr, selbst wenn er ein querkopf war und einen dauernd unterbrach und überhaupt auch die bulgaren da an der imbissbude mit seinem gesinge zumindest irritierte.

schlussendlich hatten wir alle einen im kahn, und der imbiss schloss, und wir durften draußen auf unseren bänken noch sitzen bleiben und tranken die letzten schlucke aus, und ich muss ungefähr zu der zeit wohl auf der tischplatte eingepennt sein. jann spille machte mich zumindest später wach, und wir verabschiedeten uns und zogen ab und vegetierten da am strand herum, und spille faselte noch von den tattoos, die der typ ihm gezeigt hatte, und dass er uns eingeladen hatte, bei ihm zu hause in bosnien eine zeit lang zu bleiben: er kann immer ein paar leute gebrauchen, die was für ihn erledigen, muss er wohl gesagt haben – und das alles anscheinend, nachdem jann spille ihm von unserem nichtplan erzählt hatte, alles zu machen und alles zu verändern in europa. wir hatten also seine nummer. edin hieß der typ: +38 7676 739 08.

wir suchten uns dann im uferpark einen schlafplatz und rollten einfach unsere matratzen aus und hofften, dass die rucksäcke nicht geklaut werden würden und schliefen in der nicht enden wollenden hitze in unseren shorts und t-shirts und ohne schlafsack ein.

wir verstauten tags darauf die großen rucksäcke in einem schließfach am busbahnhof und hingen einfach nur am strand ab mit dem nötigsten, was man so brauchte, um abzuhängen und durch die nacht zu kommen: ein handtuch, ein bisschen geld, eine badehose und eine isomatte und ein t-shirt und, ganz wichtig, zahnbürste und ein stück seife für die reinlichkeit. dann sind wir endlich in das wasser rein und sind entspannte kreise geschwommen und haben dann burgen gebaut aus sand und tranken später in der fußgängerzone ein bier und einen kaffee und lasen dabei in unseren büchern. das war wirklich ein ruhiger tag, und wir sprachen nicht viel, weil wir genug mit genießen zu tun hatten. noch einen tag später, wir hatten wieder im uferpark geschlafen und morgens am strand geduscht und uns frühstück aus einem supermarkt geholt, überlegten wir uns, dass wir diesen edin und seine familie vielleicht mal besuchen sollten. weil der in bosnien wohnte, mussten wir wieder ein ganzes stück in die andere richtung – also den weg, den wir gekommen waren, 700 km weit zurückspulen und dann in serbien irgendwo links ab, statt rechts ab richtung belgrad. das machten wir in 6 tagen. eigentlich geht sowas schneller, aber wir waren noch in den kosovo geraten, wo wir ein paar bars in priština besuchten und mit einem haufen ngo-bengels späße machten und tranken, aber dann waren wir auch im handumdrehen in sarajevo, wobei wir für das letzte stück einfach bus fuhren.

sarajevo

wir kommen also an in sarajevo, und die tage plätschern so dahin: wir steigen in einem hostel ab und haben erstmal ein paar tage probleme, unseren kontakt edin zu erreichen. es war mittlerweile später juli, und im fernbus auf dem weg hatten wir zucchini, und was nicht alles auf den feldern beobachtet, und geschwitzt hatten wir wie ein gletscher in dieser unklimatisierten faulgurke von einem bus, der braun und ratternd da die berge erklomm. das hostel jedenfalls hatten wir in einem internetcafé gefunden, als wir «cheap stay sarajevo» googelten, und lag ein wenig östlich der altstadt und schon ein wenig den hang hoch, und selbst wenn du es oft nicht sofort draufhast zu verstehen, was eine gute und was eine schlechte neighborhood ist, so war das in diesem fall recht klar. die bürgersteige waren mit unkraut betoniert, und die mülleimer hingen wie erhängte bauern, schief und im wind baumelnd, an ein paar drähten und stanken in der sonne. die geschäfte waren dreckig, und alle brote in den bäckereien wurden in graue plastiktüten verpackt, die leer dann durch den wind getragen wurden und zu hunderten in den straßen umhersurrten. die leute hatten vielfach keine zähne, und die telefon- und stromleitungen hingen chaotisch in der luft oder hangelten sich an balkonen und willkürlich aufgestellten pfählen entlang und folgten nur widerwillig den straßenzügen und gebäuden nach, und auf den leitungen saßen millionen von vögeln, und ich erwartete die ganze zeit, dass die vögel auf kommando runtersausen und uns zerhacken würden, und aus den hauseingängen sahen dich manchmal blondbraune hunde mit pechaugen an, triefende nasen und zuckende beine hatten die.

wir hatten – wie gesagt – probleme, diesen edin zu erreichen, oder simpler ausgedrückt, er ist nicht an sein verkacktes handy gegangen über tage, obwohl es durchaus läutete, und haben dann überlegt, was das soll, und ich fühlte mich irgendwie hin und her gerissen: einmal denkst du, dass er es sich anders überlegt hat und all seine versprechungen nur schaum waren, gesagt in einem schnapsüberschwang in dieser unwirklich leichtfüßigen strandatmosphäre dort in bulgarien, und am nächsten tag wachte er dann auf und dachte: alter, das ist alles blödsinn, die können bei mir in sarajevo keineswegs aufkreuzen und abhängen und sowas, und ich will die nicht mehr sehen. meine familie könnte das nicht verstehen und wäre befremdet, oder meine familie gewinnt den eindruck, dass sie mir nicht genug ist, und deshalb hole ich mir da eine zweite familie ins haus, nämlich diese zwei besoffskideutschen auf so einem selbstfindungsscheißtrip durch den balkan. und das sollen die ruhig machen, aber ohne mich. also das hat er entweder gedacht und meldete sich nicht, weil er einfach zugedröhnten mist erzählt hatte, um gut und generös dazustehen (das ist bestimmt sogar sehr menschlich und auch nachvollziehbar). oder halt (und das wäre echt krass): er ist verletzt in einer schlucht eingeklemmt und kommt nicht an sein handy und leidet und muss bald sterben – entweder verdurstend oder verblutend nähert er sich da dem ende seines daseins, und die grelle sonne trifft einmal am tag für 1 stunde den kleinen spalt oben im fels, in den er reinstolperte, als er eine wanderung in den bergen machte, um mal zu entspannen.

wir haben dann jedenfalls aufgehört, ihn anzurufen, weil er entweder uns nicht sehen wollte oder weil wir damit seinen akku strapazierten und seine rettung unwahrscheinlich machten. natürlich sind wir nicht zur polizei gegangen, damit die ihn orten und irgendwo in den bergen suchen, das war ja sowieso nur ein verdammtes beispiel für das, was ihm passiert sein konnte, und wenn, dann musste das schon seine familie in ein paar tagen selbst machen, falls er da wirklich wandern war, ohne zurückzukehren, da kannst du nicht einfach zur polizei. zum glück haben wir dann auch niemals erfahren, was wirklich geschah, oder ob überhaupt etwas geschah, und dann darfst du dir auch gar nicht die frage stellen, ob eine version gut oder besser gewesen wäre oder ob es da einen höheren sinn gab in der tatsache, dass wir in diesem hostel abhingen und chips aßen und edin nicht erreichten. ich meine einfach nur, dass dir in solch kleinen momenten bewusst wird, wie wild die welt ist, und wie uneinsehbar und intransparent alles ist, weil wir ungefähr alles erklären können außer unserer existenz und dem ganzen drumrum.

jann spille und ich haben dann eine neue beschäftigung gesucht, weil wir ja irgendwas tun wollten, und edin zu finden, hatten wir nun aufgegeben. erst haben wir am flussufer und in cafés schach gespielt. das ging eine weile gut, bis es letztlich sehr lahm und anstrengend wurde, weil das angespannte sitzen und denken dich auf dauer fertig macht und du, kompetitiv aufgeladen, dein gegenüber zu zermalmen versuchst. danach haben wir sex und drogen probiert. das klingt jetzt ein wenig profan, aber irgendwie war es genau das: wir haben uns in einem plattenbauviertel unweit des alten olympiastadions in kosevo eine wohnung gemietet, ich glaube, jovana bijelica hieß die straße, und 2 monate dort gelebt und spaß mit frauen gehabt und mit männern auch ein bisschen und mit drogen, und das war alles nicht geplant, aber es passierte zumindest.

wir gingen weiterhin in die bar des hostels, weil wir uns gut verstanden mit den besitzern, und auch wenn die gegend ein abfuck war, waren die 2 brüder, die das da alles machten, gute menschen – oder schlechte menschen: je nachdem, wie man es betrachtet, kommt man zu einem anderen urteil, aber das waren halt echte druffis, die nahmen echt viel so kram, aber meistens koks. ich hatte das mal im studium probiert, ein bisschen geschnieft mal, und damals habe ich dann auch beschlossen, dass das jetzt meine lieblingsdroge ist, weil ich plötzlich viel, viel höher in der luft war – wie bei einem bürostuhl, wenn du unten die höhenverstelltaste drückst, genau so gehst du beim koks nach oben. aber irgendwie hatte ich auch nie geld dafür oder hatte auch nie koksende freunde, und im grunde ist es auch nicht so geil, wenn alle dich deswegen herabwürdigen, nur weil du halt kokst. aber das war in dem hostel halt anders, das war echt ein drogenloch irgendwie, und – wie gesagt – dort habe ich dann auch das erste mal richtig exzessiv gekokst.

am anfang des abends ging man noch in eine dunkle ecke oder aufs klo, aber später war das auch irgendwie egal, und überhaupt kam es mir vor, als würden sie ab mitternacht alle lampen nochmal heller drehen und aus der musik das rauschen regeln, überhaupt war koks damals der gefühlte klarspüler in der spülmaschine meines lebens, und wir haben da leute kennengelernt, bisschen getrunken, bisschen gelacht und manchmal tiefe gespräche geführt, obwohl das eher spilles part war. ich war mehr für die oberfläche zuständig, und im grunde führte ich auch keine gespräche, weil ich mich am liebsten einfach selbst reden hörte. ich habe zugekokst einfach so gern geredet, und das fühlte sich alles so positiv an, und haben dann streckenweise einfach richtig viel genommen und geredet wie ein wasserfall und nur blödsinn. da machst du ja sowieso alles mögliche, weil dir jede bewegung und aktion so total normal und wirklich und typisch vorkommt. ein bisschen wie es dir im traum auch nicht komisch vorkommt, dass du eine rote laterne durch die straße trägst oder möbelpacker manchmal ungefragt deine wohnung leer räumen, das kommt dir im traum ja nicht unnatürlich vor, und genauso findest du es auf koks auch nicht seltsam, leute sowas zu fragen wie: ey, wollen wir knutschen und dann ein taxi zu mir nehmen und auf dem weg noch bananen kaufen und dann sex haben und morgens ins aquarium spucken? das kannst du auf koks alles zusammen in eine einzige frage stecken und einfach so fragen – ohne dass es dir überhaupt auch nur im geringsten seltsam erscheint, das ist echt verrückt. sowas habe ich manchmal dann einfach gefragt oder andere sachen halt, aber alles war standardmäßig unterlegt von einem edlen selbstwertgefühlsteppich, der dir stabilität und ein gigantisches sternengefühl gab, und oft hatten halt auch viele andere leute gekokst, und das war im nachhinein eine weiche melange aus tag und nacht und trinken und essen und erektionen und berührungen und schlafen. den stoff gab es im hostel, der war einfach billig, no german prices, aber preisfindung auf dem balkan ist ja eh nochmal ein ganz anderer schnack. klar mussten wir da am ende raus, aber erstmal mussten wir da natürlich auch erstmal rein.

irgendwann hatte ich eine australierin mitgenommen und saß lächelnd und gluckernd auf der taxirückbank mit ihr, und das war tatsächlich so ein tick von mir: wir haben in einem kiosk dann bananen gekauft und schauten uns, als wir wieder im taxi saßen, also erstmal an. und dann knabberten wir auf der fahrt noch ein wenig an unseren ohren und witzelten mit dem taximann in einer sprache, die er nicht verstand, logo, dass der uns für deppen hielt, aber gut, naja.

jedenfalls später oben in der wohnung, 6. stock mit blick über die welt, zogen wir dann unsere kleidung aus, und dann kam das bemerkenswerte, das mich auch total fertigmachte:

die australierin riss wild an meinem penis und hatte dabei durchaus ein lustvoll rundes gesicht, und das tat so unglaublich weh – also ich glaubte wirklich, dass sie den abreißen will, mit einem festen ruck. feste zupackend, zog sie daran, und ich schrie wie ein dinosaurier, und sie schreckte dann weg, und ich war schwitzig und fertig und schubste sie erst auf den boden und gegen die wand und fixierte sie dann mit einer kordel und kabelbindern an einem stuhl, ihr evakuiertes gesicht ohrfeigte ich, und dann lappen in den mund.

unsere nachbarn kannten den krach schon, weil bei uns immer irgendein krach war, und kamen gar nicht mehr rüber, um sich zu beschweren. jann spille war noch in der hostelbar geblieben und dann stand ich da so. wir beide total druff, und ich musste erstmal ein paar mal ausatmen und schweiß wegtupfen und meinen geschwollenen blau und blutig unterlaufenen penis ansehen und krümmte mich zunächst andauernd vor schmerzen. so richtig beißend und in den unterleib ausstrahlend waren diese stiche, und ich stieg dann nackt auf den schreibtisch und nahm mir einen stift und bin ins deutsche gewechselt und begann mit einem vortrag. mit dem stift betonte ich meine wichtigsten punkte nochmal, indem ich fuchtelte, und in die hocke ging ich, wie ein frosch, und sprang immer wieder leicht hoch, dass man sich im nachhinein noch wundert, dass der verkackte schreibtisch nicht zerplatzte. den inhalt des vortrags bekam ich aber nicht mehr so richtig ins langzeitgedächtnis gerettet, der ist irgendwie außen vor geblieben, und in meiner erinnerung höre ich nur die schmatzige bewegung meiner lippen. die australierin pennte dann auch einfach weg und ich irgendwie auch – beziehungsweise aus der entfernung und von heute aus kann ich nur vage vermuten, was ich da noch alles erzählte. aber ich schätze einfach, dass ich ihr sagte, dass es falsch ist, menschen starken körperlichen schmerz zuzufügen.

jedenfalls war das nächste, was ich wieder aktiv und lebendig spürte, ein komisches klatschen an meiner schläfe, weil jann spille in meinem zimmer war und auf mir saß und mich mit der flachen hand ohrfeigte, immer wieder und weiter und selbst noch, als ich schon protestierte – klatsch, klatsch, klatsch, klatsch, klatsch, ging das im sekundentakt. der war total außer sich, und die australierin hing immer noch gefesselt und schlafend auf dem stuhl. jann spille hat dann unmenschlich laut geschrien, und putz bröckelte von den wänden, und davon wachte dann auch die australierin auf. eine menschliche trompete saß also auf meinem nackten leib und prügelte mich, und dann begriff ich das alles: ich hatte bestimmt den vortrag gehalten und dann vielleicht zum runterkommen noch eine tüte geraucht und war pennen gegangen und hatte auch nichts mehr losgebunden oder so, und jann spille hatte uns wohl am nächsten morgen so in meinem zimmer gefunden.

es war draußen schon hell, und ein halber tag war bestimmt vergangen. jann spille fand das jedenfalls nicht gut und, gottchen, klar fand er das nicht gut, weil das auch nicht gut war, aber, scheiße, manchmal macht man dumme sachen, und die bereut man dann. was ich noch tun konnte, war reue empfinden und die frau losbinden und ihr einen tee kochen, und die fand das alles auch gar nicht so furchtbar schlimm, eigentlich fand sie das sogar gut, weil sie das gefühl hatte, auch etwas falsches getan zu haben. aber jann spille ist da verflucht sensibel, wenn es ums fesseln oder einsperren geht: da versteht er keinen spaß und fragte dann auch nicht mal, ob es vielleicht sogar spaß war oder so fetischmäßig, das hätte ja sein können, aber soweit ich weiß, war das bei mir krasser ernst gewesen und eine menge wut auch, wie ich die frau da ruhiggestellt hatte. die frau entschuldigte sich auch für das reißen: *that never happend before, i honestly didn't mean to hurt ya, really!*, sagte sie dann oder auch, dass sie es komisch fand, wie degeneriert sie war. sie sagte mir dann zum ersten mal auch ihren namen, ashley marx hieß sie.

wir haben dann noch die letzten bananen gegessen, und da war ich auch schon leicht schockiert, wie das so plötzlich so krass geworden war, und fragte mich, warum ich sie da festgebunden hatte und wieso sie so hart an meinem penis riss: der hatte jetzt so ringförmig ein riesenblaues hämatom und war immer noch geschwollen, was aber nach ein paar tagen verschwand. und als sie ging, haben wir noch einen traurigen kuss gewechselt, und ich war dann mit jann spille allein, der mich so grübelnd ansah und dann wieder still durch die fenster schaute. und natürlich wollte ich ihn fragen, was das mit dem fesseln ist, dass er da so ausrastet, aber wenn du genau drüber nachdenkst, dann kannst du schon abschätzen, was das sollte, dann musst du gar nicht fragen. ich meine, jann spille ist da wirklich meine gute hälfte gewesen, der war einfach nach hause gekommen und in mein zimmer gegangen und hatte mich bestraft mit hieben, weil ich da, glaube ich, krank ausgeflippt war, und wenn die sich übergeben hätte mit dem lappen im mund: vielleicht wäre die erstickt! also ich meine nur, dass ich da schon ein paar hiebe verdient hatte eigentlich, und wollte dann auch wieder aufhören mit koksen. haben wir beide aber nicht gemacht.

ein anderes mal waren wir nachmittags in einer buchhandlung zum lesen und kaffeetrinken und haben auf der toilette eine tüte geraucht und dann, kicher, kicher, noch die bücher durchgeblättert und danach wieder in die hostelbar und eine linie jeder reingetan und so rumgeblödelt. auf dem computer dort gab es so ein wirres soundeffektprogramm, mit dem ich mich dann 2 stunden beschäftigte und irgendwas abmischte oder so, und keine ahnung, was jann spille tat, aber dann gab's noch mehr linien und turboderbeviel wodka noch – und wir sind dann tiefnachts zu fuß ein paar blocks weiter zum freibad gegangen, gleich am fluss da. jann und ich und ein pärchen, das auch nur nach «cheap stay sarajevo» gesucht hatte im internet und nun bosnien-herzegowinas verballertstes hostel kannte.

jedenfalls schlendern wir auf das freibad zu und diskutieren und raufen kurz, um uns zu einigen, wie das jetzt muss, und heben und ziehen und räuberleitern uns gegenseitig schließlich über den zaun. dann ziehen wir die kleidung aus und nehmen anlauf und springen in den schwarzen block wasser tief hinein. ich bleibe bestimmt 30 sekunden unten und tauche dann schnaubend auf und schwimme strahlend an den rand und spüre eine erektion, die vielleicht von der natürlichkeit des wassers herrührt, das mir, ein bisschen zugedröhnt, wie ich bin, jetzt noch kälter und frischer und jünger vorkommt. oder es hat auch zu tun mit der frau, rumänin ist die, glaube ich, die mit den schwarzen perlenhaaren, ihrem kantigen kinn und den tiefdunklen nippeln herausragend schön wirkt und sich am überlauf festhält. wir küssen uns dann, während jann spille im hintergrund vom 3-meterbrett fällt und, aufplatschend, lacht, und das ist echt riesenschön.

ich gleite dann mit einer hand zwischen ihre schenkel, bis sie meinen kopf wegdreht und auf ihren freund oder mann, oder wer das auch immer ist, zeigt, und dann schaue ich den an. der ist durchtrainiert und alles und auch einfach schön, und ich hänge dann bald mit der einen hand am beckenrand, und mit der anderen habe ich seinen penis umfasst, und langsam auf und ab bewege ich die hand und habe meinen kopf über seine schulter gelehnt und er findet das schön, das kann man sagen, und ich schätze, ich finde das auch schön: ich meine, er beginnt dann auch an meinem penis rumzufuddeln, und ich stöhne wie ein bekloppter. das wird der frau dann aber wiederrum zu schwulstig, und die schwimmt zu jann spille und befriedigt ihn mit dem mund, wie er da auf dem startblock sitzt, und das muss sich einer vorstellen, wie wir da alle rumjohlen, weil das so gut ist.

das pärchen hatte dann später nochmal versucht, sex auf der tischtennisplatte zu haben, während sich der gelbe stadthimmel im schwarzen poolwasser spiegelte und uns die tropfen auf unseren schultern versilberte, und die beiden hatten uns hergerufen und gesagt, dass das guttut, wenn wir uns an den baum lehnen und zusehen, wie sie ineinander verschwinden und sich bewegen und austauschen und alles, aber der typ bekam einfach keinen mehr hoch. aber ja, irgendwie tat das trotzdem gut – ich hatte noch nie nackte leute auf einer tischtennisplatte liegen sehen. wir haben dann aus dem rucksack noch eine halbe flasche whiskey gezaubert und getankt und mit dem handy tracks gespielt und gealbert, bis es hell wurde und der bademeister uns nackt und zitternd gefunden hat. der schrie rum wie ein irrer, wie wir da nackt vor ihm auf der liegewiese rumlagen, und dann haben wir unsere sachen zusammengekramt und sind ziemlich verwirrt durch das tor und rein in die langsam wieder beweglich werdende stadt und trotteten zur nächsten tramhaltestelle – während der bademeister uns noch kilometerweit nachbrüllte und wir behelfsmäßig hosen et cetera überstülpten, und geblendet von der auferstandenen sonne saßen wir dann später in der tram und in den harten schalensitzen des sozialismus und kicherten entrückt.

so konnte das aber natürlich nicht weitergehen, und es war etwa nach 6 wochen oder so, dass wir absolut kein geld mehr hatten und uns fürchterlich in die haare bekamen mit den hostelbesitzern, weil wir die drogen nicht mehr blechen konnten. erst war das 1 oder 2 oder 3 tage in ordnung, weil wir versprechen konnten, neues geld bald ranzuschaffen. wir koksten also erstmal auf pump und umgarnten eine argentinische schönheit und liefen draußen mit ihr durch vorgärten und schubsten blumenkästen um, und dann nahmen wir sie mit in unsere butze und zogen uns aus und zogen noch eine line von ihren brüsten und sie vom nachttisch und lagen also auf dem bett und bissen uns luststöhnend leicht in die leiber und kicherten einfach nur wahnsinnig glücklich. spille ließ sich von ihr einen blasen und war dazu auf die knie gegangen, während sie auf allen vieren auf der matratze war, und ich bin dann von hinten in ihre glühende vagina eingedrungen und schaute dann jann spille an, und hoben beide unsere hände und haben eingeklatscht und endglücklich unsere augen aufgerissen. die argentinierin erklärte später, als wir zu dritt kuschelnd versuchten einzuschlafen, dass das eiffelturm heißt: ein mädchen in der mitte, und die typen vorne und hinten klatschen ein und bilden die spitze.

das fand ich witzig, hatte ich aber noch nie gehört, diesen begriff.

weil das versprechen, demnächst mal wieder zu bezahlen, natürlich völliger bullshit war, haben die uns dann einfach nicht mehr reingelassen in die hostelbar und drogenmäßig ausgehungert und mit messern bedroht, und wir gingen dann in unsere plattenbaubude und machten erstmal nichts. nach ein paar tagen wurden unsere köpfe dann auch wieder ein wenig anders, und wir merkten überhaupt mal, in welchem körperlichen verfallsprozess wir uns befanden: einerseits hatte ich überall kratzer und narben und wunden vom hinfallen und klettern und zerschmettern und von den ganzen aggressionen einfach und zusätzlich noch kranke kopfschmerzen. es wurde mir andauernd schwindlig, und mein kreislauf war überhaupt kein kreislauf mehr, sondern ein ablauf – ein ablauf für all meine energie, die einfach abhaute aus meinem gewebe. ich meine, wir hatten halt fast 2 monate einfach nur gekokst, und im grunde macht dich das hoch konzentriert, aber ein bisschen matsche ist halt auch immer dabei, und unsere körper röchelten nur noch.

andererseits lagen wir ewig lange auf unseren betten und rauchten und riefen alle 20 minuten was ins jeweils andere zimmer rüber und dachten nach. wir waren zudem auch beide schrecklich krank: ich hatte derbe magenschmerzen, eine hässliche oder eher gar keine verdauung und ging zur toilette, und 20 minuten später ging ich nochmals und kackte nochmal nach, weil immer wieder was kam, und das mehrmals am tag, und war dehydriert und devitaminisiert und einfach de-alles, und jann spille hatte eine blasenentzündung oder sowas und ebenfalls pulsierende kopfschmerzen und ab und an ein zittern, aber das war sicherlich zu großen teilen auch einfach nur der entzug. entzug ist kacke, weil dir was geklaut wird, was du schon tief in deiner seele auf ein kleines podest stelltest, und egal, wie das zeug einen misshandelt, man liebt es. ich fühlte mich wirklich total misshandelt von der ganzen drogensuppe, und ganz besonders, weil ich kaum noch gefühle spürte, wenn ich nüchtern war. ich schmeckte so schlecht und sah so apathisch umher oder hackte gabeln in den tisch.

es war also dann auch ernsthaft gut, aber verdammt schmerzhaft, wie wir nochmal die kurve kriegten, weil wir nämlich auch von unserem plan oder ideal großer menschenliebe abgekommen waren. aber irgendwie waren wir eben doch nicht abgekommen: jetzt war halt klar, dass man keine gesellschaft auf drogen gründen kann, sondern nur auf hingabe oder liebe, aber das musste man ja auch erstmal begreifen: in den 2 monaten hatten wir nichts produziert und nichts geschaffen und nichts gezeugt oder gezaubert, wir hatten nicht geholfen und hatten nicht geliebt, wir hatten nichts nach außen gegeben außer fleisch – wir hatten nur aufgesogen, was uns die natur und die menschheit so hinstreckten, und hatten es verbrannt in einem blauen feuer aus 1000 grad heißen gasflammen. körperflüssigkeiten und weißer staub hatten unsere gehirne gedüngt, bis die kurz davor waren zuzuwuchern, und den notausknopf haben wir erst gedrückt am echten ende, oder vielmehr wurde der gedrückt. wir wollten einfach weiterpowern, aber durften nicht, und, yeah, jahre später finde ich das gut, dass wir uns davon beeindrucken ließen, dass die uns den stoffzugang abdrehten. wir haben dann also ein paar tage später unsere sachen gepackt, nachdem restlos alle nahrung gegessen war, und ich habe meine armbanduhr verkauft auf dem markt, und sind dann zum busbahnhof und danach raus aufs land, weil jann spille stille suchte, und ich suchte vor allem weniger drogen und wollte der selbstschutzigel sein.

es war jetzt spätspätsommer, so mitte september, und irgendwo stiegen wir aus dem bus aus, trampten noch wahllos in irgendeine häuseransammlung, solakovići hieß das dorf, und sind dort von bauernhof zu bauernhof und vom imam zum ortsvorsteher zum priester, und irgendwann wusste jeder in dem ganzen verkackten dorf, dass wir arbeit brauchten. nachdem wir demonstrativ 2 nächte im kirchgarten gezeltet hatten und die obstbäume dort leer zu pflücken begannen, kam einer an mit dem trecker und nahm uns mit auf einen hof. ich bin beileibe kein starker mensch, aber ich habe ein wenig fingerfertigkeit, und wir einigten uns darauf, dass wir auf einem scheunendach alle zerschlagenen pfannen austauschen. das hatte ich mal früher mit meinem vater gemacht und wusste sogar, wie man morsche dachlatten austauscht, ohne alles abdecken zu müssen. und klar, dass da auch eine menge pfusch mit dabei ist, aber ich hatte letztlich das gefühl, der bauer und seine ganze familie waren ziemlich zufrieden. wir kriegten kein geld dafür, aber essen, und der ortsvorsteher ließ uns manchmal das internet benutzen. deutsch sprach da kaum einer, aber die jungen leute halfen oft mit ein wenig englisch aus. das ging so etwa 5 wochen, und das scheunendach war schnell fertig, und von tag zu tag erholten sich unsere drogengepeinigten körper, und die frische bergluft belebte unsere gehirne und machte uns wach, und wir zogen dann so von hof zu hof und machten irgendwelche kleineren arbeiten oder reparierten maschendraht oder rupften unkraut oder machten dachrinnen sauber oder ersetzten fensterisolierungen oder sowas halt.

einmal putzten wir sogar den winzigen moscheeraum und saßen später wein saufend mit dem priester und dem imam am grauen dorfplatz, weil bayram-fest war und der ramadan endete, und kippten auch noch etliche schnäpse mit dem imam, der uns dann in brüchigem österreichisch riet, immer und immer wieder unser leben und alle menschen und allah oder irgendeinen gott zu lieben. dann wurde es ausgelassen, oder zumindest war das eine spezielle schönheit, weil nach und nach immer mehr leute kamen und sich dazusetzten und quatschten und erzählten und sangen und tanzten, und abends brachten sie noch essen von den umliegenden feldern und aus häusern und, gottchen, habe ich die leute geliebt, ohne auch nur 5 worte zu verstehen, weil sie mir so deutlich mit ihren brauen und händen schon die richtungen wiesen, in denen man glück und nähe finden konnte, und haben dort dann also 3 tage lang nur geschüttet und philosophiert und gesungen und geschmaust und allah für seine größe und güte gedankt – die christen übrigens auch fast alle, das verschwamm da sowieso ein wenig: fest ist eben fest, und götter sind eh alle verwandt, meinte jann spille dann, und obwohl ich dabei blieb, atheist zu sein, fand ich das einen schönen gedanken.

so ging das weiter – wir haben immer mal was verrichtet oder repariert oder ausgehoben oder computer wieder flottgemacht oder waren einfach auf dem feld tätig und haben immer mahlzeiten gekriegt oder nachmittags im gras gesessen und stundenlang tee getrunken und mundharmonika gespielt und gespielt mit den blicken, die wir von den 17-jährigen gören da zugeworfen bekamen: das war so fifty-fifty, halb verachtung, halb sehnsucht, schätze ich. einmal haben wir einen ganzen schinken bekommen, oder wir haben abends schnaps getrunken und dann durak gespielt um jann spilles armbanduhr (meine war ja schon verkauft). als gegeneinsatz gab's ein fahrrad, und das gewannen wir tatsächlich, mensch, war das derbegeil, weil wir dann immer aus dem dorf raus sind zu einem kleinen bach, ich auf dem gepäckträger, und haben die füße da reingehalten und kippen geraucht, und das war schon schön. aber im grunde auch beklemmend, weil wir allgemein weder vorwärts noch zurück konnten, wenn man jetzt von dem fahrrad und dem kleinen scheißbach absieht, weil niemand geld hatte und es kein geld zu holen gab und wir vielleicht nicht einmal genug geld hatten, um einen ort trampend zu erreichen, an dem es geld gegeben hätte, ohne auf dem weg zu verhungern (wir hatten genau 0 geld). deshalb haben wir im internet geschaut nach lösungen, weil der winter ja auch mit riesigen schritten auf uns zukam.

letztlich habe ich mich beim goethe-institut in tirana in albanien beworben beziehungsweise rief die an mit dem telefon vom pfarrer, und die sagten, dass sie meinen cv wollten, und den kriegten sie, und dann konnte ich kommen, und unterkunft zahlten sie auch und 500 euro noch dazu, und sollte an der vorbereitung und durchführung einer winterakademie von daad und goethe-institut mitarbeiten, das thema: der ökologische aufbruch des balkans im hinblick auf ökologie in tourismus und produktion. die akademie war auch und besonders für deutsche studierende gedacht, die dann da vorbeikommen konnten, um sich das anzuhören und sich ihren albanischen und internationalen kommilitonen anzunähern. ich war da weißgott kein echter experte, aber 500 euro plus schlafen waren ja auch kein echtes expertengehalt für 5 wochen arbeit. aber die brauchten schnell jemanden, weil da wer abgesprungen war, und wenn du dann wen findest, der schon an 3 unis war und einen doktortitel hat, bist du bestimmt auch zufrieden, also sagte ich zu. die wussten ja nicht so genau, dass ich da an den 3 unis meist nichts getan hatte und eher rausflog, als dass ich selber ging, und dass die so wenig zahlten, verkauften sie mir damit, dass es eigentlich mehr eine ehre war, da was zu machen, als arbeit. dass es trotzdem arbeit beinhaltete, gaben sie aber schon auch zu.

als dank für einen weidezaun, den wir noch fit machten, oder als generellen ausdruck von zuneigung, brachte uns eine familie mit sohn auf dem pick-up hintendrauf schließlich bis nach sarajevo zum omnibusbahnhof, die machten da noch einen einkauf von dingen, die sie sonst nicht bekamen, für das ganze dorf, und jann spille hatte seine mutter um geld angeschnorrt für ein flugticket zurück nach deutschland, nur dass er überhaupt nicht nach deutschland flog, sondern für mich und sich die fahrkarte nach tirana zahlte. ich bekam mein geld später aber sogar von den goethe-leuten erstattet, und das waren so 16 stunden busfahrt, durch montenegro und durch berge und dann an der küste entlang, ohne direkten blick aufs meer leider, und insgesamt nur mäßig erholsam.

in unseren hirnen schwirrte auf der fahrt noch die absurde gutmütigkeit der leute in dem kleinen dorf umher, die uns nicht recht verstanden, aber inkludierten, als wären wir 2 mit downsyndrom, die zwar fühlen, aber nicht vernünftig sprechen können, und einfach ein bisschen mehr aufmerksamkeit brauchen, aber im prinzip ganz normale menschen sind. leute, die einfach normale sachen machen wollen und als normale teile der gemeinschaft dazustehen versuchen – und genau das waren wir ja auch, und wir haben dann noch lange bei familie drmic gesessen am tag vor unserer abfahrt. ich weiß echt nicht, ob die begriffen haben, was wir in albanien und später mal in griechenland wollen, aber die eine oma, vielleicht die älteste oma der welt, mit echter lederhaut und großartig zart in ihrem wesen, eine beschützerin und gütige, die hat dann in unsere gesichter gefasst und geweint, als irgendwer ihr übersetzte, dass wir weiterziehen.

wir waren da vielleicht so 5, 6 wochen gewesen und sind reingekrochen in den engen und guten kokon dieser menschen, und klar, wenn du da aufwächst, ist das was anderes, weil du dich dann als kind irgendwelchen eltern unterzuordnen hast, wir waren jedoch erwachsene und gleichberechtigte partner in dem gemeinsamen unterfangen, eine gute zeit zu haben. die leute hatten wünsche und wir auch, und letztlich kamen alle klar, und wir haben alle zusammen eine wohlige, funkensprühende menschliche beziehung da in diese bergregion eingepflanzt und sie gegossen und gepflegt und läuse weggepickt und alles, und das tat gut, sowas zu erleben. wir hatten ein für alle mal bewiesen, dass es sie geben konnte, eine solche beziehung, und das war als bloße erkenntnis schon sehr belebend.

als jann spille seine schwester nicht verkaufte

wir kamen also im zerregneten tirana an, und ich machte mich an die arbeit. die vom institut waren ein bisschen sauer, weil ich denen nicht gesagt hatte, dass jann spille auch in der gästewohnung schlafen würde, aber irgendwie konnte ich die auch nicht recht verstehen, weil es ihnen ja scheißegal sein konnte, wie viele menschen in der guten wohnung schliefen, denn belegt war sie ja eh schon durch mich, und letztlich erlaubten die das auch. ich kriegte einen laptop und verbrachte also meine tage in der großen unibibliothek oder im goetheinstitut, um zu recherchieren, aber letztlich war da auch nicht viel zu tun, weil das ja kein wildes thema war und eh nur eine einführung für leute, die bunt aus allen fachrichtungen gemischt waren – von biologie und geografie bis anthropologie und wirtschaft. also übersetzte ich im wesentlichen ein paar stellen aus aufsätzen und einfache lehrbuchinhalte ins deutsche und packte alles auf powerpointfolien und arrangierte noch 2 termine – einmal bei einer seifenfabrik und einmal bei der ebertstiftung, wobei mir beim arrangieren auch sehr die büroassistentin half, die war echt gütig.

jann spille hing während dieser zeit viel ab und las bücher und kochte manchmal. er hatte sich auch in ein paar hostels um jobs beworben, aber die bezahlung war etwa 0, und dann versuchte er es bei einem teuren hotel in der innenstadt und nahm dort telefonische buchungsanfragen an, weil er wirklich sehr gut englisch sprach – dafür bekam er zwar auch sehr wenig, aber wir brauchten echt mal wieder geld, also machte er's. nebenher schrieb jann spille sogar noch eine kleine abhandlung über 1 oder 2 moscheen in tirana und über die geschichte des islam auf der balkanhalbinsel im allgemeinen, und ein bisschen kulinarik streute er noch drüber und wollte das irgendwo bei geo oder sowas platzieren, aber das klappte nicht, kein interesse hatten die.

draußen regnete es immer noch, und die feuchtigkeit nistete sich schwammig in den wänden der stadt ein, und schlamm wurde durch die straßen gespült, und stöcke und blechdosen und plastikmüll auch, und eingezwängt unter regenschirmen fluchten alle menschen (außer den kindern) die ganze zeit herum und traten gegen abfalleimer und spuckten ohne unterlass auf die sowieso schon schwimmenden gehwege.

für die 10 tage vor weihnachten kamen dann jedenfalls einige leute eingeflogen, und wir, das heißt ich und die anderen goethe-leute, holten die über den tag verteilt am flughafen ab und schickten sie in taxis dann in die richtige richtung und passten auf, dass sie nicht sofort am ersten tag abgezogen wurden. weihnachten in albanien war übrigens nicht so das riesige ding und war sogar fast nicht erkennbar – wenn man nicht ab und an mal auf den kalender sah, konnte man es gut verpassen, wobei katholiken und orthodoxe sich sowieso noch 2 verschiedene tage dafür überlegten. weil eh viele leute, nachdem religiös sein lange verboten gewesen war, keine religion mehr hatten und zusätzlich der großteil der menschen, wenn überhaupt irgendwas, dann eher dem islam zugeneigt war, ist es wirklich nicht so das riesending gewesen: es sind also nicht alle ausgerastet und haben häuser und bäume und plätze dekoriert und mit lichtern überspannt und umwickelt, und überhaupt war es zwar ein wenig kühl, aber längst nicht frostig – schnee lag jedenfalls nicht, und daher kam bei mir auch keine weihnachtsstimmung auf, obwohl ich ja sowieso mit kirche auch schon länger nichts mehr am hut hatte. so lichterketten fand ich aber immer noch schön. wir haben dann eine mehrfarbige gekauft und in unserer bude um die mikrowelle gewickelt und, die stromrechnung ignorierend, tag und nacht brennen lassen, damit sie immer und als einziges leuchtete und farbe ausschickte in die dezemberdunkelheit, wenn wir die küche betraten.

bei diesem goetheworkshopdings kam eine gruppe von 4 leuten dann aus marburg, die restlichen kamen irgendwie verteilt und einzeln aus bayreuth, lüneburg und sonstwoher. aus polen kamen auch noch 2, aus der slowakei eine frau und 2 auch aus frankreich, und aus graz in österreich, glaube ich, auch noch irgendwer. und dann waren da halt noch 7 albanerinnen und albaner, die auch mitmachten. bunte truppe und ganz angenehm, wenn auch ein bisschen piefig. 2 frauen von den marburgleuten hatten immer so pseudoindividuelle businesssachen an, burgunderrote hosenanzüge et cetera, das fand ich ein wenig übertrieben, aber müssen die leute ja selbst entscheiden.

jann spille musste nochmals mit seiner mutter telefonieren, um der klarzumachen, dass er doch nicht zurückkam. da war sie ordentlich enttäuscht, aber eigentlich hätte sie ihren sohn auch so gut kennen können, um vorherzusehen, dass er nicht zurückkam, und vielleicht hatte sie das auch sogar, und die enttäuschung war nur gespielt, und eigentlich wünschte sie ihm einfach nur das allerbeste – egal, wo er war –, denn was viele leute ja vergessen: das sind deine eltern, und gerade deshalb werden die dich für immer lieben. naja, außer jann spilles vater vielleicht – ich glaube, der liebte niemanden, aber genau wusste ich auch nicht, wie das kam, dass jann spille und seine mutter und seine schwester den vor ein paar jahren zu hause rausgeschmissen hatten. aber jedenfalls haben sie das gemacht, und seitdem ist der einfach weg.

am ersten goethewinterakademietag hatten wir in der altstadt in einem typischen restaurant gegessen, nachdem alle ihr hotel bezogen hatten. da gab es dann eigentlich nur recht allgemeines geplänkel, und ich habe eher nur mit den kollegen vom institut gesprochen, und die deutschen blieben eher unter sich, und die albaner blieben eher unter sich, und die anderen irgendwo dazwischen. später besuchten wir noch die vorführung eines deutschen films aus den 90ern, bei dem ein junges ddr-paar über ungarn und jugoslawien dem kommunistischen regime entflieht. was das mit ökologie zu tun hatte oder mit albanien, wusste ich nicht, aber was man ja auch nicht vergessen darf, ist, dass das goethe-institut nicht die weltstadtteilbibliothek ist, sondern den ganz dezidierten auftrag hat, deutschland interessant und geil dastehen zu lassen, und da machte es natürlich schon sinn, einen lässigen undergroundroadtripfilm anzusehen, der neben dramatik und anspruch auch wilde töne aus mit westrockkassetten gefütterten autoradios zu bieten hatte. zugegeben, ich mochte den film auch, kannte den aber schon ein bisschen länger. aber ich hätte, als institutsleiterin, mir verkniffen zu erwähnen, dass in deutschland jedes jahr sehr viele gute und künstlerisch anspruchsvolle filme entstehen und seit etwa 2000 sogar mehr noch als in frankreich. den kommentar fand ich einfach so daneben, und ich hab so kurz geschaudert und mich umgedreht und geschaut, und ein paar augen verdrehten sich da echt, und in meinem kopf spielte ich ein verwackeltes youtube-filmchen ab, in dem ein mensch mit vokuhilafrisur und einem deutschland-trikot und zugepisster jogginghose seinen rechten arm hebt zum hitlergruß und halb kotzend deutschlanddeutschland brüllt. da musste ich echt ein bisschen lachen, als ich mir vorstellte, die institutsleiterin würde sich jetzt auch einpissen.

später war die hälfte der leute in ihren hotels verschwunden oder mit dem bus nach hause, aber der rest kam noch mit in eine bar, wo wir dann auch jann spille trafen, der sich ungezügelt an die sich mit händen und füßen wehrenden französinnen ranmachte und fiese blicke von der institutsleiterin kassierte dafür, dass er überhaupt da war. aber die ging dann recht schnell und die französinnen auch. das war der eher informelle teil des abends, und dass ein paar von uns da noch bis 2 oder 3 weiterquatschten, tat der gruppendynamik meiner meinung nach gut, weil viel und lustiges erzählt wurde. am ende war ich leicht angeheitert, aber im vergleich zu den restlichen leuten noch recht nüchtern, weil ich schon auch nicht als der große saufkopp dastehen wollte. ich wollte ja auch meine autorität nicht sofort am ersten tag zertrümmern, obwohl ich eigentlich so viel wert auch gar nicht darauf legte, als irgendwie übergeordnet wahrgenommen zu werden. aber ich wollte einfach nicht als der alte lächerliche säufer dastehen, zu dem ich ja leider manchmal wurde. jedenfalls stand ich, auf ein taxi hoffend, nach dem bezahlen und nachdem fast alle fort waren, noch mit jann spille und emira jakupi, einer albanischen studentin, draußen vor dem laden und feixte ein wenig rum und legte aus irgendeinem grund noch meinen arm um emiras schulter und sagte ihr auch, dass wir mit dem taxi erst noch bei ihren eltern vorbeifahren könnten, um sie dort abzuladen, und genau so machten wir das auch. sie war jedenfalls schon total betüdelt und pfuschte während der fahrt auch noch auf meinem oberschenkel rum und gab mir zum abschied einen kuss auf die wange und zeigte noch ihre tollen zähne und nahm ihre handtasche und stolperte in den hauseingang, und wir fuhren dann weiter. jann spille fragte noch, ob ich die jetzt gut finde oder was da los ist, aber ich sah nur aus dem taxifenster und beobachtete den schon wieder einsetzenden regen, der heftig an die scheibe prasselte und die lichter draußen zu unförmigen gelben gestalten verwischte, und sagte dazu nichts.

am nächsten morgen merkte man emira jakupi aber durchaus deutlich an, dass ihr das ein wenig unangenehm war, und in einer pause nahm sie mich zur seite und sagte, dass sie sonst nicht so aufdringlich ist, und sie war ja auch betrunken gewesen, zu viel wein hatte sie gehabt, sagte sie. weil ich da schon ganz andere formen von aufdringlichkeit erlebt hatte und vor allem, weil ich sie eigentlich sehr nett fand, grinste ich nur und meinte, dass sie sich keine sorgen machen soll, und fragte sie, wie sie den ersten vortrag gefunden und ob sie alles verstanden hatte, weil ja doch schon ein paar deutsche fachbegriffe drin waren. jedenfalls plauderten wir die nächsten 2 tage immer wieder, und ich hielt auch 2 vorträge, und die fand sie gut, obwohl die – wie gesagt – nur copy-paste waren, und wir machten eine sightseeingtour mit der ganzen gruppe, und sie saß eine reihe hinter mir und gab mir dort im bus dann noch ein paar extrainfos, die der guide mit dem busmikrofon längst nicht so bezaubernd darlegen konnte wie sie. abends waren wir noch in einem restaurant, und es wurde wieder getrunken, und als ich zufällig draußen stand, um zu rauchen, fragte sie, ob ich nicht auch schon einfach jetzt gehen könnte, und ich meinte, dass ich das natürlich kann, und ging rein und klopfte auf den tisch und nahm meine jacke und folgte ihr um die straßenecke, wo sie mich an die feuchte wand drückte, und wir begannen rumzuknutschen. dann fragte sie mich, wo ich wohne, und ich erklärte ihr das, beziehungsweise während des erklärvorgangs liefen wir schon los, weil es auch echt nicht weit war.

ich machte dann oben in der wohnung hastig noch einen

kaffee, schrieb jann spille eine sms, die erklärte, dass er erstmal nicht heimkommen solle, wo auch immer er gerade war. den kaffee tranken wir dann doch nicht, sondern rissen uns gleich sehr leidenschaftlich die kleider runter. ich fand das anfangs ein bisschen übertrieben, weil man das in filmen zwar immer so sieht, mit diesen lasziven gesten und augenaufschlägen und schweren blicken und dem lippengebeiße, aber irgendwie war es auch überraschend schön, weil sie mir gefühlt den halben rücken aufkratzte und das auch wehtat, aber das kreierte eine tolle atmosphäre von exzess und ungezügeltheit, die ich bestimmt auch nicht immer brauche, weil es auch wirklich wehtat, aber so dieses eine mal war das krank schön. danach lagen wir noch ein wenig schwer atmend auf der matratze, und ich las von jann spille eine sms, dass ich bescheid sagen soll, wenn das da fertig ist, weil er nämlich eigentlich nur zum kippen holen draußen gewesen war und jetzt vor der tür wartete, und ihm sei kalt. emira jakupi sagte dann sowieso, dass sie gehen muss, weil sie zu 0 prozent bei mir übernachten kann, weil ihre eltern sonst ausrasten. ich hab das akzeptiert, auch wenn ich es schade fand, und sie hat dann ihre haare ein bisschen gerichtet, einen schluck von dem abgekühlten kaffee genommen und ist raus und traf unten vor der tür wohl noch den wartenden jann spille. mit dem habe ich dann noch ein bier getrunken und bin dann auch pennen gegangen, weil am nächsten tag ja wieder programm war. die nächsten tage haben wir immer wieder mal jann spille für ein zeitchen weggeschickt, oder der war sowieso schon weg, und haben gevögelt.

schließlich endete aber die winterakademie, und wir mussten eigentlich auch aus der wohnung raus, bekamen allerdings einen aufschub, weil sie die wohnung bis ende januar nicht brauchten. und so machten wir uns ein tolles weihnachtsfest mit schlechten, aus dem internet gestreamten heimatfilmen aus den deutschen 60ern, und emira kam zum essen auch vorbei, weil sie das bei ihr zu hause eh gar nicht feierten. wir aßen rosenkohl mit sauce hollandaise, und ich glaube, mit paniertem kohlrabi. wir aßen danach noch ein stück schokokuchen, und jann spille meinte lachend und lodernd, dass ein stück vom kuchen nicht reicht, weil er lieber die ganze bäckerei hätte, und stach mit der gabel auf meinen teller rüber, und das wehrte ich ab, oder eigentlich landete alles auf dem boden, und emira giggelte und hielt uns für idioten und sah süß dabei aus. mich nervte nur ein wenig, dass emira nie bei uns pennen konnte und ich auch auf keinen fall bei ihr, weil ihre eltern das nicht wissen durften. bei uns wäre das eh eng geworden, weil jann spille da ja auch die meiste zeit rumhing in dem doppelbett in unserem 1-ZKB-plattenappartment, aber generell schon möglich. ich empfand das einfach als hochgradig anstrengend, weil ich es überhaupt nicht gewohnt war, so etwas geheim halten zu müssen, und auch blöd war, dass wir uns meist stark auf effizienz getrimmt sahen und dann nur reinstecken-rausziehen machten, weil ihre eltern misstrauisch wurden, wenn sie zu lange wegblieb. jann spille wollte dabei auch nicht zugucken (wir hatten ihm das sogar mal angeboten, aber das war eher im scherz, glaube ich), sondern ging in die stadt, um herumzuspazieren, aber natürlich wollte er auch nicht andauernd und den ganzen tag spazieren gehen, und arbeiten musste er eher nur abends und am wochenende, und gerade dann hing emira meist mit ihrer familie ab. ich schlief aber einfach gern menschen umarmend ein.

sie bot mir schließlich an, ihre eltern kennenzulernen, indem wir mich als ihren dozenten von der winterakademie vorstellten, der noch ein paar tage in tirana war und ihre eltern beglückwünschen wollte zu ihrer gebildeten tochter. ich sollte dann noch vorschlagen, sie doch nach deutschland zu schicken zum studieren. das war mir aber auch wieder nicht recht, weil ich eigentlich ja überhaupt kein interesse an ihren eltern hatte, sondern nur an dem umarmungseinschlafen – und wenn sie nach deutschland will, dann soll sie das denen gefälligst selbst sagen. ich fand halt bloß diese geheimscheiße lächerlich, und mich nervte die beengtheit unserer wohnung.

es wurde dann aber doch ein netter abend, und ich ärgerte mich fast, dass ich ihre wundervollen eltern erst nicht hatte kennenlernen wollen. hielt mich also ans skript, und erst gab's eine runde tee, und ich bekam dann schweinefilet und irgendeine gemüsezubereitung vorgesetzt, und vorher gab es noch zwiebelsuppe und dazu bier. als ob sie dachten, dass ich eh bald fragen würde, erklärten sie mir, dass im kommunismus schweinefleisch billig war – und wenn du erstmal auf den geschmack gekommen bist, dann ist's auch egal, ob du muslim bist, denn wenn allah sich echt stört an solchen schweinefleischdingen, dann liebt er seine kinder nicht wirklich, aber er liebt sie wirklich und bedingungslos – den letzten teil sagte der vater zu mir, beziehungsweise so übersetzte es emira. mich interessierte das nicht wirklich – also ich meine, klar, ich fand das schon bemerkenswert und schön, aber irgendwie dann auch doch nicht, weil ich nicht verstand, wie man überhaupt auf die idee kommen konnte, irgendwer anders außer einem selbst dürfte entscheiden, was man darf und was nicht. aber dann fand ich es doch wieder interessant, weil ich mich fragte, ob muslime, die schweinefleisch aßen, dann willkommen waren in europa?! ich erinnerte mich an die fabrikgroßen schweinehöfe in der deutschen tiefebene und dachte leicht grinsend: assimilierter geht ja kaum. dass das mit dem über-nacht-wo-bleiben-und-sex-haben nicht ging, erläuterten sie allerdings nicht nochmals, obwohl es mir echt unter den fingernägeln brannte, warum das so wichtig oder so verboten war, aber ich konnte natürlich nicht einfach danach fragen, weil ich ja meine tarnung nicht auffliegen lassen wollte. ich mochte emira nach dem abend aber sehr viel mehr, weil sie jetzt einen rahmen hatte, den ich mir ursprünglich ganz anders vorgestellt hatte – und der rahmen machte sie noch spannender.

ungefähr zu der zeit heuerte jann spille am hafen von durrës an, der war so 30 km weit weg, und übersetzte da irgendwelche frachtpapiersachen deutsch – englisch – spanisch und telefonierte auch viel, das gab einfach mehr geld. und ich machte mich auf die suche nach einer neuen unterkunft. immer mal wieder mittags oder frühabends kam emira jakupi vorbei, je nachdem, wann sie neben nebenjob und uni zeit hatte, und wir hatten sex oder aßen etwas oder redeten. ende januar zogen wir dann um in eine etwas größere, dafür ungleich abgefucktere wohnung, die aber dafür direkt im stadtzentrum lag, gleich neben dem skenderbej-platz. ein eleganter altbau zwar, der aber nur über eine ofenheizung verfügte – selbst warmes wasser zum duschen musste man so herstellen, zum glück wurde es aber langsam wärmer. ich brachte gleich danach zusammen mit dem schlüssel der alten wohnung noch einen dicken blumenstrauß am goethe-institut vorbei, wo sie dann fragten, ob ich lust hätte, einen konversationskurs zu leiten bei einer privaten sprachschule – sie hätten gerade eine anfrage von denen reinbekommen. da ging ich dann sofort vorbei und machte es schließlich auch: 3 mal die woche mit einer gruppe menschen auf deutsch über zeitungsartikel reden und wörter erklären und 3 mal die woche in englisch. die zahlten wenigstens besser als die bengel vom goethe-institut, aber hauptsächlich, weil ich das schwarz machte.

und dann ist noch was tolles passiert: jann spilles schwester svantje hatte eine mail geschrieben, dass sie ihn vermisst und ewig nicht gesehen hat, und wo er denn verkacktnochmal gerade war, wollte sie wissen. jann spille hat dann ehrlich geantwortet und mir eingebläut, bloß die finger von ihr zu lassen, weil das sonst zu kompliziert werden könnte, und mit blut und wasser fing er lächerlicherweise dann an, und man muss sich irgendwann für eine seite entscheiden, und das will er nicht, und blabla ging das weiter – bis ich den kochlöffel nahm und ihm auf die finger schlug und meinte, dass er sich mal abregen soll, und darauf sagte er dann nichts inhaltliches mehr und fluchte einfach nur noch so wegen dem löffelschmerz, und das tat mir auch direkt leid, dass ich das gemacht hatte, und sagte ich auch: 'tschuldigung, jann, das wollte ich nicht. und umarmte ihn noch.

anfang märz klingelte svantje spille dann bei uns und stand plötzlich in der küche und zog ihre schuhe aus, und wir gaben ihr couscoussalat und rotwein, und sie schaute sich die wohnung an, und dann begann sie, am küchentisch sitzend, zu erzählen: sie war mit freunden von der uni in avignon gewesen, um ein wenig zu entspannen und den frühling zu begrüßen oder den winter zu verabschieden, und es gab also eine monumentale mondfinsternis, die atemberaubend den himmel ausgesaugt hatte, und da hatte sie also wen kennengelernt mit einem auto, und jann spille brüllte dann total fassungslos dazwischen: vor 2 wochen, oder? alter, die haben wir auch gesehen, svantje, eine riesenkrasse mondfinsternis, ich schwör, wie krass, ich wusste gar nicht, dass sowas geht an verschiedenen ecken der welt, poah, wie ein dicker stein, den die davorschieben, und dann dauert das so über eine stunde, und alles verschwindet im schwarz der bedeutungslosigkeit, bis sich das auge an die finsternis gewöhnt und beginnt, das firmament zu besprühen mit dem goldstaub der kosmischen sterne, krass!, sagte er, und ist zu ihr hin und hat sie umarmt und dabei fast erdrückt und hochgehoben und meinte weiter: also dann ist es ja wohl amtlich, svantje, wir leben alle unter dem gleichen *himmel*, aber wir sehen auch alle die gleiche schönheit, svantje, hör gut zu: alle! svantje hat dann erst kurz die augen verdreht und dann weitererzählt.

sie ist also mit diesem typen mit dem auto durch italien gebrettert, und sie machten stopps (und jann hat sie dann an diversen stellen nochmals unterbrochen und immer gefragt, ob sie dort und dort auch sex hatten, also nach jedem ort quasi, den sie erwähnt hatte, fragte er: woah, und da habt ihr dann bestimmt ordentlich gefickt, was? – was sie aber nur mit einem grinsen quittierte, und das war mir sogar fast ein wenig unangenehm, wie er da immer fragte, und schließlich sagte sie dann: ey, jann, du mokel, jetzt reicht's mal! – und dann hat er auch nicht mehr gefragt). sie und der typ mit dem auto sind dann mit der fähre rüber nach patras, und dann habe wiederum ich svantje unterbrochen und so gezischelt: wartewartewartewarte, du warst also schon in griechenland? und dann hat sie schon wieder kurz die augen verdreht und meinte so leicht verwirrt und unterschwellig fassungslos: ja, ähm, JA, patras ist in griechenland, ja, war ich schon! – und dann sind jann spille und ich total ausgerastet und haben uns mit immer größer werdenden guckaugen an den tisch gesetzt und sie angeschaut und uns vornübergebeugt, um näher an ihrem mund zu sein, und jann spille meinte dann: und? wie war's?

aber das war wohl zu viel für die gute svantje spille, und sie hat ihr weinglas abgestellt und den kopf geschüttelt und gesagt, dass wir idioten sind. dann haben wir alle gelacht und sind nach draußen getrippelt und haben uns, pirouetten drehend und eis wegschleckend, die stadt angeschaut, und ich habe ein foto gemacht von den beiden, die wirklich identisch aussahen. also beide diese gefährlichen gesichter und die 2 millionen sommersprossen und die feuerroten haare, nur dass jann spille ein bisschen größer war, und manchmal sah man, dass er ein wenig schlurfte, weil sein eines bein ein wenig länger war, so 1 cm vielleicht, und seine schwester hingegen, die hatte so einen glücklichen gang und so wunderschöne beine und einen so schlau gestalteten hintern eigentlich, da wurde mir echt anders, wenn sie den durch diese weiche luft hindurchsteuerte und vor mir herlief. jedenfalls aber aßen wir abends nochmal gut in einer pizzeria, und svantje musste noch die griechenlandstory zu ende verklickern, und wie der typ plötzlich (und kurz nachdem sie mit der fähre rüber nach patras waren) zurück nach frankreich musste, weil seine mutter eine hirnblutung gehabt hatte und starb. das war natürlich wiederum ziemlich heftig, und ich habe mir da echt ein paar gedanken gemacht, weil ich auch mal einen opa gehabt hatte, der gehirnblutete und dann auch innerhalb von einem tag starb. an den hatte ich lange nicht mehr gedacht, obwohl er mir früher mal eine schaukel gebaut hatte in seinem garten. es tat mir auch schrecklich leid für den jungen mann, dass der seine mutter verlor – will gar nicht wissen, wie sowas ist, aber da musste er wohl durch.

am abend haben wir uns noch 2 flaschen wein mit nach hause genommen und filme geschaut und alte deutsche indie-musik gehört und rumgeschrien und haben getanzt und uns gefreut über das leben und dass es wahrscheinlich noch ewig dauern wird – und zu dritt sind wir dann in unserem starken doppelbett eingepennt.

am nächsten tag meldete ich mich krank und machten einen ausflug zu einem kleinen wasserfall im umland und schauten uns da dieses stürzende wasser an, das irgendwie meditativ und beruhigend einen fels hinabschoss – svantje spille und jann spille und ich waren dort und ließen uns verzaubern von der willkürlichkeit der natur. danach saßen wir in einer gaststätte und zogen uns noch ein paar bier rein, und svantje wurde dann vom nachbartisch her angemacht. 3 so eher besoffene, die immer was anzügliches übersetzt haben wollten, und ein eher nüchterner mit hemd und krawatte und aktentasche, der das dann immer höflich und beschämt übersetzte. auf jeden fall ging es darum, dass sie svantje heiraten wollten und sie einen schönen körper hat, und sie setzten sich dann sogar an unseren tisch rüber, und das war echt ein bisschen ungemütlich, weil die wirklich aufdringlich waren, und wir wollten ja nur abhängen eigentlich. die fragten schließlich, ob einer von uns kaspern ihr boyfriend ist, und svantje hat mich dann grinsend angeguckt und ihren mund so auf meinen zubewegt, und da dachte ich noch: ey, svantje, mach das nicht, weil das gibt 100 pro mecker von jann – aber mach es bitte trotzdem! das habe ich da gedacht, und es kam auch so, und haben ein wenig geknutscht, und die meute grölte, und ich fand das einfach schön, ihre sanften lippen zu berühren und ihre tollen hände in meinem nacken zu spüren. jann spille ist dann aufgesprungen und hat sein bier auf den tisch geknallt und eine kippe genommen und ist kopfschüttelnd rausgelaufen und hat gemurmelt: alteralteralter, das darf doch nicht wahr sein. und dann sagte er noch ganz laut, aber ohne sich umzusehen: *you fuck her, i kill you!*, und zeigte mir den mittelfinger, und svantje rief ihm hinterher: leck mich, jann, niemand hier ist verrecktnochmal süße 13 mehr, und war ja jetzt nur spaß, du prüder kotzbrocken, bekacktescheiße – hör bloß auf, vattern zu ersetzen, du lappen.

und da erst habe ich begriffen, dass es vielleicht gar nicht ausschließlich familie und freunde waren, die er da auseinanderhalten wollte, sondern dass es einfach seine schwester war, die er vor seinen freunden schützen wollte, weil, ja, wasweißich, weil die ein schlechter einfluss waren? für die leute bei uns am tisch war das alles aber noch viel weniger einleuchtend, und die dachten erst, dass jann spille der eigentliche boyfriend wäre, und svantje machte ihn eifersüchtig oder was, aber irgendwann haben sie begriffen, dass die beiden geschwister waren, und dann haben sie sich direkt an jann spille gewandt und wollten svantje einfach kaufen und haben immer ein paar preise vorgeschlagen, und ich raffte ehrlich gesagt nicht, wie sie darauf kamen, dass ausgerechnet der bruder nun geld nehmen konnte für seine schwester, und besonders kam ich nicht so recht dahinter, ob sie das alles ernst meinten oder ob das ein riesiger spaß sein sollte. jann spille und mir und svantje spille war das aber alles zu anstrengend, und wir zahlten und gingen zum busplatz, und weil gerade kein kleinbus, furgon hießen die, fuhr, nahmen wir einfach ein taxi zurück nach tirana und haben uns abends nochmal hoffnungslos besoffen, vor allem jann spille war da federführend und kippte und kippte. ich schlug noch vor, durak zu spielen, und wir erklärten svantje das kurz, und dann spielten wir das bis morgens um 5 oder so und haben auch echt noch viel gelacht eigentlich – zum beispiel als svantje erzählte, wie jann als kleinkind mal ins becken vom freibad kackte.

sie blieb dann noch eine knappe woche, lernte noch kurz emira jakupi kennen und fuhr dann 2 tage lang mit dem bus zurück nach deutschland. in bremen wohnte sie. im türrahmen stehend, hat sie mich dann noch gefragt, ob ich mal drüber nachgedacht hätte, wie viele menschen in meinem leben ich schon kennengelernt hatte, die ich nie wiedersehen werde. ich meinte dann, dass ich da tatsächlich schon mal drüber nachgedacht hätte, und dass das wahrscheinlich sehr viele waren. bei einem guten dutzend besteht aber noch hoffnung, setzte ich hinterher. dann grinste sie und drückte mir mit dem zeigefinger auf die nase und setzte ihren rucksack auf und lief die treppe runter und brüllte viel zu spät und fast von draußen schon: tschüss. so als hätte sie es einfach fast vergessen. ich stand erst noch kurz im türrahmen und suchte dann meine schuhe und eine wasserflasche und ging zur arbeit.

ich habe jann spille ein paar wochen später nochmal gefragt, in einem ruhigen moment und auf dem balkon sitzend, was das eigentlich war mit dem festschnüren in sarajevo, warum er da so fertig war, und mit seiner schwester und mit seiner familie und überhaupt und mit seinem vater, aber dann meinte er nur verdammt gereizt: was soll ich dir über den zoo erzählen, außer dass es dort tiere gibt? und das war entweder sehr tiefgründig, oder es hatte nichts mit dem thema zu tun – ich habe es jedenfalls nicht begriffen, aber auch nicht mehr gefragt, weil die leute halt selber wissen müssen, was sie erklären wollen und was nicht, und manchmal ist wohl das problem, dass man geheimnisse später nicht mehr zurückverlangen kann. vielleicht war das seine sorge.

berg dajti

wir schwammen jetzt nicht gerade im geld, aber wir lebten sparsam und gingen kaum noch aus, weil jann immer fertig von der arbeit war und ich auch viel las, und daher hatten wir so um mitte april herum erstmal wieder genug auf der hohen kante, vielleicht so 1000 euro, um weiterzuziehen und eventuell bis nach griechenland zu gelangen. und weil es wärmer wurde und in den parks und auf den bürgersteigen alles zu sprießen begann, sagte ich emira jakupi, dass wir bald gehen würden, in ein anderes land. auf jeden fall war sie tief getroffen, was mir ja irgendwie auch ähnlich ging, und das sagte ich ihr auch, aber ich wollte einfach weiter: irgendwas trieb mich, und echt wenig hielt mich. mich trieb die sehnsucht nach der straße, mir fehlte der geruch des windes, und mir fehlte mein verkackter rucksack auf meinem rücken, und mir fehlten die kopfschmerzen, wenn man zu lange in der sonne steht oder vergisst zu trinken. also mussten wir los und die kilometer spüren und beobachten, wie sie, auf unsere fröhlichen körper prallend, wie kleine seifenblasen verpufften, und wir mussten die verwischten bäume vorüberstreifen sehen, wir mussten bier in raststättenrestaurants trinken und an abhängen stehen und runterspucken, und wir mussten verkackt-nochmal eine kontinentale liebesrakete montieren, und dazu brauchte man platz.

vorher fuhren wir noch mit der neuen gondelbahn auf den hausberg neben tirana, der über 1600 m hoch war und das halbe land mächtig überragte und so einen tollen blick auf tirana und auch auf das mittelmeer erlaubte. jann spille arbeitete ja am hafen, aber ich sah, dort oben stehend und auch nur entfernt am horizont und zum ersten mal überhaupt in meinem kleinen leben, das mittelmeer – das war wunderschön, weil ich es mir immer so vorgestellt hatte, wie es dort hinten nun lag, mit seinen zu punkten geschrumpften lastkähnen und frachtern, aber ich ärgerte mich plötzlich ein wenig, dass ich nie die möglichkeit genutzt hatte, hinzufahren und eine runde zu schwimmen, während ich hier in albanien war. wir hatten ein paar snacks mitgebracht und aßen und quatschten und lagen uns in den armen.

und dann zeigte sich am dunkler werdenden himmel plötzlich der mond, und ich fragte mich, wie es wohl ist, dort oben zu stehen und auf die erde hinabzublicken? vielleicht spürt man da eine schwere dankbarkeit und erfindet eine art menschenzugewandtheit oder glaubt an ein tieferes bewusstsein, und als folge ist man dann gründlich unzufrieden mit all der kackscheiße der welt und will was umdrehen oder machen dagegen, wenn man dort oben steht, von dort sieht all das geschacher und gezerre und der ganze zwist bestimmt haustierhaft aus. ich würde mir dann den erstbesten menschen greifen mit einem eine halbe million kilometer langen lasso und ihn oder sie raufzerren und dann am kragen packen und auf diese grellblaue, kleine, von wolken umkreiste, mit grünen inseln betupfte und rührend einsame murmel deuten und sagen: schau, du mokel! schau dir das an! das ist im grunde die einzige schönheit, die es gibt, das ist die erde, das sind wir, das ist liebe!

hilti

der abschied von emira war im nachhinein gar nicht so schwer und nahm mich längst nicht so sehr mit, wie ich ursprünglich befürchtet hatte, und woran das letztlich lag, konnte ich nicht einmal sagen – vielleicht war es so, weil es sich nie richtig ernst angefühlt hatte, weil wirklich niemand davon wusste. das hört sich zwar bescheuert an, weil ja zumindest ich und sie davon wussten, aber vielleicht war das echt ein wenig der grund, und letztlich hatte ich bestimmt auch keine echte lust mehr gehabt auf dieses techtelmechtel mit emira jakupi, das perspektivlos und anstrengend im raum stand und drohte zu schimmeln, wenn ich nicht bald klarmachte, dass es ernst war, und ernst konnte es nicht werden, weil ich nicht einfach irgendwelche menschen heiraten konnte. das war unmöglich, oder zumindest fühlte sich der gedanke sehr ungewohnt an, und dann ist es bestimmt nicht das schlechteste, es genossen zu haben und zu gehen. dass ich eigentlich nicht mal eine sekunde ernsthaft darüber nachgedacht hatte, zu bleiben und zu heiraten, wurde mir erst später bewusst, aber ich weiß nicht mehr genau, ob es mich verwunderte.

wir packten also irgendwann unseren kram und gaben der vermieterin den schlüssel, und ich gab noch den computer zurück, den sie beim goethe-institut schon ganz vergessen hatten, und wir versuchten also erstmal aus der stadt rauszukommen und fuhren mit dem bus an den stadtrand, um an der dortigen schnellstraße festzustellen, dass wir konkurrenz hatten: da waren bestimmt 40 einheimische, fast nur männer, die mit dem daumen versuchten wegzukommen. manche hatten bohrmaschinen dabei, und es war so 5 am nachmittag. mit denen wollten wir uns nicht anlegen, und sie sahen auch so aus, als müssten die heute noch schnell wo hin, und weil wir nirgends hinmussten und inbesondere nicht sofort, liefen wir einfach 500 m die straße runter und behaupteten, dass wir denen dann nicht die autos wegnehmen, wenn wir hintenan stehen. wir fanden trotzdem nach einer knappen viertelstunde einen fahrer, der im anzug und silberauto an der straße hielt und uns glücklich reinwinkte. er erklärte uns im vorzüglichsten britisch, wie das lief auf dem arbeiterstrich. morgens stehen die leute da, nachdem sie aus ihren dörfern kommen, und warten, dass du sie mitnimmst und sie was bauen oder schleppen oder machen lässt und dann schwarz bezahlst. abends stehen sie auf der anderen straßenseite und suchen eine fahrt nach hause und bezahlen den fahrer dann sogar, aber manchmal kann es trotzdem noch stunden oder bis nach mitternacht dauern, bis sie in ihren winzigen, teilweise 100 km entfernten dörfern ankommen und in ein schweres bett fallen. unser fahrer nahm die leute ungern mit, weil sie oft tranken: *they smell like they've drunken tons of raki and that's something i normally do not tolerate in my car!* wir nickten, ohne das ganze komplett zu überblicken, und jann spille fragte dann nochmal nach: *so, basically those guys are poor people and seek work in the big city?* und dann antwortete der typ: *yes – that's the fundamental setting.* und dann meinte ich: *so you better should not look down on them, they have a hard life.* und er wieder: *i do not look down on them, i just feel they'd be better off not drinking, you see my point?* und wir so: *but we also drink!* und dann musste er lachen: *you'll find out there's two reasons to drink. first one is for fun, second is addiction arising from despair. if this deep addiction ever escalates inside you – then you'll know what i am talking about.*

das machte uns erst ein bisschen stutzig, aber dann wechselte er von sich aus schon das thema, und ich saß ja vorne und quatschte noch was über fußball, und jann spille döste auf der rückbank. kurz vor elbasan ließ er uns am straßenrand raus, und wir legten uns in den schotter, und weil es schon dunkler wurde, hingen wir da nur noch ein wenig rum und stiegen dann weiter hinten einen hang hoch und bauten das zelt auf. ich fragte dann jann spille: ey, jann spille, würdest du so einen arbeiter mit der bohrmaschine mitnehmen? er guckte mich an, spuckte auf den boden und lachte nur so und schüttelte den kopf und spuckte dann nochmal und wühlte in seinem mund rum, als hätte er da eine fliege drin oder so, und schnippte dann letztlich auch was kleines schwarzes weg und sagte: ja, mann, klar, auch mit der fettesten hilti und der fettesten fahne würde ich den mitnehmen. ich antwortete: ja, nech?, denk ich nämlich auch, mann, musst du halt mitnehmen, und sind das halt alkis, is denn halt so, aber immer noch menschen sind das ja, und menschen muss man lieben.

jann spille ist dann noch mal die straße lang, um wasser zu besorgen, und ich rauchte eine zigarette, die ich im grunde nur anzündete und dann wieder ausdrückte, weil ich plötzlich das gefühl hatte, keinen rauch zu brauchen, um den trieb und das wummern und die macht und die geschwindigkeit des lebens und den drang nach ferne zu verspüren, weil all meine adern in meinen augen und im gehirn und in meiner brust klumpig waberten und johlten, und ich wollte das so sehr, ich wollte den gestank der entfernung und wollte weiterweiter, und das ist schwer zu erklären, aber ich schlief später nur schwer ein und mit der unbedingten lust, wieder wach zu werden und dann fortzupreschen und schweiß zu produzieren, der meine lider verklebt.

basilikum

erst fanden wir am nächsten morgen in der nähe noch einen busch mit beeren, den wir aberntеten, und die früchte stopften wir gierig in unsere münder, und der erste ritt brachte uns dann auch schon ein gutes stück weit: wir umkurvten auf der nordseite auf einer küstenstraße den halben ohridsee bis nach mazedonien rein, wo wir erst nochmal hinwollten, weil uns vor griechenland dann doch ein wenig bang war – wir wollten da lieber mit ein paar trampertagen mehr und einigem anlauf reinpreschen. wir fuhren also am wasser entlang, aber nur bis wir es irgendwann nicht mehr aushielten, so dicht an dem kühlen see und den spitzen steinen zu sein, und darum bettelten, auf der stelle rausgelassen zu werden. wir legten unsere rucksäcke ab und legten hosen und shirts und unterhosen und schuhe und socken ab und tippelten dann über die glühfelsen und sprangen am ersten heißen tag des jahres von einer leicht überstehenden kante 1 oder 2 m runter in den kristallklaren see und tauchten unter und tauchten auf und warfen die haare zurück und ließen die sonne unsere gesichter betatschen und ließen den wind unsere jubelschreie raustragen in die welt, poah, was war das schön und war das kalt und war das reinigend. und das hatten wir gar nicht gemerkt, aber die 2 alten männer, die uns bis dahin mitgenommen hatten, waren gar nicht weitergefahren, sondern hatten den wagen abgestellt und sich ebenfalls ausgezogen und stiegen langsam tastend neben unserem absprungfelsen ins wasser hinunter mit ihren braunen körpern und dem grauen brusthaar und ihren lang hängenden genitalien und grinsten uns an, als wir sie entdeckten.

wir blieben da so ein viertelstündchen im eiswasser und dann noch eine viertelstunde in der sonne stehen oder sitzen, um trocken zu werden, während alle vorbeikommenden autos hupten und die fahrer lachten, als hätten sie noch nie nackte menschen gesehen. und wir schrien allen hinterher, dass sie verkacktnochmal herkommen sollten und sich schwimmend und atmend ihrer existenz versichern. kein auto drehte um, aber das war auch egal. jann und ich boten den männern dann noch eine zigarette an, die sie ablehnten, um eigene rauszuholen und uns dann wiederum anzubieten, was ich als ein wenig kindisch, aber sehr freundlich empfand.

wieder in ihrem auto sitzend, fragten sie uns dann in einem gemisch aus englisch und russisch, wo wir hinwollten, und wir sagten, bitola, weil das die größte stadt da im südlichen mazedonien war und es dort ein bisschen architektur geben sollte. aber eigentlich sagten wir es nur, weil uns nichts besseres einfiel, und deshalb hat jann spille wahrscheinlich auch alles revidiert und meinte: *nononononooo – everywhere, we go everywhere!* und dann haben alle gelacht. keine ahnung, ob und wie die das verstanden, aber sie sagten dann irgendwann, und als wir schon länger von der hauptstraße und vom see weg abgebogen waren, dass wir zu denen fahren und erstmal was essen. also kletterten wir mit der kleinen blechkarre ein paar tiefgrüne safthügel hoch und stoppten irgendwann auf einer kleinen einfahrt an einem absoluten steilhang und kletterten auf einer holztreppe und über einen kleinen bach hinüber in ein kleines häuschen hinein. dort wurde kaffee gemacht. tiefer, dunkler kaffee, und eine ältere frau und 2 junge bengels kamen in die küche reingeplatzt, wo jann und ich uns schon auf der eckbank breitgemacht hatten, und der eine alte mann saß gönnerhaft und breitbeinig und mit den armen über sämtliche stuhllehnen gelegt uns gegenüber, aber eigentlich auch mitten im raum und handelte sich eine spielerische ohrfeige seiner frau ein. ich hoffte jedenfalls, dass das spaß war, aber zumindest lachten alle. wenn ich schätzen müsste, was die frau sagte, würde ich tippen: junge, du kannst doch nicht hier die leute mit nach hause bringen und dann den pascha spielen. also beweg deinen arsch und hol mal kartoffeln aus dem keller, du alter eschek, die haben bestimmt hunger!

wie gesagt, unklar, ob es das war, was sie sagte, aber jedenfalls wurde der alte mann schlagartig bescheiden, und alle anderen lachten noch mehr, und er machte sich irgendwohin auf und kam mit kartoffeln wieder und kniff der frau in den hintern und fluchte noch ein wenig rum, als er begann zu schälen – aber alles nicht, ohne uns vorher noch was zu rauchen anzubieten. die 2 bengels sprachen ein flottes englisch und fragten auch was mit fußball und sagten dann aber was mit baseball, was ich irgendwie dann doch wieder nicht verstand, weil ich erst dachte, dass sie gesagt hätten, dass sie das immer mit ihren freunden spielten. später begriff ich dann, dass das aber einfach stimmte, weil die beiden uns nach dem essen und

3 schnäpsen mitnahmen auf einen ascheplatz, der zwischen 2 hügeln eingeklemmt unweit eines gebäudes lag, das aussah wie eine schule, und dort auf dem platz standen schon so 10 bis 15 kinder und jugendliche beiderlei geschlechts und warfen sich kleine weiße bälle und auch tennisbälle zu und hantierten mit großen baseballkeulen und handschuhen. alle plapperten durcheinander und versuchten, uns nochmal die regeln zu erklären, und das war gar nicht so einfach zu deuten, weil ich das schon echt lange nicht mehr gespielt hatte und nicht jeder satz da in meinem kopf ein glöckchen klingeln ließ. wir fingen letztlich dann einfach mal an, und ich habe einfach immer irgendwas gemacht. als ich schlagen musste, habe ich geschlagen, und als ich fangen musste, habe ich gefangen und immer irgendeinem meiner mitspieler zugeworfen – ziemlich zufällig, wen ich da wählte, aber das war egal, weil ich so präzise nun auch wieder nicht warf. jann spille konnte das deutlich besser mit dem präzisionswerfen – die regeln kannte er freilich trotzdem kaum.

das ging so fast 2 stunden, bis es dunkel wurde. ich wusste erst nicht, wer gewonnen hatte – bis mich jann spille einen idioten nannte und meinte, dass natürlich die anderen gewonnen hätten, und zwar nur, weil ich so schlecht werfen konnte. das entkräfteten alle dann plötzlich und meinten, dass ich auf jeden fall talent habe. das habe ich, mir eine zigarette anzündend und leicht nickend und zufrieden, dann wortlos und unkommentiert einfach so stehen lassen, und jann spille schüttelte nur noch den kopf. dann gingen die jüngeren nach hause und schlugen noch mit uns ein, und die älteren blieben noch sitzen im licht der einzigen straßenlaterne im umkreis von 50 km und borgten sich zigaretten von uns und bauten 2 joints, beziehungsweise die beiden bengels aus der familie, bei der wir zuvor gegessen hatten, nahmen das in die hand, die anderen 4 oder 5 alberten nur noch ein wenig mit den baseballkeulen rum. die joints ballerten auf jedenfall gut rein, besonders der zweite, den wir aus irgendeinem grund sofort im anschluss rauchen mussten: erst wühlte der mich richtig durch, aber dann versuchte ich, die anderen nachzuahmen in ihrem versuch, die sterne auszuspucken, was zwar kindisch gewirkt haben muss, aber wenn du da stehst und dich blenden lässt von der laterne und dann ein wenig abschweifst und irgendwo daneben den nordstern suchst und ihn nach ein wenig umherschauen dort hinten in der unendlichkeit erblickst und dann speichel sammelst und dich ein wenig zurücklehnst und mit dem oberkörper nach vorne wippst und gleichzeitig abspringst mit deinen drahtigen beinen und hineinspuckst in das glitzernde sternenfeuer – dann kommt dir das gar nicht mehr so fern vor, und alles wirkt vertraulich und warm.

wir warteten dann noch ein stündchen und quatschten und alberten und erzählten ein paar storys von unserer reise, und die leute lauschten gebannt, während sie es sich wieder unter der laterne bequem machten, und irgendwann fühlten sich alle wieder angemessen klar und gingen heim, und wir gingen mit den beiden jungs mit, weil wir ja zumindest noch unsere rucksäcke holen mussten. und natürlich war es dann letztlich schon recht spät und wir nicht in bitola, sondern irgendwo in irgendeiner hügellandschaft in südmazedonien, aber eigentlich hatten wir auch schon fast erwartet, was dann passierte, und uns war mehr oder minder klar, dass wir nicht unsere rucksäcke aus dem auto holen würden, um sie dann aufzusetzen und in den wald zu kriechen: wir wurden dann natürlich eingeladen, über nacht zu bleiben, und bekamen zwei kleine liegen aufgespannt auf dem dachboden und richteten uns ein und putzten zähne und tranken noch ganz viel wasser und schliefen dann, und das meine ich ja: wir hatten echt schon aufgehört, diese gastfreundschaft überraschend zu finden, so selbstverständlich wurde sie uns in aller regelmäßigkeit entgegengebracht, als wäre es fast ein gastrecht, das wir da einforderten. das änderte aber nichts an unserer wertschätzung, sondern zündete im gegenteil immer wieder und immer mehr kleine raketen in unserem körper, die irgendwo im großhirn zerplatzten und uns glücklich machten, weil mit jeder neuen einladung, irgendwo zu bleiben oder irgendwas zu essen oder einfach gast zu sein, unser bild von der welt farbenfroher wurde und immer heller strahlte.

am nächsten tag waren die beiden alten männer schon lange vor uns aufgestanden und standen draußen holzhackend im garten, was wir durch das kleine dachbodenfenster beobachteten, während wir uns noch nicht aufraffen konnten, das bett zu verlassen. schließlich räumten wir dann aber doch alles zusammen und wollten uns eigentlich verabschieden, als wir noch tolles gebäck bekamen und wieder tiefe, schwere kaffees schlürfen durften und, auf der terrasse stehend, noch ein halbes kilo basilikum direkt vom strauch mampften, und dann umarmten wir uns alle. ich umarmte die alte frau und die beiden männer und zwickte den einen in die seite und dem anderen klatschte ich noch auf seinen schwitzigen rücken, und die beiden jungen waren vielleicht in der schule oder sonstwo, aber auf jeden fall nicht zugegen. wir machten denen dann klar, dass wir nach bitola wollten, und weil die mutter was brauchte zum kochen, brachten die beiden männer uns noch in die nächste größere siedlung, und ich traute mich nicht zu fragen, was der zweite alte mann eigentlich so darstellte. vielleicht ein bruder oder onkel von irgendwem oder sowas. man weiß es nicht, aber jedenfalls standen wir dann an einer mittelgroßen asphaltstraße und warteten auf autos, die nur spärlich kamen, und hatten überhaupt erstmal probleme herauszufinden, wo bitola liegt. das hatten wir nämlich vergessen zu fragen, und der erste fahrer, der stoppte, erklärte uns dann den fehler, und wir wechselten die straßenseite.

letztlich nahmen uns 2 griechische hippies mit, die sich mit ihrem bulli verfahren hatten – unter der bedingung, dass wir denen die karte lesen, und weil sie griechen waren und nach griechenland fuhren, realisierten wir dann auch blitzschnell, dass es nicht mehr allzu lange dauern konnte, bis wir eintrafen: auf einmal verschob sich da alles und verdichtete sich und wurde komprimiert, und ich schnappatmete ein weilchen vor mich hin, und bei jann spille setzten fast die tränen ein, weil das plötzlich alles so superfix ging: wir passierten bitola, ohne zu halten, und dann waren wir schon fast da – im lokschuppen der zivilisation: in griechenland.

wir kommen also an die grenze, zeigen unsere pässe, und dann bleibt für eine halbe minute die zeit stehen, und alles verstummt, und kein mensch und kein vogel und nichts rührt sich, und wir steigen aus und betrachten die versteinerte und stumme welt und küssen das griechische eingangsschild und wischen uns den staub von den lippen und laufen zurück und schnallen uns wieder an, und die zeit läuft weiter, und wir rauschen mit quietschenden reifen über die grenze und hinein in ein großes und fast unendliches tal grüner wiesen, harmloser zäune und kleiner bäume.

wir tuckerten also dieses tal entlang und später über hochebenen hinweg und durch weinberge und vorbei an olivenhainen und ins land lappenden meereszungen – und unsere hippies auf fahrer- und beifahrersitz stellten sich vor: theodoros kovos und christos paraskevopoulos, sagten sie, beide künstler.

nach ein paar stunden waren wir dann auch in athen und mitten in einem riesigen geflecht aus wirren straßen und verrückten trams und verbogenen häusern. über allem thronte die akropolis, die ich noch nie gesehen hatte und die mich sofort schockgefror mit ihrer mächtigkeit: wir hatten zwar auf dem weg nach athen schon einiges gesehen an resten der kultur des antiken griechenland, aber dieser parthenon zum beispiel war einfach echt fett – nicht zu vergleichen mit irgendetwas. aber das war ja irgendwie auch schon das problem. die hatten nämlich nicht nur häuser gebaut und tempel, sondern auch gedacht und was aufgeschrieben, die alten griechen. sind zwar niemals ein weltreich geworden, aber deren leistungen in vielen wissenschaften waren bahnbrechend und für die geistige entwicklung prägend, und ich persönlich war ja überhaupt kein feind von wissenschaft an sich, aber gerade in der philosophie bin ich an ein paar stellen einfach anderer meinung, und deshalb waren wir ja dort: aristoteles zum beispiel hatte früher zwar oft mit platon abgehangen, zumindest bis der ihn rausschmiss, und hatte mit ihm diskutiert, aber was sie beredet haben, war irgendwie trocken. platon hat wohl immer gesagt, dass er mit wissen, das sich auf wandelbare objekte und flüssiges bezieht, überhaupt nichts zu tun haben will, und dass er scheißt auf die erkenntnis, die man aus dem lebendigen leben ziehen kann: der war echt manisch darauf fixiert, dass alles sich auf unzerpflückbare und unveränderliche und tote gegebenheiten und konstanten stützen sollte, und wenn dann irgendwas aus einer simmernden sinneswahrnehmung heraus geboren wurde, dann war das jedenfalls kein wissen, dann war es ein nichts und stand seiner lächerlichen suche nach der absoluten wahrheit angeblich im weg, und dafür hasse ich ihn.

ich meine, rückblickend waren wir also 2 jahre unterwegs gewesen und hatten uns tatsächlich gerieben an harten und kalten steinkanten und hatten das immer gleiche h2o immer wieder getrunken und hatten uns still und unterwürfig und zusammen mit der erde um die sonne gedreht und waren irgendwo hingeflogen in der milchstraße, aber das erklärte eigentlich verdammt nochmal nichts und wird niemals erklären, warum ich geweint habe, zum beispiel einmal bei den nazis und einmal bei nóra soós. das erklärt dir keiner mit geometrie, aber ich bin mir 100 000 mal sicher, dass mir das irgendwann mal der zufall erklärt oder die liebe oder ich mir das selbst erkläre, oder es bleibt unerklärt – oder die kunst erklärt das. zumindest bin ich sicher, dass die kunst dafür sorgt, dass ich irgendwann in solchen situationen nicht mehr weine. oder die kunst macht, dass ich noch mehr weine!

und dafür hasse ich platon auch, dass er dachte, man müsste kunst reglementieren, weil die aufs gemüt wirken kann, und diese argumentation findet sich nach ihm noch 1000 mal in der menschlichen geschichte, und die haben sie dann ja tatsächlich reglementiert, die haben sogar sachen verboten und verbrannt und machen das immer noch manchmal – ohne dass mal die menschheit als ganze begreift, dass das bullshit ist! weil kunst nämlich ruhig aufs gemüt gehen kann und aufwiegeln darf und kaputt machen muss und verletzen soll und die wahrnehmung zerfurchen und die jochbeine zertrümmern: kunst muss immer der sturm sein, niemals das haus, dessen dach vom sturm abgedeckt wird. kunst muss immer eins drüber sein. immer eins drüber über der kälte und der starrheit der toten gegenstände und gegebenheiten – und das machte mich irgendwie rasend: ich wollte manchmal eins auf die fresse bekommen vom großengroßen nichts, ich wollte manchmal die dunkelheit spüren, wie sie um meine knöchel herumfließt, ich wollte manchmal kaputt gemacht werden und ich wollte manchmal staunen. ich wollte nicht alles mit linien verbinden, ich wollte aber sehr wohl alles verknoten und mich selbst verknoten in die wolken und wollte treiben und wollte holunderbüsche durchstreifen und wollte leute anrempeln und behaupten, dass ich sie mag, ohne sie zu kennen, und ich wollte manchmal halt einfach keine gründe, und manchmal wollte ich keine antworten, und manchmal wollte ich in einem baumhaus sein oder herumturnen auf dem klettergerüst der gesellschaft und später in den sand fallen, und ganz allgemein wollte ich nicht unbedingt die technologie, aber immer das unheimliche – und das kann dir verkacktnochmal platon nicht geben!

und aristoteles war ja ähnlich drauf, der und seine logikobsession: er musste alles immer in gesetze packen und stringenzen herstellen, und wenn was nicht zueinander passte, bekam er pickligen ausschlag. der konnte einfach keinen widerspruch in sich ruhen lassen, der musste immer alles wegglätten und bügeln, sonst wurde der kirre und hat sich die haare ausgerissen, und naja, dann gab's ja noch sokrates: der war letztlich eigentlich noch der normalste von allen, weil er alles auch viel subjektiver wahrnahm und noch atmete. aber einmal las ich eine story über ihn, wie er da ausflippte, als die bürger sich alle umentschieden und nun doch 6 leute hinrichten wollten – ich weiß gar nicht mehr, was die verbrochen hatten. auf jeden fall hatte er da dann auf den tisch gehauen und gesagt, dass es gegen das gesetz verstößt, sich umzuentscheiden, und hat da einen streit vom zaun gebrochen. er hatte es echt immer mit seinen gesetzen – also jetzt ganz unabhängig davon, dass ich es auch schade fand, dass die leute sterben mussten –, aber wenn alle bürger das so wollen, dann kann man doch nicht auf die befolgung von gesetzen pochen, um leben zu retten, da muss man doch stattdessen an die bürger appellieren, barmherzig zu sein – das war doch der eigentliche dreh- und angelpunkt, nicht die gesamtheit der gesetze. von pythagoras und perikles und den anderen vögeln fang ich jetzt gar nicht an, aber das ist echt so erdrückend, was die sich da alles ausgedacht haben, und dann quoll es aus meinem kopf: eigentlich müsste man sich fürchten, aus dem haus zu treten – so viele gesetze und konzepte, die da schon draußen rumlungerten und dich über kurz oder lang kidnappen und einsperren und verdursten lassen.

ein paar von diesen sachen habe ich auch laut erzählt in dem minibus, während wir durch die stadt ratterten, und die hippies nickten sogar an ganz vielen stellen – ganz allein standen wir da also nicht mit unserer meinung. und wir beschleunigten und bremsten so lange, bis die stadt wieder endete, und kletterten mit dem bulli einen pfad am berg hoch und kamen zu einer kleinen villa, die irgendwer mal um die jahrhundertwende gebaut hatte, und weil eh keiner mehr geld hatte damals in griechenland, 2013 war das, wurden leute aus solchen villen rausgeschmissen von den gläubigern – und dann sind die hippies da einfach rein. christos paraskevopoulos legte wert darauf, dieses verhalten nicht besetzen zu nennen. er witzelte dann ein wenig, dass sie da gerade eher aufpassten, dass niemand anderer das haus besetzte – sie beschützten es quasi. das sagend, mussten aber beide ein wenig kichern. jedenfalls lebten sie dann dort mit diesem riesigen garten, der, sein geheimes eigenleben entwickelnd, sich immer näher an die hauswände herantastete und zunehmend die wege zuwucherte. theodoros kovos, den alle eigentlich nur theo nannten, zeigte uns ein zimmer, in dem wir pennen konnten, und ging dann in die küche und presste orangensaft aus. am abend haben wir unmenschlich viel ouzo getrunken und geplaudert, und wir haben ein wenig mundharmonika gespielt und theo kovos und christos paraskevopoulos gitarre, und wir lernten auch noch die anderen leute kennen, die dort lebten, aber die hatten bis spät gearbeitet hinten in einer schcune, und dort sind sie immer in einem rausch (also einem kreativrausch), und dann solltest du sie nicht stören.

jedenfalls lebte noch ein sehr viel älterer typ da, georgios demetis, der (anders als der rest) sehr viele skulpturen machte – viel aus lehm, aber auch mit holz und metall und beton. ein sehr muskulöser mann mit kantigen händen und einem harten blick. theo und christos machten videokunst und sachen mit licht, wir haben uns dann später was angeschaut. eine sache verband auch irgendwie einen supernintendo mit irgendwas, und man konnte mit dem controller mehr oder minder kontrolliert musik und lichtblitze provozieren. und dann waren da noch eleftheria konsolaki und sofia tzoka: eleftheria malte bilder mit selbst verkohlter holzkohle auf wände, fotografierte und wischte alles dann wieder ab (sie zeigte uns sogar das metallfass, mit dem sie das holz verkohlte), sofia malte mit ölfarben und zeitungsschnipsel benutzend.

das waren sie also, die künstler, die wirklich rührend um uns rumwuselten und immer mehr alkohol eingossen. ich hab sie mal gefragt, ob es nicht auch langweilig ist, dort auf dem berg und so fernab von allem, und dann meinte eleftheria, ihr haar aus dem gesicht streichend, dass es darum ja sogar ging, um die äußere ruhe und die totale abkapselung von allem leben in der stadt. das hilft dir dann scheinbar, dich auf das wesentliche und eigene zu konzentrieren – und deshalb waren wir zwar willkommen dort, aber nur eine woche lang, sonst wäre das zu viel kontakt gewesen (ich schwöre, sie hat kontakt gesagt, nicht ablenkung oder sowas). es klang irgendwie schlüssig, aber verstanden habe ich es trotzdem nicht.

natürlich haben wir da gesagt, dass wir bald wieder gehen, weil es ja wirklich sowieso total liebenswürdig war, dass wir dort bleiben konnten. theo hat mir dann noch von seinem zweiten projekt erzählt, er wollte nämlich einen science-fiction-roman schreiben, der sich darum dreht, dass man pillen schlucken kann und sich so für ein paar stunden die charakterzüge eines anderen aneignet. es geht da um kleine viren, die in deinem gehirn ein bisschen was umpolen und synapsen enteignen und dadurch dein auftreten und deine gedanken (und so fort) beeinflussen, aber nach ein paar stunden vom immunsystem überwältigt werden. man kann dann kurz george michael sein oder der dalai lama oder marie curie. darüber wollte er sich dann der frage nähern, wer für verbrechen, die in dieser periode der wesensveränderung geschehen, verantwortlich ist, der mensch oder der gedankenspender? die neufassung sozusagen von gene versus sozialisation – was macht menschen zu mördern? ich fand das ganz interessant, aber theo kovos meinte auch, dass sein problem ist, dass er nicht schreiben kann. er hatte das mal versucht, aber eigentlich hörte sich alles gleich an, und er hatte am ende des satzes immer schon wieder vergessen, was er eigentlich anfangs ausdrücken wollte, und das störte ihn unheimlich. und als dann alle sowieso schon dicht waren, wurde jedenfalls noch gekifft, und schließlich schliefen alle wie babys ein an diesem aufrichtig stillen ort.

als wir am nächsten tag beim frühstück saßen, gossen wir uns kaffee ein und begannen, brote zu schmieren und mit frischem gemüse zu belegen, das die leute von irgendeinem der felder geklaut hatten. die bauern versorgen die künstler mit nahrung, die künstler versorgen die welt (und also auch die bauern irgendwann) mit geistesnahrung – das war das motto.

wir blieben noch 3 abende und verabschiedeten uns dann, und die waren auch verdammt nett, aber auf eine bestimmte weise wohltuend war es dann, als wir, mit dem bus in die stadt hinabgleitend, wieder andere leute sahen. wir gingen jedenfalls noch bei einem kleinen büroturm vorbei und sprachen mit den leuten von ilios tv, und dann begannen wir, langsam die treppen der akropolis hochzusteigen und hinter uns eine frau mit kamera und mikro.

ich weiß noch ganz genau, was wir uns damals gedacht hatten, als wir 2 jahre zuvor in berlin an der autobahn standen und lostrampten. wir wollten die verdammte akropolis mit all ihren säulen, treppen, altären und tribünen einfach einreißen und zerstäuben und besonders den parthenon wollten wir zermalmen, damit die leute endlich aufwachen und sich lösen aus den fesseln dieser rechthaberischen kackantike, und damit dort endlich platz ist für eine neue hochkultur, die dann meinetwegen rausschwappen kann ins ganze abendland oder sonstwohin. hauptsache, diese verdammte regel- und vernunftsfixiertheit hat mal ein ende.

aber wenn du dann tatsächlich dort bist, ist es nochmal ganz anders: das war also diese mächtige akropolis, zu der wir emporkletterten, bis wir vor dem krassen parthenon zusammen mit 1000 knipsetouristen und mit weit offenem mund staunten, wie da auf einem berg, umringt von einer ganzen stadt und einem ganzen kontinent und einer ganzen welt, die krone der griechischen baukunst dir hart in die fresse guckt, und zumindest ich kriegte da eine leichte erektion, weil dieser parthenon und die umgebung auch einfach schön waren. und da war mir klar, dass also der parthenon natürlich nicht wirklich zerhackt werden sollte – ich weiß nicht, ob ich das jetzt nochmal betonen muss: nein, nein, der sollte natürlich nicht echt kaputt gemacht werden. sagte dann auch jann spille, der mit silbrigen augen und tränen vergießend vor diesem übertier der architektur stand und all die antiken gebete und opferziegenschreie da als echo über den vorplatz fliegen hörte, weil der verfluchte parthenon auch so richtig schön und richtig alt und furchtbar geil war und unendlich mächtig. ich konnte ihm nicht wirklich etwas antun, wie er, von geröll und sand und zypressen und menschen umringt, still und still und still dastand und nichts tat, außer zu leuchten. also eher nur in den köpfen sollte der kaputt sein, weil er ein symbol war für all die regeln und gesetze und nutzlosen rationalitäten dieser welt. aber physisch musste er überleben, weil er ja einfach eine augenweide mit strahlkraft und einer aura war. wir hatten zwar mit diesem underground-tv-sender ilios vorher besprochen, dass wir da mit einem hammer symbolisch ein paar ecken raushauen wollten, um bilder zu kreieren, die bewegen und schockieren, und wir hatten den sender sorgfältig ausgewählt, und die künstler hatten uns dabei geholfen, weil wir nicht an wen geraten wollten, der uns vorher verrät, und dann stoppen die uns noch kurz vor dem ziel, das wollten wir vermeiden – aber so kurz vor dem ziel stoppten wir uns letztlich selbst und zogen den hut vor dem parthenon. wir zogen einfach den verkackten hut vor dieser galaktischen mächtigkeit von einem bauwerk.

weil wir aber irgendwas dann doch machen wollten, entschieden wir uns spontan um, sagten kurz und erst auf deutsch und dann auf englisch in die kamera, dass uns das schmerzt, wir es aber tun und alle das tun müssen, weil es zeit ist, neu zu beginnen und aufzuräumen mit den kräften der abgestandenen vergangenheit, die immer noch die zukunft determinieren, und gerade deshalb soll unsere aktion verstanden werden als ein rütteln am diktat der rationalität und moralischen wie profanen überreglementierung des daseins – sei es in brüssel oder in jedem einzelnen kopf! abschließend riefen wir dazu auf, sich selbst und alles und jeden zu lieben. wir zogen dann jedenfalls unsere hosen runter und pissten gegen eine von diesen riesigen steinstelen. klar sieht das kümmerlich aus, aber HALLO???, du kannst ja nicht wirklich den parthenon zerhacken, das hätte ich nicht übers herz gebracht, glaube ich, und gegen die säulen zu pinkeln, das war wirklich das einzige, was nun noch möglich war.

wir wurden innerhalb von 10 oder 20 sekunden von sicherheitsleuten angesprungen und total überwältigt, und weil du ja auch nicht sofort stoppen kannst, wenn du erstmal mit pinkeln anfängst, haben wir die securityjungs auch noch ein wenig mit urin besudelt und lagen da, auf den boden gedrückt in einer pisslache und ließen alles geschehen. einer der sicherheitsjungs hat sich dann noch meinen kleinen rucksack geschnappt und ihn von innen nach außen gezogen und dabei fielen eine wasserflasche und ein hammer auf den boden, aber dann schoss mir was ganz anderes in den kopf: wenn du deinen rucksack inside-out drehst, ist plötzlich das ganze universum und jeder planet, jede pflanze und jeder mensch oder alles innerhalb dieses rucksacks! und das war also gerade passiert. wir waren da alle gemeinsam drin, umringt von tausenden von kometen. aber nur so 10 sekunden, dann wurde der rucksack wieder zurückgedreht.

das hatte mich berührt – auch wenn es keinem sonst auffiel, glaube ich, und so schnell wieder vorbei war. weil wir aber halt diesen hammer dabeihatten, wurde uns sofort unterstellt, dass wir da viel mehr zerstören wollten, und deshalb landeten wir auch sehr schnell in untersuchungshaft.

wir hatten aber durchaus mediale aufmerksamkeit bekommen, weil unser video auf youtube war und eine große runde drehte durch diverse blogs, und wir durften virtuell also unsere idee vorstellen von einem anderen europa, das gebaut war auf liebe, statt auf starrsinn und bestimmungen, ein europa der kunst und vergänglichkeit und subjektivität. das fand manchmal (aber weißgott nicht immer) anklang, und ich vermute, es half, dass ich doktor war, dass sie uns in den zeitungen zumindest nicht als totale spinner abtaten und überhaupt berichteten und zumindest halbwegs ernst nahmen. und dann schrieben sie auch immer dr. fiete soundso und jann spille, wenn sie über uns redeten und sich auf das video bezogen und auf das eine längere statement, das spilles schwester svantje von uns erhielt und an die presse gab. die leute haben dann, beginnend mit habermas über kant und endend mit angela merkel, abwechselnd jeden erwähnt, der irgendwie an der europäischen ideengeschichte anteil hatte, und zogen da verbindungen oder sahen brüche und nannten uns abwechselnd dogmatiker oder radikale oder idealisten oder anti-idealisten oder suchende oder hungrige, aber sie sprachen uns nicht den verstand ab.

nachfolgend haben sie auch ordentlich in unserer vergangenheit rumgewühlt, und für meine mutter war das alles schrecklich, weil die dann von der lokalzeitung gefragt wurde, ob ich früher schon diese neigung zum exzess gehabt hätte, und ihr war das furchtbar unangenehm, und mein vater sagte rein gar nichts dazu und fragte mich am telefon, ob ich lack gesoffen hätte. in den klatsch- und boulevardblättern hatten sie oft auch einen kurzen absatz der tatsache gewidmet, dass wir 2 jahre durch europa gestreunt waren auf der suche nach etwas anderem, wobei sie uns tendenziell ins lächerliche rückten, aber, wie gesagt, uns nicht den verstand absprachen. andere zeitungen und medien nahmen das aber auch komplett ernst und als anlass, ihre eigenen meinungen zum besten zu geben, und wir tauchten also im feuilleton der faz, der taz und der welt auf. georg diez von spiegel online war ebenfalls gutmütig und breitete das aus und lobte uns in seiner kolumne für ein zeitgespür, das wir angeblich hatten, und gelobt hat er uns auch für die einsicht, dass europa ein makeover seines selbstverständnisses braucht.

das riesige medienecho blieb aber aus, und aus dem ausland kam fast nichts, und alles war nach 3 wochen weggeflacht, was natürlich schade war, weil wir eine riesige debatte dann doch nicht entfacht hatten, aber in dieser gefängniszelle sitzend, haben wir uns einfach beglückwünscht, weil für uns selbst der reiseteil unseres unterfangens doch noch viel wichtiger war als der andere. weil wir auf diesen endlosen straßen und feldern, und an unendlich vielen zigaretten ziehend, kilometer für kilometer einem frieden näher kamen, der uns nun umhüllte, und gemacht hatten wir diesen frieden mit der welt und mit uns selbst, und ich war einfach entspannt: wir hatten keine große erkenntnis gewonnen außer der, dass uns niemals starrsinn weitergeholfen hatte, ganz schön viele andere eigenschaften hatten uns immer wieder geholfen, aber nieniemals starrsinn.

ich war also so zufrieden und so wach, dass mich nicht einmal diese enge zelle mit dem spärlichen licht, das tagsüber durch das winzige fenster auf den waschbeton floss, verstören konnte. wir waren keine potenziellen briefmarkengesichter geworden und nicht mal nah dran, aber wir hatten was erzählt. sogar das gerichtsverfahren verlief gnädig: der hammer wurde als requisite gewertet, weil wir glaubhaft machen konnten, den nur symbolisch dabeigehabt zu haben, um ihn vielleicht mal so vorzuzeigen im video, aber niemals wollten wir was zerstören, so verstand es die richterin. jedenfalls war das letzlich also nichts für die kategorie terrorismus, sondern kunst war das oder ein bisschen aufforderung, es uns gleichzutun (so hatten die unsere videoansprache gedeutet) und mal zu denken und mal zu meckern und mal zu machen und mal zu lieben. da hatten wir also glück und wurden nur mit saftigen geldstrafen belegt, die wir uns entschieden, in haftstrafen umwandeln zu lassen, weil unsere eltern uns nichts leihen wollten und wir auch keine lust hatten, einen kredit aufzunehmen. den griechischen hochsommer verbringst du vielleicht eh besser in einem kühlen betonklotz als am strand.

30 weitere tage zusätzlich zu den 40, die wir in u-haft gewesen waren, blieben wir dort, und am ende wiederum war ich doch sehr, sehr froh, wieder raus zu sein – man denkt das am anfang gar nicht, wie einen das fertigmachen kann, nicht rauszukönnen. jann spille war besonders froh, weil der mit eingesperrtsein eh ein großes problem hatte, auch wenn er sich dort seelisch dadurch beruhigen ließ, dass das definitiv nur temporär und ohne gefahr für den leib war. sie gaben uns unsere sachen also wieder, und die metalltür knallte hinter uns zu, und wir standen auf einer grauen und trockenen straße irgendwo im athener umland, und jann spille gab mir unter tränen die hand und sagte, dass er jetzt zurückgeht: du, junge, is nu nix gegen dich, aber ich geh wieder nach berlin, sagte er und fuhr sich durch die haare und fuhr dann mit dem bus zum busbahnhof und dann zum flughafen. ein ticket hatte seine mutter ihm schon gebucht. ich setzte meinen rucksack auf, winkte jann spilles bus hinterher und schaute eine weile noch auf die aufgewirbelte dreckwolke. aber der fakt, dass menschen jeden tag und jede nacht träumen, und dass wirklich alle menschen jeden tag und jede nacht träumen, verbindet sie untereinander unendlich stark, weil ihre unterbewusstseinsströme sich ständig gegenseitig zuwinken – das reichte mir, um jann spille dort fortgehen zu lassen, weil er trotzdem stets noch irgendwie da war in mir und mit mir und immer da sein würde, und ich ging also auf die andere straßenseite, weil ich halt nicht zurückkonnte, weil ich noch weiterwollte, weil in deutschland nichts wartete, was nicht auch noch ein wenig länger warten konnte, und stand also allein und von grauer luft

umgeben auf dieser landstraße, gleich gegenüber diesem massiven gefängnisbunker, und sah der morgensonne zu, wie sie sich zerteilen ließ von den stacheldrahtrollen, die oben die mauer verzierten, und cremte mich mit sonnencreme ein und hielt den daumen raus.

meerfisch

einer der insassen des gefängnisses war türke in abschiebehaft gewesen, mit dem hatten wir oft basketball gespielt, und der hatte mir was von der hagia sophia und dem bosporus erzählt, und das wollte ich mir jedenfalls noch reinziehen und dann mal schauen, aber auf jeden fall musste ich erstmal grob richtung norden. der erste typ, der mich mitnahm, war ein israelischer geschäftsmann mit leihwagen auf dem weg an die bulgarische grenze und hat mir einen kaffee ausgegeben und dann hart geflirtet und mich noch eingeladen, einfach mitzukommen in sein hotel, er hatte dort schon ein doppelzimmer gebucht und alles. das fand ich spannend, aber irgendwie auch nicht. ich bedankte mich nochmals für den kaffee und stieg irgendwo an einer raststätte aus auf der küstenautobahn kurz hinter kavala und ließ mir eine schöne reise wünschen. von da an war es dann sehr einfach, weil auf diesem rastplatz jedes zweite auto aus wiesbaden oder ulm oder dortmund oder berlin kam und auf dem weg war in die türkei und noch staubsauger und matratzen festgeschnallt hatte auf dem dachgepäckträger. ich war aber einfach müde und kletterte einen hang hoch und legte mich ein paar hundert meter weiter irgendwo hin und ging zwischendurch zur tankstelle, um ein paar oliven und ein kleines brot zu kaufen, und las noch ein wenig, bis mir die augen zufielen. zum zeltaufbauen hatte ich keine lust und schlief also einfach auf der isomatte unter freiem himmel.

bilal und songül, ein essener pärchen, haben mich am nächsten morgen dann letztlich mitgenommen, und bilal hat den ganzen tag was davon erzählt, wie er immer nur mit dem auto in die türkei fährt, weil er dann nochmal miterleben kann, wie flora-fauna-mäßig verblüffend die reise war, die sein vater machte vor 42 jahren – als der, aus anatolien stammend, mit dem zug rüberfuhr nach köln und dann jahre später weiter nach mülheim. bilals mutter hatte bilal schon längst im bauch, als sie, dem vater winkend, an der haustür stand, und paar jahre später kamen die beiden dann nach. jedenfalls haben mutter und vater sich gut eingerichtet im pott und auch in deutschland eingelebt, meinte bilal, und er ist jetzt auch glücklich, und erzählte das alles, während er mir circa 1000 zigaretten anbot und seine eigenen immer nur 2 züge lang rauchte und dann rausgleiten ließ am hinteren ende des nur einen spaltbreit geöffneten fensters. ich hatte das früher oft bei meinem onkel beobachtet und nie verstanden, warum die leute das machten, aber wenn du die kippen weiter vorne rauswirfst an dem fensterspalt, dann wirfst du sie manchmal nicht wirklich raus – die werden vom fahrtwind wieder ins auto gepustet und brennen dann auf der rückbank kleine löcher ins gewebe, oder wenn du schon auf der rückbank sitzt, dann machen sie das im kofferraum, und wenn der kofferraum voll ist mit krams, ja, dann gnade dir gott. mir war das einmal passiert mit einer meiner ersten zigaretten, die ich je in einem auto rauchte, dass ich da ein kleines bisschen wegbrannte vom rückbankschonbezug, und mein vater war ein bisschen sauer gewesen damals, weil es nämlich sein auto war, und dann hatte ich es aber natürlich schlagartig begriffen, wie das alles läuft.

in die türkei ist jedenfalls megaeinfach reinzukommen, die wollten nicht mal meinen reisepass, perso reicht, und so tanzten wir da mit riesenschritten istanbul entgegen, dem kippschalter dieser 2 kontinente europa und asien, die mir – einmal diese grenze überschritten habend – dann doch so unterschiedlich nicht erschienen, und hauptsächlich, weil auf beiden seiten des wassers doch nur menschen leben in all ihrer unterschiedlichkeit, die sich aber wiederum nicht festmachen lässt an der künstlichkeit einer kontinentalgrenze. ich habe mich dann ein bisschen schuldig oder dumm gefühlt, weil ich immer so viel von europa gefaselt hatte – ohne zu realisieren, dass das ja selbst schon ein recht willkürliches konzept ist mit einer grenze am bosporus, die genauso gut auch woanders hätte liegen können, und eigentlich war das eher graduell, wie sich da alles veränderte, oder fransig war das, und die alten römer zum beispiel, wollten die germanen unterwerfen oder zumindest raushalten aus rom – während cäsar gleichzeitig was von kleopatra wollte. also, was ich eigentlich sagen will: das ist schon alles eine beliebige definitionsentscheidung, was man nun als zusammengehörig betrachtet und was nicht. die germanen waren so etwa die muslime der antike, und was ich selbst immer meinte, wenn ich europa sagte, hörte hier zwar irgendwann dann vielleicht auf – oder es hörte eben gar nicht auf, sondern das war ganz im gegenteil die exakte definition von europa, wie wir es erfahren: denn hier am rand muss die wahre größe bestimmt werden eines kontinents, der über die jahre ganz schön fette zäune aufbaute. ich meine, klar, raus kommst du immer, da sind die zäune offen, klar, und ich zumindest kam auch beliebig wieder rein, auch klar – aber das war es dann schon: wenn außer mir und ein paar anderen niemand sonst einfach reinkommt, dann kann die illusion von gerechtigkeit und humanismus nur aufrechterhalten werden, indem man die vorhänge zuzieht und nicht nach draußen sieht, weil sonst alles die farbe und den geruch verändert und absurd und kratzig erscheint.

wenn man europäer ist, kann man meinetwegen wertschätzen, was einem durch das glück einer eu-europäischen geburt gegeben wurde: ich zum beispiel wurde in ein land des wohlstands hineingeboren und musste niemals hungern. aber mit welcher begründung kann ich dieses land nun so vehement gegen neuankömmlinge verteidigen wollen, und mit welcher berechtigung und wie überhaupt verkacktnochmal kann ich da zufrieden sein und gut schlafen und behaupten, dass das alles einer inneren logik folgt – und deshalb nervt mich logik auch so, weil sie an den entscheidenden stellen ohne skrupel misshandelt wird. wenn ich nun einfach sage, dass das mein land und mein kontinent ist, dessen reichtum mir gehört, weil ich es geschafft habe, nicht im mutterleib zu sterben, dann ist das logisch?

manche gehen nicht über die geburtsschiene, sondern machen das über europäische werte (die man aber dann doch nicht erwerben kann, wenn man sie nicht schon hat, von geburt an?). in syrien kämpfen sie ja immer noch, und eigentlich sollten alle flüchtlinge nun kommen dürfen nach europa, um nicht auf einem schlachtfeld sterben oder im gebirge verhungern oder erfrieren zu müssen, aber haben die überhaupt europäische werte?

bilal und songül, mit denen ich über all das rede, werfen dann gemeinsam ein, dass eben das immer gefragt wird: ob die syrer oder selbst noch die türken der dritten generation europäische abendlandswerte haben. dabei ist das ganze ding zu einer floskel verkommen, sagt songül: das eignet sich gut, um muslime rauszuhalten (obwohl es auf dem balkan ja schon welche gibt), aber niemand weiß, was diese europäischen werte überhaupt sein sollen. und ich frage dann in die runde, warum man roma trotzdem noch so bashen kann, weil die ja nun echt lange schon in europa leben und daher auch diesen wertekanon mitbegründet haben sollten. haben sie aber nicht, meint bilal, oder eigentlich rastet er fast aus und zündet schon wieder eine kippe an und sagt: weil das auch nicht europäische werte sind, sondern ein nichts, das ist nur ein vakuum und ohne inhalt und eine total leere floskel ist das, bruder, DA IST NICHTS DAHINTER, weil das niemand je gefüllt hat: nur ein hochspannungselektrozaun oder eine mistgabel ist das, junge, um sich abzuschotten. und ich denke dann: stimmt, ja, stimmt. europäische werte zu erfinden ist niemals ein instrument, um nächstenliebe zu propagieren, die werden immer nur verwendet, um leute auszusperren. und ich will natürlich auch nicht unbedingt, dass irgendwer das verkackte weltsozialamt ist, aber wenn das sonst keiner macht und das der preis dafür ist, menschlich zu sein, dann müssen wir es eben doch sein, weil ich lieber arm bin, als meinen status als mensch zu verlieren. das macht mich eigentlich immer am traurigsten, dass ich so viele dinge lächerlich und falsch finde und so viele leute kenne (und jetzt noch 2 mehr), die das ähnlich sehen, und dann ist es trotzdem nicht die herrschende meinung, und irgendwo ist da eine gletscherspalte zwischen politik und so vielen, wenn es darum geht, die realität dem traum anzupassen, obwohl das so schwer doch nicht sein kann, verkackt.

ich habe mir dann in istanbul jedenfalls ein hostel gesucht und songül und bilal sind weitergedüst in die tiefen täler anatoliens und der abenddämmerung entgegen und fanden mich nett – sie haben mir ihre deutschen nummern gegeben, und ich habe versprochen, sie zu treffen auf eine shisha auf ihrem balkon, wenn ich mal wieder in essen bin.

mein hostel war in kadiköy, und an einem der ersten tage bin ich also in die hagia sophia rüber auf die andere seite mit einer fähre, und eigentlich war die fährfahrt sehr schön und auch das gebäude (war erst eine kirche gewesen, dann moschee und nun museum) war eindrucksvoll. aber die haben letzlich nicht viel ausgestellt, sondern einfach nur erläutert, dass es immer schon eine religiöse stätte war – nur mit wechselnder kundschaft halt. das haben sie freilich um den preis der entweihung gemacht: also um zu zeigen, dass hier verschiedene religionen ihr zuhause hatten, mussten letztlich die religionen gehen. danach bin ich mit einem typen aus dem hostel, pawel kaczynski, in einer bar schrecklich versackt.

an den wänden hingen so fischerausrüstungen und steuerkreuze und anker und dergleichen, und schnaps war schrecklich teuer, aber schrecklich wohltuend auch, wenn du da sitzt und über alles, polen und nazis und gefühle und sinnzusammenhänge, über den islam und van gogh redest und über döner und krautsalat und rasierte orang-utan-frauen, die sie auf java in ketten halten, und touristen kommen vorbei und haben sex mit denen. das ist echt eine verrückte welt.

einen tag später bin ich hoch zum taksimplatz, eine zahnrad-u-bahn oder sowas bringt dich den berg hoch, und daneben hatten sie den winzigen gezipark, den die regierung entfernen wollte, und ein paar leute hielten ein plakat hoch, das ich auch nicht weiter verstand oder beachtete, und als es dort so krass abging, war ich schon gar nicht mehr dort. ich ging dann unweit vom park noch dick frühstücken und bestellte einen teller für 2 und hab mich danach erstmal am bosporus auf einem teebudenstuhl gesonnt und entspannt und dann noch einen kurzen ausflug in einen vorort gemacht, bin einfach spazieren gegangen. später traf ich halt im hostel wieder pawel kaczynski, der loswollte, und so richtig drüber nachgedacht, wie jetzt alles weitergehen sollte, hatte ich noch nicht.

also fuhr ich dann mit ihm einfach weiter nach trabzon, weil das im norden an der küste war und pawel kaczynski nach georgien wollte, da bin ich halt einfach mit. trabzon ist ein mit steinstränden gesäumtes nichts aus bebauung und einem zentralen springbrunnen. ich habe mir da noch erklären lassen, dass frauen, die kopftücher nur halb überm haar tragen, keine türkinnen sind, sondern aus dem iran kommen und eher touristen sind. da waren dann auch einige berichte im fernsehen, dass die ungefähr 8 leute, die ich am taksimplatz gesehen hatte, deutlich mehr geworden waren.

wir blieben in trabzon und aßen fische, bis dort auch so ungefähr alle ausrasteten und demos organisiert wurden, und wir wühlten uns durch ein großes fahnen- und menschenmeer auf unserem weg zum busbahnhof, und erst in einem kleinen 8-sitzer auf dem weg zur georgischen grenze erklärte uns dann eine junge studentin, was da eigentlich abging, und das kannte ich zu teilen auch schon aus deutschen medien – also dass tayyip erdoğan ein ekliger typ war manchmal. aber diesmal hat sich das ganze land entzündet an der idee, dass der typ ihnen alles nimmt, und in diesem konkreten fall eine der wenigen grünflächen istanbuls.

als also abends wieder wasserwerfer auffuhren in istanbul, fuhren wir auf den parkplatz an der türkisch-georgischen grenze und kramten unsere pässe hervor und schlenderten mit unseren rucksäcken rüber nach georgien, wo sie ein richtig krankes modernitätsbegrüßungsgebäude hingepflanzt hatten. von da aus sind es bis batumi nur noch ein paar meter. dort in ein hotel, badehose angezogen, handtuch eingepackt und wieder schwimmen gegangen im schwarzen meerkoloss, der mich in den letzten jahren nun schon ein paar mal gefühlsgefangengenommen hatte und so geil war einfach in seiner salzigkeit und mächtigkeit.

pippi langstrumpf

in der innenstadt holten wir uns dann manchmal frittierte brötchen mit füllung. man sah von außen nicht, was drin war, und ich vergaß immer, mir zu merken, was die georgischen schriftzeichen bedeuteten, und mein russischbuch war mir irgendwo auf der reise abhandengekommen – also wählte ich zufällig und bekam immer abwechselnd ein brötchen mit bohnenpaste, gewürztem kartoffelpüree oder hack. das ging etwa 4 wochen so, und meine mutter musste mir geld schicken. aus irgendeinem grund traute ich mich nicht, die küste zu verlassen und weiter ins land zu reisen. pawel war schon lange weitergereist.

einmal traf ich noch 2 nigerianer, die dort in georgien gestrandet waren, weil sie eigentlich in die ukraine wollten, um nautik zu studieren, aber das klappte alles nicht mit dem visum, und nun waren sie in batumi und verprassten schon ein halbes jahr lang das geld ihrer gutgläubigen eltern und wussten einfach nicht, wo sie hinsollten. aus irgendeinem grund wollte ich das anders lösen, es war zudem auch der tag, an dem das erste mal ein paar herbstwolken aufzogen, und ich stand am strand und blickte nach draußen, und dann hatte ich plötzlich sehnsucht nach meinen freunden und selbst auch keine lust mehr.

ich hatte das all die zeit ein wenig verdrängt, aber plötzlich stand ich dort in georgien und an einem kieselstrand und sah kleinen wellen zu, und dann wusste ich, dass es vorbei war, also, dass ich fertig war, dass ich hier nichts zu suchen hatte, weil ich auch schon alles gefunden hatte, was man finden konnte. ungefähr nichts und ungefähr alles hatte ich gefunden. ein paar tage später nahm ich tatsächlich dann den zug nach tiflis, um von dort nach deutschland zu fliegen, und als ich auf den chaotischen bahnhofsvorplatz trat und in glückliche gesichter blickte und auf der mundharmonika pippi langstrumpf spielte, überlegte ich tatsächlich nochmal kurz, weiter in dieses skurille kaukasusland vorzudringen, aber ließ es dann einfach bleiben. vielleicht war ich müde, und vielleicht zermürbte mich doch ein wenig, dass ich jann spille nicht mehr um mich hatte, meinen verkackten sternenkumpel.

ich rief dann meine mutter an, und als ich ihr sagte, dass ich fertig bin, zurück nach berlin will, aber leider kein geld mehr habe, war sie heilfroh und hat geschrien vor glück und überwies mir direkt was. weil das flugticket für den nächsten tag aber zu teuer war, wartete ich noch 2 wochen und zählte die tage und tat im grunde nichts mehr, außer mir zu überlegen, wie es wohl sein würde, wieder in berlin zu sein und all die leute zu sehen und ihre haare zu befühlen. 2 tage vor meinem abflug fuhr ich nochmals minibus, um mir das infrastrukturministeriumsgebäude anzusehen, vielleicht nach dem parthenon das zweitschönste gebäude, das existiert. ein aus riesigen betonblöcken zusammengesetztes etwas, das, nur auf ein paar säulen ruhend und fast ohne kontakt zum boden, am flußufer stand und mit seinen kreuz und quer liegenden betonriegeln aussah wie ein gigantisches klettergerüst.

auf dem rückweg stieg ich aus dem minibus und vergaß meinen beutel und wollte nochmal reingreifen, während wer anders schon die schiebetür zuschlug und meine hand und besonders meinen daumen unsäglich quetschte, und ich hatte eine saftende, hart pulsierende wunde, die auch irgendwie dann im krankenhaus vernäht wurde, aber das konnte man schon beim stechen sehen, dass das nicht gut war, aber dann gab es erstmal einen verband drum.

strasssteine

ich flog schließlich über riga nach berlin und stand an einem frühen nachmittag mit einem rucksack und einem beutel kippenschachteln am flughafenbahnhof in schönefeld und war bei der fahrt noch ein wenig verwirrt, weil ich es geschafft hatte, eine reise von fast 3 jahren innerhalb von ein paar stunden zurückzuspulen und nun wieder in berlin war und sah, dass straßenlaternen angeschaltet wurden, so wie immer. noch 1, 2 wochen, und sie geben mir bestimmt den marschbefehl zum einfall in die geordnetheit der realität der gegenwart der brd.

am alex versuchte ich meine deutsche sim-karte aufzuladen, die ging aber nicht mehr, und kaufte eine neue und kramte aus einem büchlein spilles nummer hervor und rief ihn an. ich musste leicht schluchzen, als er abnahm, und sagte ihm, dass ich wieder da war und am alex stand. er wohnte wieder in neukölln, aber diesmal in der emser straße, und ich düste hin und brachte pommes mit und drückte seine klingel, und wir haben uns kräftig umarmt, und ich gab ihm noch einen überblick über die letzten 2 monate und zeigte ihm meine oberarme und meinen braunen nacken, und habe ihm vom strand erzählt und von istanbul und von meiner sehnsucht. und dann habe ich gefragt, was er jetzt macht.

er rief ein dokument auf seinem neuen rechner auf: das war die druckfahne eines katalogs für eine galerie, und er meinte, er ist da jetzt so freier mitarbeiter, leipziger ecke charlottenstraße. bisschen geld gibt es schon auch und schöner ausstellungssaal, meinte er, und wir setzten uns auf den balkon und rauchten still und gemütlich, bis es plötzlich klingelte, da kam spilles freundin vorbei. er meinte noch, während er zur tür ging, dass ich heute natürlich bleiben könnte, sie gehen dann zu ihr, aber eigentlich hätte er auch stress auf der arbeit und braucht ruhe, und seine mitbewohner nervten schon genug. das konnte ich nur so mittelstark verstehen, aber er sagte, dass er verliebt sei, und das freute mich und habe dann noch mit denen gegessen, und die sind dann später zu ihr, und ich hing in der küche rum und grüßte noch wortlos die leute, die da sonst so wohnten, und rauchte und rauchte und hing ein wenig im internet und schaute schon mal so grob nach wohnungen, schrieb aber erstmal für die nächsten tage olli hain und enno schlaak und leyla askari an, ob ich da ein bisschen hindürfte, und die dachten, sie hören nicht recht, weil sie nicht ahnten, dass ich noch irgendwann mal wieder zurückkommen würde und mithelfe, bundesdeutsche maulwurfshügel platt zu treten. die meisten traf ich dann alle in meiner alten wg, und dort, wo ich vor 2 ½ jahren in meinem zimmer meinen rucksack gepackt hatte, schlief nun annegret hoffmann. die hatte mich ersetzt. der typ, der nie redete, wohnte noch immer da. in der wg gegenüber wurde aber was frei, und ich stellte mich mal vor – die hatten sich komplett ausgewechselt in der letzten zeit, wirkten aber ähnlich nett wie die leute, die da früher mal wohnten, und dann ging das auch klar, dass ich da einzog – das war also schon mal einfacher als gedacht mit der wohnungssuche. dann war ich noch beim arbeitsamt, und die waren ein bisschen stinkig, weil ich ja irgendwann einfach gegangen war, die mir aber noch ein zeitchen was gezahlt hatten, bevor sie irgendwann damit aufhörten. also stellte ich mich drauf ein, dass die nicht gleich übermorgen den geldhahn wieder aufdrehten, und sah schon mal ein wenig nach jobs. dann habe ich aber noch einer freundin ein interview gegeben für das studentenmagazin an der fu. ich weiß gar nicht, warum, und ich hatte auch noch nie ein echtes interview gegeben mit treffen und kaffee bestellen, und dann wurde später geschrieben, wie ich meinen kaffee mag, und deshalb war das schon auch aufregend.

das wichtigste war aber ein brief, den olli hain mir aufgehoben hatte, der aber schon ein gutes jahr in berlin rumlag oder noch länger, und drinnen stand in schlechtestem englisch irgendwas, was ich kaum verstand, aber war signiert mit *ola*, und das war das mädel aus novorossija gewesen. und dann stand untendrunter nochmal alles auf russisch, oder etwas anderes stand da auf russisch. es ging um ein baby, mehr war echt nicht herauszulesen – also ging ich runter zur schneiderei-wäscherei ein haus weiter, weil ich wusste, dass die aus russland kamen, und fragte die frau, was das heißt. sie hat erstmal bemängelt, dass ich schon lange nicht mehr dagewesen war, und gewitzelt hat sie, ob ich mich mittlerweile benehmen kann und sowas, aber dann wurde sie sehr ernst plötzlich und meinte, dass mein freund jann spille wohl ein kind hat, aber bitte nicht kommen soll, weil es schon einen neuen mann gibt. das war natürlich ein kracher und machte auch irgendwie sinn, weil ola wirklich nur meine adresse hatte und seine nicht.

ich habe dann überlegt, ob ich ihm das sagen soll, und bedankte mich bei der schneiderin und versprach, mal wieder vorbeizukommen, wenn was kaputt war oder dreckig und so weiter, und ging nach oben und erklärte das olli hain, aber der lachte nur. er hat den brief genommen und den umschlag gedreht, und da stand keine adresse drauf, und er fragte, ob wir noch wissen, wo das überhaupt war, und ich meinte ehrlicherweise: mmh, nicht so genau. dann setzte er sich an den küchentisch und rief jann spille an und sagte ihm, dass er unbedingt vorbeikommen soll und zwar gleich nach der arbeit. ich hab dann nicht mehr protestiert, weil wir es ihm letzlich ja doch sagen mussten. jann spille kam schließlich auch vorbei, und haben ihn umarmt und sektkorken knallen lassen und ihm gratuliert und sind dann irgendwann auf schnaps gewechselt und immer ausgewichen, wenn er wissen wollte, was eigentlich abgeht, und brauchten selbst einen ordentlichen pegel, bis wir ihm irgendwann dann auf kommando (auf 3!) ganz lallig und laut sagten, dass er nun vater ist. er wechselte dann mit seinen blicken von mir zu olli zu mir zu olli und meinte: wä?

und dann mussten wir lachen, und ich meinte, dass er ola geschwängert hat in der ukraine, und die hat ihm eine nachricht geschrieben und so weiter. die schneiderin unten meint, musst du nicht hin, sagte ich noch – aber, naja, das machte ihn schon fertig, dieses spurenhinterlassen, die finale unumkehrbarkeit seines daseins, die sich da gerade manifestierte in einem kleinen neuen und einzigartigen menschen, der nun aufwuchs irgendwo im dschungel der emotionen und erinnerungen. dieses lendenprodukt eines alten sommers, das uns alle und auch jann spille überdauern wird.

ich wusste beknackterweise wirklich nicht mehr exakt, wo das passierte und wie die städte und straßen hießen. ich kannte noch die scheune, ich kannte noch den weiher, ich kannte noch diese gesichter. aber wie genau die dörfer hießen und straßen oder sowas, das war echt schwer. kurz hinter uman waren wir das letzte mal auf einer schnellstraße gewesen, und von dort an gab es auch keine städte mehr – nur gelegentlich häuser, war mein eindruck. wie soll man da ein bestimmtes haus wiederfinden in einer hunderte kilometer weiten ebene? spille wusste das jedenfalls auch nicht mehr, und ola tymchak hatte ja sowieso gemeint, dass sie jetzt einen mann hat und jann spille nicht kommen soll – darum hat sie wohl absichtlich keinen absender geschrieben, denke ich mir, und jann spille meinte dann erst: boah, nee ey, oder?! und war dann lange still, und dann haute er seinen kopf auf die tischplatte, und wir gingen hin und hinderten ihn daran, dass er das nochmal machte. als er dann zu weinen begann, habe ich ihn umarmt. was willst du da auch sonst machen? selbst wenn du so ein baby dort findest, kannst du es ja nicht hier einfach großziehen, und immer hin und her schicken ist auch schlecht, und dass er da hinging und ola heiratete, sah ich auch nicht kommen – besonders, weil sie ja nun schon verheiratet war.

den folgenden tag haben wir noch rausgefunden, dass der brief erst in kiew gestempelt wurde, und dann war das auch lange kein thema mehr, weil wir selbst bei google maps nicht mehr sagen konnten, wo das genau gewesen war, weil da so viele seen waren und so viele straßen und häuser und so viel alles und so viel nichts, dass wir einen 100-km-kreis spannten, der uns wahrscheinlich oder möglich erschien, aber 100 km sind halt verdammt viel wald und gras und menschen und vögel und auch kinder, und da verlierst du schnell den überblick – da findest du nicht so einfach irgendwen, denke ich mir. die bei der botschaft konnten jann spille auch nicht helfen, weil sie adressdaten nicht zentral sammelten, sondern nur die einzelnen oblaste machten das, und die durften sowieso nichts rausgeben, und in der ukraine gab es 27 davon.

jann spille schrieb erstmal die 5 wahrscheinlichsten an, von denen nur 2 antworteten mit einer standardnegativantwort à la datenschutzblabla. ich glaub, ihn nahm das noch lange mit, und er spielte ewig mit dem gedanken, einfach doch abzuhauen und sein kind zu suchen und dann ein kind zu haben, von dem er nicht mal wusste, ob es männlich oder weiblich war, von dem ihm nur die existenz bekannt war: das war also nun die ultimative verästelung seines lebens, das sich da in fremden ländern fortzusetzen begonnen hatte und ein eigendasein entwickelte, das von spilles präsenz abgekoppelt war. er klebte sich jedenfalls einen kleinen pfeil aus strasssteinen auf den balkon, der ungefähr nach osten deutete und ungefähr zu dem ort hin, wo ola und die scheune und das kleine haus und der weiher und der große, am ende der schotterstraße beginnende wald waren und sicherlich noch immer sind. ich habe das nie beobachtet, aber ich kann mir gut vorstellen, dass er – milliarden jahre nach der entstehung des universums und der welteninseln und noch ewig nach der formung der planeten und unsichtbar umgeben von schleuderndem meteoritenstaub und als schlusspunkt einer 20 millionen jahre dauernden evolution menschenartiger kreaturen – teetrinkend auf dem balkon saß in der mitte einer immer noch wackelnden galaxie und sich, diese verkackten strasssteine und die emser straße und den himmel ansehend, fragte, ob er eine tochter oder einen sohn hat oder nichts hat, weil er vielleicht kein vater ist.

seine freundin (lali linganzi) hat das übrigens locker genommen und ihm einfach geraten, nicht hinzufahren. sie sagte: mach doch mal diesdas, und dann kommste runter, und dann ist's auch gut irgendwann.

ich hatte dann aber nochmals mit meinem mittlerweile triefenden und stinkenden handverband zu tun, der erst im krankenhaus gelöst wurde, als ich eine woche später und nach ein paar schwindeligen tagen mitten auf der straße zusammenbrach. der daumen war kolossal entzündet, und ich wurde mit antibiotika zugepumpt, aber den finger konnten sie einfach nur noch abnehmen, der war zerwuchert. nur ein etwas längerer stummel blieb. ich lag dann 2 wochen flach und erholte mich von der bakterienflut und von der kämpfenden und meinen darm zerfasernden antibiotikumkur nur langsam. das war also der preis.

ein zeitchen später und mit 9 ¼ fingern besorgte ich mir wieder einen job – in einer bar kriegte ich was. das war eine der sachen, die mich noch elektrisieren konnten, weil alles in büros mich erstmal stark schockierte, weil büros immer strukturen und hierarchien haben, und am ende des tages wollen alle immer geil sein und ganz oben und erfolgreich und besser als sonstwer verkackt anderes sein, und ich wollte das verkacktnochmal nicht sein, weil ich gar nichts mehr sein wollte – maximal für viel geld hätte ich sowas nochmal getan. bars sind natürlich aber auch anstrengend – besonders, wenn sie dich nur schwarz bezahlen wollen und du selber eine krankenversicherung brauchst und dazu nie bezahlten urlaub hast. wenn sie dann noch so unmenschlich sind, dir nichts an cash zu geben, wenn du krank bist, dann willst du wirklich nicht krank werden, einerseits, und andererseits fiel so auch mein bisheriges arbeitszeitflexibilisierungskonzept der vorgegaukelten krankschreibungen weg.

das mit der bar habe ich auch nur so lange gemacht, weil ich es liebte, morgens und im kalten wind und nach der arbeit durch einsame straßen und über graues kopfsteinpflaster zu balancieren und in türkischen bäckereien die ersten simits direkt aus dem ofen zu kaufen und dann am landwehrkanal zu sitzen und zu knabbern und auf die sonne und ihre kosmische wut zu warten. denn eines sage ich dir: bars machen dich kaputt, wenn du da arbeitest (tagein, tagaus), ey, die machen dich so lange sägemehl-grau, bis du irgendwann nicht mehr kannst, einfach weil da so viel leben ist, dass du dir einen schutzschild bauen musst, um nicht alles an dich heranzulassen, damit du da nicht nur noch trinkst – und schutzschilde machen halt immer bleich. ich hab da zu weihnachten hin bescheid gesagt, dass ich nicht mehr komme.

weihnachten waren dann meine eltern verreist (zum ersten mal seit ewigkeiten und vielleicht auch ein wenig aus protest, weil ich sie nach meiner reise nur einmal kurz für 2 tage besucht hatte), und ich verbrachte die feiertage schlittenfahrend in bamberg bei joana uhrmachers eltern. ihre eltern dachten, dass wir bald heiraten würden, und dass wir nicht mal in einem bett schliefen, fanden sie vielleicht komisch, aber auch vernünftig. dass wir überhaupt kein paar waren, haben sie, glaube ich, nicht verstanden, aber ich konnte auch nicht so gut erklären, warum ich keine lust hatte, mit meinen eltern in urlaub zu fahren, und deshalb war es einfacher, sie glauben zu lassen, dass das so ein um-die-hand-anhalten-besuch ist. die waren echt ein wenig seltsam. es gab dann pute und wirsing an heiligabend, und an silvester haben wir bei joanas exfreund abgehangen und, gottchen, das war echt anstrengend, weil das so eine junge-union-trottelclique war. wir sind dann früh gegangen (aber nach mitternacht natürlich erst) und haben noch auf einer von diesen mittelalterbrücken gestanden und uns, den himmel ansehend, eine handvoll neue sternbilder ausgedacht und sind später händchenhaltend nach hause gelaufen. das war schön, aber ich hatte mich immer noch nicht recht an meine neue hand gewöhnt – manchmal weinte ich deshalb auch einfach und plötzlich drauflos. auch wenn ich immer wollte, dass die welt irgendwann mal anders ausschaut, hatte ich selbst mich wohl am meisten verändert.

später und nach weihnachten habe ich dann als verkäufer bei einem discounter gearbeitet. purer stress und ähnlich mies bezahlt wie in der bar, aber immerhin offiziell registriert und mit weniger alkohol, und ich konnte abends noch menschen treffen und konnte mich endlich auch wieder krankschreiben lassen, obwohl darunter erstmal meine kollegen direkt litten, was mir auch nicht so gut bekam, aber dann konnte ich wiederum den mülltonnenschlüssel kopieren lassen und habe olli hain den gegeben, der dann so 2 oder 3 mal die woche dort containern ging. meistens ging ich mit, weil ich ja genau wusste, aus welchen gründen ich bestimmte sachen in den müll gesteckt hatte, und fischte dann zielstrebig die genießbaren wieder heraus.

der hit war dieses ganze ding aber auch nicht, weil ich meinen job hasste und auch ein wenig berlin dafür hasste, dass es manchmal so gemein zu mir war: jaroslaw swoboda zog weg, mit joana uhrmacher zerstritt ich mich aus versehen, und meine wg war doch nicht so gechillt, wie ich dachte, weil die wollten, dass immer und überall und an den unmöglichsten und überflüssigsten stellen geputzt wird. außerdem war der winter erst so unnormal kalt und dann wieder sehr warm und verregnet. der frühling kam offiziell zwar irgendwann, aber raketenstartete vom lebensgefühl her und mit den temperaturen auch nicht so durch – das war alles nur so mittel. dann streikte die s-bahn noch eine komplette woche lang, und mein fahrrad hatte einen platten, und weil ich 3 tage lang jeden abend mit olli hain computerspiele daddelte, kam ich nicht zum flicken und musste morgens immer 3 km zur arbeit laufen. ende april regnete es immer noch, und irgendwie fand ich es dann plötzlich auch in ordnung, dass peer sommerfeld mir eine mail aus köln schrieb und meinte, dass bei ihm an seinem forschungsinstitut, in dem er mittlerweile gelandet war, in der anderen abteilung eine schwanger war und bald pausieren sollte – das schlug ein wie ein blitz in meinen kopf! da habe ich mich dann beworben – obwohl ich in dem feld noch weniger drin war als in irgendwas, und obwohl ich kurz zuvor noch büros verteufelt hatte –, und enno schlaak bekam die ganze sache mit und stand dann sturmklingelnd vor meiner tür und hatte 2 bier mit und sagte dann ganz dezidiert: ich sollte dich abhalten davon, dass du nochmal in die wissenschaft gehst, weißte noch? ich antwortete: junge, ich weiß, ich weiß, aber gibt halt mal wieder ordentlich patte, und die kann ich gebrauchen und kann auch all die determinanten meiner erwachsenwerdung nochmal treffen dort in dieser mystischen welt am rhein und mit denen abhängen und träumen, und ist ja auch nicht für länger, ist nur ein halbes jahr, aber das bin ich der stadt und meinen alten freunden und vielleicht auch mir selbst schuldig, dass ich ab und an mal wieder dort vorbeikomme, und dann reiß ich das runter, und über das bisschen wissenschafts- und bürofrustration komme ich schon hinweg. das kotzt mich vielleicht an, dass diese büromenschen dort dann auch alle wieder klagen, wie befristet ihre stellen sind und wie entfristet ihr leiden ist, aber dann hauen sie doch nicht ab, sondern ackern da weiter, in ihrem eigenurin schwimmend. aber der job steht da jetzt halt vor der tür, und dann nehm ich den einfach und habe bock auf köln und auf flüsse und auf peer sommerfeld und hamzi und oslislo und all die anderen – das wird bestimmt toll, und habe einfach lust, und das geld, ich schwör, bringe ich mit, und dann lade ich dich 20 mal zum essen ein, oder vielleicht kauf ich mir danach einen hund oder so. alles negative, schätze ich mal, wird mich nicht tangieren, du, ich mach da auf anonym im institut und mache auf geldsammler, und alles positive außerhalb der arbeit werde ich verschlingen und verdauen und als antrieb nutzen, und komme ja bald wieder. aber danach ist dann alles wieder normal, und wenn du willst, enno schlaak, ey, dann mach ich ab herbst auch wieder zusammen mit euch shitty jobs in berlin, junge, dann bin ich back und fühle mich selbst an der discounterkasse oder in jeder bäckerei wieder gut aufgehoben, mh, aber jetzt muss ich da mal wieder hin, weil ich da noch was klären muss, O.K., JA, O.K.?

wir tranken dann unsere biere, und meine berlinzeit war also schon wieder vorbei, weil ich die stelle nämlich bekam (die suchten wohl dringend), und es war ja tatsächlich – wie gesagt – nur für ein halbes jahr. weil ich bisher eh kaum möbel hatte, verscherbelte ich das bett und die 2 stühle an meine nachmieterin, eine stehlampe kriegte olli. und ich packte dann meine taschen und kaufte ein zugticket und packte auch den bohrer ein, mit dem ich köln nochmal richtig zerbohren wollte.

2 zimmer, küche, bad

pünktlich zum sommer war ich dann also wieder in köln, und das war zwar 4 oder so jahre her, dass ich diesen boden letztmals berührt hatte und dort brücken querte, aber irgendwie war auch dieses gefühl nicht verblichen, dass ich da mal wegwollte, aber es mischte sich auch mit einer seltsamen geborgenheit. nach der ganzen bullerbüifizierung von berlin war der unterschied zu köln vielleicht auch gar nicht mehr so arg.

ich hab da also für ein halbes jahr eine schwangere ersetzt

oder sowas und hatte ein paar bücher dabei und fußballschuhe und hemden, und jörn hoogendijk hatte mein altes zimmer nicht wieder vermietet, weil er nun dick asche hatte, weil er arbeitete, und so konnte ich da also wieder rein, und das war auch ein wenig der spiegel, den man zu zerschmettern versucht, wenn er einem vorgehalten wird. ich packte da eine matratze rein in mein altes zimmer in der moltkestraße, und meine kleidung steckte ich in ein paar rollmetallschränkchen, die ungenutzt in der ecke standen.

erst habe ich also ein bisschen eingekauft und mich eingerichtet und diesdas und war bei der arbeit. aber es begann irgendwie richtig erst, als es wochenende wurde, und seit etwa einer dekade tickten meine freunde dort dann immer kollektiv aus, und wir tanzten noch ewig weiter, um bloß nicht schlafen zu gehen und einfach immer mehr lust einzuatmen: es war mein fünfter tag zurück oder so, und waren die halbe nacht rumgestreunt und die andere hälfte hatten wir im odonien abgehangen und elektronisch gestampft und den boden verdichtet und auf die morgensonne gewartet. jörn war dabei und hakon oslislo und hamzi kryeziu und noch peer sommerfeld und ole tenambergen und rebbeka kordić und pia vogel und praktisch alle menschen, die ich kannte, und hatten letztlich echt nur einen sekundenschlaf dann später, zu acht oder so auf den 63 quadratmetern und auf couches und matratzen, und wachten auf und rannten in unsere schuhe hinein und dann los, um leinwände zu kaufen und standen danach alle, also wirklich alle, in der küche und malten, und einer sang, und der gedichte schreibende musste vorlesen, sobald er fertig war, und bekam dann immer noch tipps. jörn hoogendijk rührte derweil farben an und malte ein rot-gelbes feuerbild, und ich malte irgendwas abstraktes. und hörten immer gute tracks, wenn gerade keiner vorlas oder wir, bier trinkend und die sonne ansehend, beteuerten, vielleicht eine der besten welten erwischt zu haben.

ich sprang immer abwechselnd leute an, weil ich gar nicht realisiert hatte, wie sehr ich sie alle vermisst hatte. jörn hoogendijk sagte dann jedenfalls stolz und den pinsel in der erhobenen hand: junge, ich wusste immer, dass du mal zurückkommst, wir haben hier noch zu tun, ey! alle nickten dann, also peer sommerfeld und bekki kordić nickten gedichte schreibend, und hamzi kryeziu nickte, ein buch zerreißend und die einzelnen seiten an einer wäscheleine aufhängend, und ich nickte malend, und alle anderen nickten bier trinkend und bewunderten einander. und weil die hitze wieder durchs fenster hineinwuchs, spülten sich abwechselnd die leute die gesichter, und ab und an schrie einer ganz laut: wo ist eigentlich josie voss und ihr durchtrainierter kopf? und das muss ich jetzt eben erklären: also, wir waren nämlich alle so verschossen und aufgedreht schon die ganzen letzten beiden tage und mochten ihre brüste und ihr lachen und ihre stimme und die reclamhefte in ihrer jackentasche und dachten total oft an sie und ihren lachenden körper, und ich glaubte, dass sie der doppelte zeilenabstand meines lebens war, und alles klar und übersichtlich machte. und dann foppte ich noch ein pilsbier auf und nahm wieder den pinsel und strich noch ein wenig rum: josie voss war nämlich die neue praktikantin in dem institut, wo ich ja auch neu war und den sommer über arbeitete, und sie war so jung und agil und frisch abstudiert und wild und so weit entfernt von all dem, was mich ängstigte, so weit entfernt davon, ein mensch mit fünf kindern und sechs mülltonnen zu sein und dann von deutschland zum ritter geschlagen zu werden, weil ihr das auch alles egal war und sie einfach ein wahres leben wollte, glaube ich. die hatte ich kennengelernt am ersten tag im institut und dann sofort zum kiosk rojda auf der luxemburger mitgebracht, das war unser liebeskiosk immer schon (es gab noch den partylaserkiosk schräg gegenüber) und hatte sich wohl rumgesprochen, und dann kamen alle vorbei und haben so geguckt und josie voss und mich umringt und gequatscht, und josie voss war halt echt eine klasse frau, das dachte ich sofort am anfang schon. und vielleicht wollte ich das gut machen, wollte, dass es gelingt, und hamzi und peer sommerfeld und andere und auch rebekka kordić meinten, dass sie eine starke frau ist, und ich wollte da halt echt nichts versauen oder überstürzen, machte aber schon so schritte in ihre richtung und erklärte ihr sachen im institut (oder sie erklärte mir was, weil sie schon 2 wochen länger da war), und ich kam einmal mit wunderkerzen in ihr büro und trank dann einen kaffee mit ihr, aber abends hatte sie auch oft was anderes vor.

und dann folgten halt all diese tage, und josie voss wurde so wichtig, dass ich regelmäßig an sie dachte oder ihr auf dem institutsflur den weg versperrte und sie mit kugelschreibern bewarf oder ihr zulächelte, und manchmal saßen wir bananenessend auf dem brüsseler platz und quatschten und rauchten 1, 2 kippen oder sprachen übers reisen (und über meinen nichtexistenten daumen), und ich habe sie bestaunt, wann immer ich sie traf, und ihre tiefenhoffnung bewundert und die grobe struktur ihrer haut. josie voss war ein glühmonster irgendwie, ein katalysator oder irgendwas, das irgendwas verändert, war sie. aus irgendeinem grund wollte sie davon aber rein gar nichts wissen oder vielleicht von mir nichts wissen. je mehr ich mich in sie rein intensivierte, desto mehr passierte nichts.

eiskopf

ich hatte aber trotzdem spaß, war in parks und auf kirchtürmen und in buchhandlungen und pellte die sommermonate und war einfach glücklich. an einem tag war ich nach der arbeit noch bei freddie lau gewesen, und es wurde langsam schon august, und lag auf seinem bett und gähnte, und redeten so und gingen dann los zu einer vernissage, und dort kam fine hagedorn herein, bei der ich vor ewigkeiten mal auf einer wohnheimparty war, und sie ging zur wand mit einem eiskanister und sagte, dass sie in der zoohandlung war, und alle waren irritiert, und sie holte also diese schlange aus dem eiskanister, und die schlange war regungslos, und ich schätzte, dass sie tot war, und fine hagedorn nahm sie in die hand und steckte sich nägel in den mundwinkel, wie ein echter zimmermann oder eine zimmerfrau, und schwang den hammer und nagelte die schlange fest und derbe an die wand, sodass dieses lymphenblutgesöff rauslief, und hat dann noch einen nagel aalglatt durch den kopf gezimmert.

das war uns echt zu anstrengend, weil dann alle rumschrien und ausrasteten, und es gab gerangel, und als hamzi noch zur tür reinkam, packten wir ihn und gingen weiter, und irgendwo in der roonstraße war noch eine fete. wir stiegen die treppe hoch, und es war eines von diesen privatfesten, wo sich alle ihr leben erzählen und trotzdem nur netzwerken, und ich holte pilsbier aus der badewanne, und wir aschten ab auf irgendwelche blumen oder den fußboden und drückten da auch kippen aus, weil es auch niemanden störte, und peer sommerfeld und jörn hoogendijk kamen noch mit einer zweiliterflasche wein und schwärzten sich damit die lippen, und wir tanzten, und der typ am musikpult in der großraumküche legte ein paar gute tracks auf, und zappelten so vor uns hin, und ich rief josie voss in der hoffnung an, dass sie das herzass noch ist an diesem abend, und bat sie, herumzukommen. und dann ging ich zum gefrierfach und machte pommes im ofen und wartete und rauchte und grinste und atmete an die decke aus und sah das vernebelte licht und holte die pommes aus dem ofen und häufte sie in eine schüssel und ging, salz hinzugebend, richtung treppenhaus und nach oben und über eine stehleiter aufs dach und stieß die luke auf. ich saß dann dort und stellte mir vor, dass einer traurig trompete spielt, und aß pommes. und als josie voss tatsächlich noch kam, stieg sie aufs dach, und wir redeten diesmal überraschend ernst, und ich teilte die pommes, und unsere salzigen hände berührten sich manchmal, und fett übertrug sich, und guckten uns von oben die nachbarschaft an und fanden ein paar sachen über uns heraus und verabredeten uns, demnächst mal gedichte zu schreiben, und ließen uns berieseln von den paar metallarmen roten sternen, die sich wie laub auf unsere nasen legten, und nachdem sie mir einen kleinen erdbeerkuss auf den mund zum abschied gab und in mir voll viel explodierte, ging sie einfach wieder, und ich schaute zu, wie sie die leiter vom dach hinabstieg und mich dunkel und allein zurückließ.

ich wollte dann aber eigentlich auch fort und sammelte noch hamzi kryeziu und jörn hoogendijk ein, und fuhren dann noch mit der 18 hoch zum zoo. nachdem wir über den zaun geklettert waren, saßen wir so lange vorm bärengehege, bis die morgensonne und die wärter uns irgendwann rauswarfen, und dann holten wir noch ein bier und ließen den abend ausklingen am rathenauplatz neben der synagoge dort. einer nach dem anderen riefen wir dann bei der arbeit an, um uns krankzumelden.

fährmann

und dann ging es zwar noch ein weilchen so oder so ähnlich weiter, aber es passierte am ende des tages doch nur wenig – besonders mit mir und josie voss.

wir sahen uns zwar noch manchmal, und im institut sahen wir uns ja sowieso, aber all meine zuneigung backte fest an einem unerreichbarkeitsschutzschrank. wir kreischten noch total viel manchmal, und es war eigentlich auch schön, aber ich weiß eigentlich gar nicht, warum es dann immer bei diesen kleinkleinzärtlichkeiten blieb oder wir nicht sexten oder wir nie versuchten, energie und strom durch unsere verkalkten blutbahnen zu ballern. ich hatte so ein verlangen, josie zu zerreißen oder mich von ihr gestückelt in die lottomaschine des lebens werfen zu lassen, oder dachte, wir könnten ein riesiger verladebahnhof für rohe liebe sein, oder ich hätte der sache zumindest irgendwie eine zähflüssige chance gegeben und schwer atmend ihre seele observiert und alles, aber josie und ich warfen dann stattdessen bei mir den küchentisch um und versuchten, dass alle spaghetti an der decke hängen, und die lösten sich tatsächlich nur ab und an herunter, und wir schütteten noch choco-pops auf den boden und stampften darauf herum und schrien und grinsten dann auch wieder, weil das alles absurd war. und wenn ich das alles zusammenfassen müsste, habe ich sie einen sommer lang geliebt – ohne dass sie mich auch liebte, oder das war das einzige, das ich wirklich nicht wusste, aber ich mochte ihr turbohaar und das dumme geschwätz, und ich erinnere mich an ihr silberfahrrad und diesen brennenden heißschmerz, der mir das gesicht zerschnitt und den magen, wann immer sie mir sagte, dass sie noch viel denkt an ihren ex. da gab es auch noch viele alkohologramme, die ich mir, auf der küchenfensterbank sitzend, angetrunken hatte mit jörn hoogendijk, und dachte immerzu an josie voss und an kometen.

und einmal waren josie voss und ich an so einem kleinen flüsschen irgendwo rechtsrheinisch im bergischen land gewesen und warfen den viechern brot hin, nur damit sie es aßen, und waren später bei dem fährmann dort, und er brachte uns rüber auf die andere seite und duftete nach sprit. wir hievten uns dann über 2 zäune und saßen in einem alten bauernresto und aßen bratkartoffeln, und pulte den ganzen speck heraus und legte ihn auf meine stirn und tat so, als sei ich vom mars, und es wärmte sich irgendwie in mir, und wir blieben, wein trinkend, dort, bis es ganz dunkel war, und fuhren dann weg mit unseren fahrrädern und durch eine undurchsichtige nacht. auf der fahrt redeten wir auch nicht mehr viel, sondern genossen den himmel, und zum zehnten mal verabschiedete josie voss mich dann wieder an ihrer haustür oder gab mir vielleicht einen kleinen glühkuss auf den mund, aber mehr war niemals passiert. und dann waren da noch josies angst vor bienen und noch tausend andere sachen, die ich irgendwie nicht vergessen konnte, weil ich sie mir eventuell selbst auch ausdachte oder vielleicht nicht ausdachte, und vielleicht war ich da am ende nicht echt verliebt, sondern dachte mir auch dinge so zurecht, wie es passte, oder blind war ich – oder ich freute mich wirklich immer und nicht nur irgendwelche sub-ichs befriedigend. ich hörte immer eine zischende dampflok oder sowas, wenn wir uns sahen, oder irgendwas prägendes. wir lachten noch darüber, weil wir über alles lachten, und letztlich waren es gar nicht die details, um die es ging, sondern das knäuel, in dem einfach alles versponnen war: es ging um das kleine licht-und-zeit-ding, das alles verknotete und uns immer wieder ein- und ausatmete, oder es war alles noch viel neutraler und winziger und dichter. dieser sommer in köln war einfach das dasein, das hauchen, das kitzeln, das schauen in die ferne, und musste irgendwann halt enden, um sich woanders fortzusetzen.

letztlich stand ich dann unter der verkackten sonne und machte die abrechnung und ging wieder nach berlin, weil auf einmal alles hupte, dass es genug gewesen sei, und die schwangere kam wieder und wollte ihre stelle zurück, und letztlich wird in der retrospektive sowieso alles weichgezeichnet, und ich weiß gar nicht mehr genau, was eigentlich passierte, und schwach und gläsern und leer und verbogen oder verbrannt ist meine erinnerung an der stelle, und ich sah ein, dass es der kind-fiete war, der ein paar monate ehrlich wuselnd und glücklich war, und, ach gottchen, ich warf dann noch meine kappe auf den gehsteig und knibbelte mal wieder einen adressaufkleber vom perso ab und schaute noch verlegen, und josie voss ging dann auch nach hamburg zurück, weil ihr praktikum endete. mit langen schritten ging sie und mit einer leinentasche aus stahl, und ich sah ihr noch nach, und ein paar tage lang schickte ich ihr leere sms hinterher, weil mir mehr auch gar nicht einfiel, die sie aber nie beantwortete. ich heulte aber auch nicht, weil es auch kein verkackter film war irgendwie. es war dann einfach vorbei.

jörn hoogendijk und freddie lau und bekki kordić und pia vogel und peer sommerfeld und hamzi kryeziu und ole tenambergen und all die anderen fanden das recht schade, dass ich wieder ging, aber ich brauchte ein bisschen ruhe und hatte einfach den eindruck, dass man sich in berlin besser verstecken kann, und ich dachte, dass ich einfach auch lust habe auf diesen kampf mit der eiseskälte dort, und hatte lust auf die schwere und lust auf dunkle nachmittage dort im winter und rollte also mit dem zug am 27. september und 1, 2 wochen nach josies abgang von köln nach berlin, und hinter mir der rhein und all die wellen, wie sie unablässig und ewig gegen die flussmauern und gabionen schlugen.

eimsbüttel

ich kam also am hbf an, hatte keine wohnung, kein nichts, und fuhr ein wenig s-bahn und klingelte dann bei jann spille an der tür in neukölln. der war schon wieder umgezogen, aber seinem viertel anscheinend treu. jedenfalls brachte ich meinen rucksack und meine zwei taschen nach oben (ich war total am triefen, weil ich die von der station aus herschleppen musste und meine jacke viel zu dick war und meine muskeln in den armen zitterten) und zog jann spille dann am hemd wieder die treppe runter und in die erstbeste kneipe rein. ich habe ihm dann erstmal erklärt, was alles passiert war, und irgendwann unterbrach er mich und rüttelte an meinem kopf und meinte: ey, wegen josie voss: kein stress, mach dir einfach keinen stress: frauen sind ein nachwachsender rohstoff, da kommt was neues nach, und für immer wird das so bleiben. egal, welches jahrhundert und egal, welches alter du hast, und egal, welche stadt, es wird immer frauen mitte 20 geben und es wird immer welche mit putzfimmel geben, es wird immer welche mit röcken geben und immer welche mit hosen, es wird immer einfühlsame geben und es wird immer frauen mitte 30 geben und mitte 50, es wird immer nervige geben und es wird immer braunhaarige geben und immer idealistische und es wird auch alle anderen frauen immer geben, und dazu gibt es auch noch zig männer, die sind auch nachwachsend, falls du da mal interesse haben solltest irgendwann – an menschen mangelt es auf dieser welt wahrlich nicht: mach dir einfach keinen stress, junge, dann liebst du irgendwann einfach wen anders.

das hat er also gesagt, und ich wollte ihm natürlich widersprechen, weil ich fand, dass er den punkt komplett verfehlte aus ganz vielen gründen, aber besonders, weil ich einfach nichts davon hielt, auf irgendeine zukunft zu warten. die zukunft ist ja auch nur eine form von vergangenheit – in jedem fall ist sie aber nicht die gegenwart, und die gegenwart ist immer das allerwichtigste.

aber ich verstand auch, dass er im grunde nur wollte, dass ich mit dem geheule aufhöre. wir haben dann einfach über was anderes gequatscht und sind noch in einer alten punkkneipe verschwunden und klingelten noch bei olli hain an, der sich über den anruf freute und eine stunde später auch dazusetzte und 15 pfeffis bestellte, die wir dann nach und nach tranken, weil wir kein bier mehr herunterkriegen konnten. wir quatschten über das tempelhofer feld, dieses alte flughafenareal, und unsere meinungen waren so: ich fand das ein wenig schade, dass es nun frei bleiben sollte, weil ich am liebsten gesehen hätte, wie sie da jeden einzelnen quadratmeter mit 100 000 wohnungen zupflasterten, damit endlich die scheißmieten in berlin wieder sinken. olli hain meinte, dass es ja eigentlich kein problem gibt, weil man ja immer noch in reinickendorf wohnen kann oder in mahrzahn oder sonstwo weit draußen. jann spille ergänzte, dass das einfach guttut, dort in dieser flughafenweite rumzulungern, die so ineffizient und überdimensional eine gelungene stufe der absurdität etablierte. das macht mich einfach an, sagte er. außerdem wäre das ja 5 minuten von seiner wohnung weg, das fände er eigentlich am besten. irgend so ein typ vom nachbartisch hatte das alles gehört und fragte erst ganz freundlich, ob wir aus berlin kommen, und olli meinte dann: nee, ich komm aus hamburg. und jann spille meinte: nee, du, ich komm vom niederrhein. und ich meinte: nee, junge, ich komm aus westfalen, wieso? und dann sagte der typ: ja genau, deshalb nämlich! verpisst euch doch einfach wieder dahin zurück! und dann wurde das urplötzlich und sehr schnell sehr hektisch, und olli sagte: mokel, was willsu spackfresse eigentlich, is das jetzt deine stadt hier? und jann spille: alter, willste stress, junge? scheißkopp! und ich sagte: ich kann ja sonst auch wieder bei deiner mutter einziehen, du heiopei, was denksu eigentlich, wer du bist, dass du hier den leuten verbieten willst, irgendwas zu diskutieren? wo kommst du denn her? und dann sagte der typ, dass er in berlin geboren ist, in charlottenburg. und dann lachten wir und meinten im chor: ja, dann verpiss dich doch einfach wieder dahin zurück! und dann wollte er noch ein bisschen erklären, dass er das nicht muss, weil das die gleiche stadt ist und nur ein anderer stadtteil. jann spille sagte daraufhin: das ist doch bullshit, junge! ordnung, regeln, tradition, herkunft und so weiter, das ist alles so last century nazi-mist! und dann gingen wir, weil das echt an der kante zur schlägerei war, was da in der luft so umherschwebte, und man muss das ja auch nicht immer provozieren. der typ lief uns dann noch ein paar schritte auf der straße hinterher und brüllte noch von hinten, dass er uns hier nicht mehr sehen will, aber wir liefen, gar nicht mehr antwortend, weiter, und später, so um 3, holten wir noch beim china-imbiss was und saßen essend auf der bordsteinkante zwischen 2 parkenden autos und bereiteten uns innerlich auf den winter vor. olli fuhr dann wieder in den wedding, und ich schlief bei jann spille.

das verrückte am folgewinter war dann aber, dass ich den nicht in berlin verbrachte, weil ich am nächsten morgen erst verkatert bei jann spille aufwachte und dann nach draußen schlich und nur den kleinen rucksack mitnahm und in einem internetcafé eine mitfahrgelegenheit suchte, und war 2 stunden später schon auf der autobahn richtung hamburg und rief jann spille noch an und entschuldigte mich, aber ich musste einfach josie voss sehen.

so um 3 stand ich dann also in hamburg am hbf und fragte mich: was nun? und kippte erstmal einen kaffee und lauschte dem sanften klassikgedudel am haupteingang, das die drogenabhängigen vertreiben sollte, und rief noch einen alten schulfreund an – nachdem ich erstmal rumtelefonieren musste, um überhaupt seine nummer zu kriegen. der hieß felix brömelkamp, und mit dem habe ich dann abendgegessen und ihm das erklärt, und wir lachten, weil sich das wieder unsäglich dumm anhörte, was ich vorhatte, aber er nahm mir dann den rucksack ab und meinte, er legt mir eine matratze hin, und ich schrieb mir dann noch seine adresse auf und rief josie voss an.

sie war überrascht, dass ich in hamburg war, aber glücklich, meine stimme zu hören, und haben uns dann in eimsbüttel getroffen und ein kioskbier getrunken und haben noch eins getrunken und erstmal allgemein was erzählt, und ich sagte schließlich: ich bin gekommen, weil ich dich liebe und mit dir sein will, weil du ein großartiger mensch bist, und das kann ich nicht an irgendwas spezifischem festmachen und durch nichts begründen außer meinem knallkörperbauchgefühl.

das fand sie so lange witzig, bis sie merkte, dass das kein witz war. dann konnte man eine zeit lang nicht erkennen, was sie dachte (so 10 sekunden lang), und dann öffneten sich ihre augen ganz weit, und ihre hände krallten sich in meine haare und rissen daran, und zog meinen kopf rüber und biss mir in die lippe und in den hals und drückte mich unglaublich fest und ließ mich los und umarmte mich doch wieder, und ich umarmte sie, und sie entarmte mich doch wieder und sah mich an und grinste und fragte: ernst? und dann meinte ich, schon ein bisschen pissig, aber auch glücklich: ja, alte, ernst! meinsu, ich wär sonst nach hamburg gekommen – so geil issie stadt auch nicht! dann scheuerte sie mir eine, und wir haben uns sehr innig geküsst, und sie fasste mir an den hintern, und wir standen dann eine zeitlang erst ratlos da, und schließlich meinte sie, sie sei beeindruckt und dass ich mitkommen soll. sie kettete dann ihr fahrrad los, und ich fuhr, und sie zeigte vom gepäckträger aus richtungen an, und stolperten dann in ihre wohnung hoch, und ich habe die zeiger an der küchenuhr verdreht.

wir zogen uns dann aus und waren ein bisschen angespannt oder ungelenk oder überfordert, aber hatten doch irgendwie sex. das fühlte sich so an, als wollten wir die irritation der vergangenheit durchkneten und jedwede zukünftige verunsicherung auch noch wegballern, ohne aber der liebe, die das alles ja sein sollte, nicht auch noch tribut zu zollen. wenn man so viel auf einmal versucht und immer noch tausend flamingos alles im kopf ausmalen lässt, wird das eigentlich immer ein bisschen komisch, schätze ich. diesen sex, der mehr als körper ist, hat man ja vielleicht auch nicht auf kommando, aber es war trotzdem schön, und später haben wir lange nichts gesagt. ich habe sie dann gefragt, ob ich einfach nur hätte sagen müssen, dass ich sie liebe, die ganze zeit lang, und sie meinte: weiß nich, nee – das is es nicht. und ich sagte: ich weiß ja nicht mal, ob es ganz stimmt, weil ich das noch nie jemandem gesagt habe – so ehrlich und aufrichtig –, also diese paarliebemäßige liebe, weißt du? ich liebe menschen, aber einen speziellen noch mehr zu lieben, ich weiß gar nicht, wie sich das genau anfühlt, josie voss, aber vielleicht liebe ich dich! ich meine, ich brodel, wenn ich dich sehe. und sie dann so: also auf jeden fall hätte das enorm was geholfen, fiete, also, ja, das hättest du auf jeden fall mal sagen müssen, dann wäre es einfacher gewesen, ich hatte einfach keinen bock auf schnelle enttäuschung, weil du ja auch ein bisschen ein vogel bist, aber am ärgerlichsten war natürlich, dass wir da beide in köln an dem institut nur temporär waren, und jeder sommer endet irgendwann, und aus diesen kurzen sachen bin ich irgendwie raus.

aber vielleicht brauchte ich auch zeit, und ich hasse enttäuschungen, weißtu? ich hasse enttäuschungen!

dann richtete ich mich so langsam auf und sah sie gespielt fassungslos an, und sie hat sich dann auch ein bisschen aufgerichtet, und ich habe sie leicht am ohr gezogen und gesagt: sag mal, geht's noch, in welchem jahrhundert leben wir eigentlich, oder sind wir jetzt alle wieder 14? enttäuschung und das immerweiterweiter, das ist doch gerade das leben.

sie boxte mir dann in die magenkuhle und behauptete, dass das auch schwer für sie war und sie halt ein bisschen altmodisch oder schüchtern oder irgendwas ist, und unsicher und langsam. wir haben uns dann noch etwas rumgeschubst und gelacht und gejohlt und im grunde aber in sehr viel erleichterung gebadet. und umgeworfen haben wir uns schließlich und gerauft und sind vom bett gefallen. und ich landete ärgerlich auf ihr drauf, als sie sich irgendwie aufstützen wollte oder wasweißich – ich kann das gar nicht mehr so recht rekonstruieren, aber sie schrie und meinte, dass ihr arm auf einmal brennt und zieht und auch weggeknackst ist, und ich gucke mir den unterarm an, den sie nur noch unter schmerzen anspannen kann, und dann eis drauf und ab ins krankenhaus.

ich war echt völlig fertig und sie auch und ihr arm zudem auch. ich war trotzdem so schrecklich sauer auf sie und war dann im krankenhausflur mit ihr, nach dem röntgen und vor dem gipsen (die elle war tatsächlich angebrochen) und sprang rum und machte eine ausbrechender-vulkan-geste und tat so, als käme lava aus meinem kopf, und brauste laut und schrie einfach nur noch rum aus wut darüber, dass das alles so kompliziert gewesen war im letzten jahr. und urplötzlich waren wir doch näher beieinander und in minutenschnelle 100 mal vertrauter geworden, und sprühsprüh kam die lava aus meinem kopf. das war alles zu viel, eine mischung aus dopamin und wut, weil es jetzt vielleicht richtig knorke werden konnte, aber auch schon lange hätte sein können.

ich wurde dann angequatscht von 2 schwestern, die da sofort was von häuslicher gewalt vermuteten und sagten, ich solle bloß verschwinden, wenn ich mich nicht unter kontrolle hätte, aber josie voss meinte, dass das schon so gut ist und vielleicht angebracht, und hat dann eigentlich nur noch gelacht. ich lachte auch.

der arm wurde gegipst, und später habe ich meinen rucksack geholt von felix brömelkamp, und 2 wochen später holte ich meine restlichen sachen aus berlin und verabschiedete mich von enno schlaak und olli hain und leyla askari und josef kundtz, und sogar joana uhrmacher sah ich nochmals und jann spille, und zog also nach hamburg und zog bei josie voss ein und erstmal auch nicht wieder aus.

weste

ich hatte noch nie mit einer frau zusammengewohnt, mit der ich ein paar oder so etwas war, und ich wusste zunächst nicht, was das bedeutet. josie voss wusste das im generellen schon, aber jetzt im speziellen auch wieder nicht. erstmal wussten wir beide auch überhaupt nicht, ob ich da jetzt wohnte oder nur gerade zufällig sehr intensiv zu besuch war. das war irgendwie mit der frage verbunden, wie ernst und akut das alles war, und, klar, dass ich auf diese oder ähnliche weise schon so viele leute bewundert hatte, aber der entscheidende unterschied hier war, dass es bei josie voss nicht vorüberging: ich kam so überhaupt nicht von ihr los, und da potenzierte sich einfach nur weiter alles, weil sie mich derart magnetisiert hatte, dass ich mich immerzu in ihre richtung drehte und ihr beim leben zusah. und das beste war, dass sie mir auch zusah, und wir uns aneinander andockten und, wild tanzend, wie josie-fiete-oxid waren und so umherschwirrend eine völlig neue verbindung ergaben. ein seltenes und sehr geiles molekül hatten wir geformt.

da waren aber dann noch immer diese zusammenwohn-angelegenheiten zu klären, die teilweise anstrengend oder zumindest neu waren, weil ich echt und aufrichtig nicht wusste, wie sowas läuft. wie oft hat man sex, wenn man zusammenwohnt? und wie sehr darf man sich gegenseitig auf die nerven gehen? und wie oft darf oder muss man was zusammen machen? zuallererst musste ich mir jetzt eigene freunde suchen, oder konnte ich ihre einfach mitbenutzen? oder sollte ich ihr lieber immer was kochen, weil sie einen gipsarm hatte? und ist es eigentlich o.k., wenn man sehr viel lust hat, ohne sie und einfach mit anderen hart trinken zu gehen? und lebt man dann sofort und von anfang an mit gemeinsamer kasse?

also, es klingt vielleicht ein bisschen dämlich, aber ich wusste das echt nicht so genau, und obwohl ich mittlerweile paarunddreißig jahre alt war, hatte ich mir auch noch nie gedanken darüber gemacht. was schlussendlich passierte, war, dass wir einfach machten, was sich gut anfühlte – und immer die wahrheit zu sagen, haben wir auch probiert. die wahrheit sagen und immer nur die wahrheit bringt dir irgendwann den goldenen anstecker im kampf gegen das falsche ein. aber immer aufrichtig und in jeder sekunde eine wahrheitsfontäne zu sein, ist anfangs auch anstrengend und eine probe, aber vielleicht auch die große chance auf ein krankgeil geflutetes leben. wir haben das also versucht, und so vom gefühl her klappte das nach einiger zeit sehr gut.

zu meinem geburtstag kam olli hain aus berlin vorbei und beglückwünschte mich dazu, dass ich nun eine freundin oder sowas hatte. josie voss beglückwünschte er auch. ich fand das ein wenig seltsam, dass er leuten bei sowas gratulierte, aber das machte er immer. wir haben dann ein wenig wein gekippt und schlenderrundgänge durch die stadt gemacht. bis zum fischmarkt sind wir und schauten aufs wasser, und bei den fetten containerdampfern stockte mir immer noch der atem, und die kinnlade machte irgendwas, weil die so nah und so riesig waren, diese kähne.

ich habe dann eine zeit lang in einem autoverleih gearbeitet, während josie voss eine stelle an irgendeinem lehrstuhl bekam und mit promovieren anfing. das war eigentlich ein cooles leben, und jeden dienstag abend ging ich zu einem goldschmiedekurs an der vhs. manchmal sind wir außerdem sonntags in einen kleinen imbiss auf dem eppendorfer weg gegangen und haben pommes gegessen und ein bisschen mit dem bräter da geschnackt.

weihnachten waren wir erst bei ihren eltern in einem vorort ein bisschen die elbe hoch und beschenkten uns gegenseitig, ihre mutter bekam ein messer und der vater ein buch und ich eine weste, und sie bekam einen kugelschreiber. gegenseitig schenkten josie voss und ich uns klappfahrräder, die wir die woche zuvor bei ebay gefunden hatten, und fuhren dann am ersten feiertag mit der mitfahrgelegenheit zu meinen eltern weiter – mensch, was waren die beeindruckt und überrascht, als die uns an der autobahnausfahrt abholten, dass ich wen mitbrachte, weil ich das echt noch nie getan hatte, wen mitzubringen. ich stellte josie voss noch 1, 2 freunde vor, abends in einem bistro, und zeigte ihr den kanal, an dem ich früher oft gewesen war: fast komplett zugeeist war der. und dann tranken wir noch viel tee mit meinen eltern, und josie voss und mein bruder verstanden sich ganz gut. mit meinem vater sind wir dann am 27. noch gokart gefahren, und kurz vor silvester fuhren wir wieder mit dem zug nach hamburg.

neues europa

die besuche beim imbiss auf dem eppendorfer weg wurden schnell zur gewohnheit, und wir gingen da fast jeden sonntag hin, und es war eher so ein blödsinnsspruch gewesen, aber ich habe den bräter, jon hieß der, einmal gefragt, ob ich auch mal einen tag da was tun kann, und schwupps stand ich die woche drauf also da, umgeben von fett, schweiß, fleisch, katosa und krautsalat, und machte so diesdas, und eine schürze hatte ich auch. jon gab mir ein paar tipps, was wichtig ist bei einem steak und was gefährlich. ich kam dann nach hause und stank nach friteuse und duschte und lag im bett bei josie voss und habe ihr ins ohr geflüstert, dass ich auch einen imbiss will und keine lust mehr auf autoverleih habe und so weiter. josie hielt das erst für blödsinn, alberte dann aber trotzdem herum, wie man den laden nennen könnte. ich weiß gar nicht, wie ernst ich selbst das am anfang nahm, aber als josie mir an einem anderen abend und ein paar tage später fotos zeigte, die sie gemacht hatte, als sie was leerstehendes in der gegend gesehen hatte, wusste ich irgendwie, dass das so absurd gar nicht war. nach 2 monaten hatte ich was gefunden, was echt beinahe perfekt war: auf der weidenallee, wo sogar noch eine kühltheke drinstand, ein mittelgroßer raum, und einen bürgersteig für ein bisschen draußensitzen gab es auch. nur bratwanne und spüle und friteuse und arbeitsflächen und schränke und tische und stühle fehlten. aber das fand ich alles günstig und gebraucht online irgendwo. ich musste für den ganzen krams und auch für die kaution und alles zwar einen gründerkredit von 5000 flocken aufnehmen, aber das tat so gut, da alles einzurichten und zu streichen und zu bohren und auszubessern und flyer zu drucken und die in briefkästen zu stecken, dass ich konsequent grinste, 24 stunden, 7 tage die woche.

ohne josie voss hätte ich das nicht geschafft, und die arbeitete am menüdesign und machte das mit der gewerbeanmeldung und suchte lieferanten und erstellte sogar eine facebookseite für den imbiss und lud all unsere freunde ein, die seite zu liken. *schnellrestaurant neues europa* nannten wir den imbiss schließlich, und kurz vor der eröffnung war es noch ein bisschen blöd, weil wir beschlossen hatten, dass wir erstmal kein geld haben für irgendwas und nicht in urlaub fahren können, und es war schon fast sommer. da tut so ein beschluss weh, aber nun gut. josies mutter brachte mir noch bei, wie man den kartoffelsalat nach einem uraltrezept zubereitet, und ich fuhr spät wieder nach hamburg rein, weil ich noch mit dem vater den rasenmäher bis halb in die nacht rein flottzumachen versuchte, was aber nicht klappte. das rezept und eine portion kartoffelsalat für josie nahm ich also mit, und der vater bläute mir noch ein, dass er rambazamba macht, wenn josie den doktor abbricht wegen dem scheißimbiss, und ich meinte: nee, jürgen, kein stress – das weiß sie wohl selbst am besten, dassas besser ist, wennse das erstmal fertig macht. und dann nahm ich also die s-bahn und war in der wohnung ganz leise und schlich mich ins bett und wollte niemanden wecken, konnte es aber trotzdem nicht lassen, ihren blondhaarduft einzuatmen. mensch, was war ich verliebt in diese frau, ey, echt jetzt.

ich wachte dann irgendwann am nächsten tag auf, und neben mir war die matratze leer. nicht einmal mehr warm war sie, und saß kurz auf der bettkante und stolperte dann in die küche hinein, und da war auch niemand, und viel mehr räume hatten wir ja nicht. ich fragte mich also, wo sie war, bis ich einen kleinen zettel vom küchentisch aufhob und las:

die fliegen
und wir liegen
auffa decke am elbstrand?

und da flippte mein herz, weil das so schön war, und da hörte ich auch das schloss schon, und josie voss trat ein mit brötchen und einem 6er-träger bier und einer wassermelone und entdeckte den zettel in meiner hand und hatte ein grinsen im gesicht und legte alles und auch ihren schlüsselbund auf den tisch und fragte mich knippig und gütig: wollen wir das gleich machen? zum elbstrand? und da hab ich natürlich ja gesagt und bin zu ihr hin und hab sie geküsst und in den hintern gekniffen, und haben also ein paar brötchen geschmiert und sind dann hin und saßen mit decke dort, den goldstaub der realität einatmend. wir freuten uns einfach zu existieren und sahen wieder hinaus auf die containerkolosse, die als nächstes durch den panamakanal schießen würden oder sonst etwas, hielten es aber auch nicht ewig dort aus, weil wir wieder zurückwollten, um sex zu haben.

nordlichter

ich ließ also klebefolie drucken in den nächsten tagen mit dem imbissnamen drauf und knibbelte die vorbesitzerlettern vom leuchtschild ab und schleppte und machte noch ein paar letzte transporte. ich war durch die stadt geritten und hatte dinge und handschläge eingesammelt und geld verteilt und zugesehen, wie menschen gescheitert in ihren dönerbuden standen und alles verscherbelten. aber nicht eine einzige sekunde dachte ich darüber nach, dass mir das auch blühen könnte, weil ich so fröhlich und stolz war, endlich mein eigenes ding zu haben. beim autoverleih kündigte ich, und dann war alles geilgeilgeil, auch mit josie und mir war das phänomenal komisch und jeden tag anders und fast jeden tag wundervoll. natürlich bewegt sich so eine beziehung, aber unsere hatte als angelpunkt immer noch wahrheit und liebe, und waren so richtig glücklich und konnten kaum schlafen vor der eröffnung.

dann war es dienstag früh, und waren dort im laden (weil josie sich eine woche freigenommen hatte, um mir zu helfen) und brachten die salate mit und hack, und machte mich dran, ein paar frikas zu kreieren, und taten fett in die friteuse und machten die kaffemaschine an, und da war noch einiges provisorisch, aber das war unser eigenes alles, was wir da geschaffen hatten. vielleicht war das nur ein verkackter imbiss, aber für mich war es das größte, was ich je aufgebaut hatte, oder das einzige, was ich überhaupt je aufgebaut hatte, und schlossen also die tür auf und drehten das schild auf «geöffnet» und warteten mit einer kaffeetasse in der hand, an den tresen gelehnt, auf den ersten gast und warfen uns starke blicke zu, und all der plunder der vergangenheit steckte in uns, aber in uns steckte auch der glaube an eine wundervolle zukunft, und vor allem schwang in all unseren bewegungen und gesten und wörtern die kosmische freude des geradejetzthierundlebendig mit.

und da also kam ein mann an die tür und schob sie auf und sagte: moinmoin, ihr nordlichter. und hinter ihm eine frau, und dann begriff ich erst, dass das jann spille und seine schwester svantje spille waren, und er sah josie voss an und svantje mich und dann nochmal umgekehrt, und dann kam er zu mir rüber und kraulte meinen bart, und ich setzte meine tasse ab, und wir umarmten uns sehr fest, und er hielt dann mit seinen händen meine arme fest und sagte: du, ich weiß, das passt jetzt nicht so gut, aber muttern meinte, sie weiß ungefähr, wo vattern ist. der ist in china jetzt irgendwo, wir müssen da nun hin, svantje und ich haben was zu klären mit dem. und erstmal sagte niemand irgendwas, bis ich josies kaffeetasse auf dem boden zerspringen hörte, und ich so: WÄ? und svantje meinte dann aus dem hintergrund und mit einer halben portion verzweiflung und einem gesunden lächeln und einem grundsoliden hang zum wahnsinn: ja, wir brauchen dich jetzt, du musst mit. das muss zu dritt sein, und du musst der dritte sein, und zwar jetzt.

ich starrte dann völlig entsetzt svantje an, die sich nicht auflöste, sondern sich immer klarer abzuheben schien von der grellen sonne, die draußen den gehsteig flutete, und ich so: no possible, leute, habt ihr lack gesoffen? echt jetzt, ich kann hier nicht weg, das seht ihr doch, ich meine, wollt ihr pommes, WOLLT IHR POMMES, VERKACKT? UND WAS SOLL DENN ICH IN CHINA, VERDAMMT? IHR KÖNNT POMMES KRIEGEN, BIS IHR PLATZT, IHR LAPPEN, UND DANN KUSCH! das sagte ich, während mir schon die tränen dick und spackig die wangen entlangliefen, und dann war erstmal ruhe, und dann fing jann wieder an: fiete, aber fiete, wir sind doch sternenkumpels! was ist china gegen diesen imbiss und ein monogames kackleben?

und ich weiß gar nicht genau, wie ich das beschreiben soll, aber dann schießt mir blut in den kopf, und ganz plötzlich bin ich nicht mal mehr sauer, sondern erleichtert, weil ich weiß, dass ich gewonnen habe, und sage: ja, jann spille, wir sind verkackte sternenkumpels, und das werden wir immer sein, und wir werden vielleicht auch noch mal die welt retten, und sternenmonteure sind wir auch, sternenkumpane, sternarbeiter, sternkollegen, aber wir sind auch menschen, manchmal sind wir auch einfach nur menschen, und die müssen auch mal machen, was menschen glücklich macht, die müssen auch mal klein denken. mich macht gerade nichts glücklicher, als in diesem imbiss zu stehen, nach fett zu stinken und josie voss zu lieben.